# 十三の物語

Dangerous Laughter: Thirteen Stories

スティーヴン・ミルハウザー
柴田元幸 訳

白水社

# 十三の物語

アンナとジョナサンに

十二の物語　目次

## オープニング漫画



## 消滅芸



## ありえない建築

カバー装画　磯良一
装幀　奥定泰之

# オープニング漫画

# 猫と鼠

猫は鼠を台所じゅう追い回している。鼠を追って青い椅子の脚のあいだを抜け、早くも大きな波を描いてずり落ちはじめている赤白チェックのテーブルクロスが掛かった食卓を越え、左側に倒れつつある砂糖壺と右側に倒れつつあるクリーム入れの真ん中を過ぎ、椅子の青い背もたれを渡り、椅子の脚を下って、ワックスをかけたバターっぽい黄色の床を横切る。彼らの完璧な鏡像を映し出しているつるつるの床の上で、猫と鼠は止まろうと身をうしろにそらす。かかとから火花が上がるが、もうどう見ても手遅れだ——大きなドアが迫ってくる。鼠はドアを突き破り、鼠型の穴を残していく。猫もドアを突き破り、鼠型の穴をもっと大きな、猫型の穴で置き換える。彼らは居間に入ってソファの背を越え、ピアノの鍵盤を横断し（鼠の繊細なメロディ、猫の騒々しい和音）、青い絨毯の上を疾走していく。逃げる鼠はチラッとうしろをふり返り、ふたたび前を見るとフロアランプがぐんぐん迫ってくる。止まるのは不可能だ。最後の瞬間、鼠は二つに分裂し、ランプの向こう側でふたたび合体する。鼠の背後で、疾走する猫は二つに分裂することに失敗してランプに激突する。頭と胴が真鍮のポールを押して、トロンボーンの形に変える。一瞬、猫はそこに横向きにぶら下がり、こわばった脚が鐘の舌のように揺れている。だがやがて身を引きはがし、ふたたび鼠を追って走るが、相手はさっと方向を変え、壁と床の境にある鼠の穴の中に飛び込む。猫は壁に激突し、アコーディオンのように体がひだひだに折りたたまれる。ゆっくりとひだが開いていき、アコーディオンの音楽が発せられる。猫は持ち上げた前足にあごを乗せて床に横たわる。片方の眉がうんざりした思いもあらわに吊り上がり、もう一方の前足の爪がとんとん床板を叩いている。小さな漆喰《しっくい》のかけらが落ちてきて頭に命中する。猫は憤怒に満ちた目を上げる。額縁に入った絵画が落下してきて頭を直撃し、頭はペシャッと両肩のあいだに凹《へこ》んで見えなくなる。カンバスには明るい赤色のリンゴが生《な》った緑の木が一本描いてある。猫の頭が上がってこようとあがき、やがてポン！とコルクを抜いた音を立てて飛び出し、絵画を押し上げる。木からリンゴがバラバラ草の上に落ちる。猫はぶるっと身を震わせ、顔をしかめる。最後の一個のリンゴが落ちる。リンゴはゆっくり額縁の方に転がっていき、そのへりを越えて、猫の頭に落ちる。猫の目のなかでレジがチンと鳴り、〈NO SALE〉と字が出る。

鼠はバスローブを着てスリッパをはき、ふっくらした肱掛け椅子に座って本を読んでいる。鼠は背が高く、すらっと痩せている。両足は足載せ台に置かれ、ひげに彩られた細長い鼻の先には眼鏡が載っている。テーブルランプから発する黄色い光が本の上に降り注ぎ、心地よさげな茶色い部屋全体をうっすら照らしている。壁には「埴生の宿《ホーム・スイート・ホーム》」と刺繍したサンプラーがやや斜めに掛かっていて、銀髪をうしろで丸く束ねた鼠の母親を写した楕円形の写真、そしてスーラの「グランド・ジャット島の日曜日の午後」——ただし中の人物はすべて鼠——の複製が掛かっている。肱掛け椅子のそばには本が詰まった書棚があり、何冊かの題名が見える。「マーティン・チェダーウィット」、ゴーダの「ファウスト」、「アントニー・エダム回想録」、「メディチーズ一族史」、シェークスポーのソネット。鼠は本を読みながら、テーブルの上に置いた皿の方に、目も上げずに手をのばす。皿は空っぽで、指がその上を空しくとんとん探る。鼠は立ち上がって、食器棚のところに行く。棚には**チーズ**と書いたブリキの缶があるだけ。鼠は缶を開け、さかさにひっくり返す。手のひらに爪楊枝《つまようじ》が一本落ちてくるだけ。鼠は憂いを帯びた目でそれを見る。そして首を横に振りふり椅子に戻っていき、ふたたび本を手にとる。頭の上の吹き出しに絵が現われる——白いテーブルクロスで覆った細長い食卓に鼠が座っていて、一方のこぶしでフォークを突き立て、もう一方でナイフを突き立てている。燕尾服を着た鼠の執事が彼の前にウェディングケーキ大のチーズを置く。

鼠の穴から赤い望遠鏡が現われる。レンズが左を見て、それから右を見る。望遠鏡の端から手が出て、大丈夫、と鼠を招き寄せる。鼠は鼠の穴から出てきて、望遠鏡を畳み、バスローブのポケットにつっ込む。月光の差し込む部屋を、鼠は慎重に、両足をきわめて高く上げて爪先立ちで歩き、肱掛け椅子の前まで行く。椅子の下にさっともぐり込み、足下の房ごしに外を覗き見る。そし椅子の下から出てきて、ソファまでこそこそと進み、さっとその下にもぐる。足下の房ごしに外を覗き見る。ソファの下から出てきて、わずかに開いた台所のドアに近づいていく。鼠はドアの側柱にぴったり貼りついて立ち、居間の方を向いて、目を左右に走らせる。一方の足が、爪先で側柱の向こう側を探る。ぴんとのびた体が、輪ゴムのようにぱちんと弾けてそのあとについて行く。台所に入った鼠は、月に照らされた椅子の方へ這っていき、椅子の脚に体を押しつけて立ち、よじのぼっていく。鼻が食卓の上まで上がってくる。クリーム入れと、きらきら光るナイフと、ぬっとそびえるコショウひきを鼠は目にする。パン切りボードの上にチーズがひとかたまり載っている。鼠は背を丸めて、そろそろと忍び足でチーズに寄っていく。ロープのポケットから白いハンカチを取り出し、首に巻きつける。チーズの上に身を乗り出して、花の匂いでも嗅ぐように薄目を閉じる。がしゃん、と音を立てて猫が食卓に飛び乗る。猫が鼠を追いかけ、テーブルクロスは波打ってひだを作り、砂糖壺がひっくり返り、砂糖が滝となって床にこぼれ落ちる。倒れたカクテルグラスに入っていたオリーブが一個食卓を転がっていき、カップ、塩入れ、三脚《みつあし》の鍋敷きにぶつかる。ぶつかられた物はそれぞれ、ピンボールマシンみたいにパッと光ってジリンと鳴る。床の上では蟻の部隊が砂糖を集めている。落ちてくる粒を一匹がバケツで捕らえ、それを隣の蟻のバケツの中に空け、その蟻はその隣の蟻のバケツの中に……と、部屋の端から端まで砂糖のバケツリレーが行なわれ、やがて一番最後の蟻がそれを、待ち構えているトラックに空ける。猫が鼠を追って青い椅子の背を越え、椅子の脚を下り、ワックスをかけた床を横切る。両者とも大きなドアがぐんぐん迫ってくるなか、何とか止まろうと身をうしろにそらす。

鼠はあごに片手を当てて肱掛け椅子に座り、顔に憂いを浮かべて遠くを見やっている。元来、鼠は内省的な性格であり、日々食べ物を探さねばならぬせいで思索を中断させられるかと思うと気が滅入る。食糧探しはただでさえ疲れる、馬鹿げた営みだが、それが野蛮な猫の存在によってまさに耐えがたいものになっている。猫に対する鼠の嫌悪は、精緻にして多面的である。鉤爪《かぎづめ》が隠れた柔らかく重い前足も嫌だし、ギラギラ光る歯も、魚の匂いがする熱い息も嫌である。と同時に、猫の粗野なエネルギーと単純さをひそかに賞讃する気持ちも鼠は内心認めざるをえない。鼠をつかまえること以外、猫は人生に何の目的も持っていないように見える。鼠にあっては驚きの能力はさほど発達していないが、猫の絶え間ない敵意にはつねに驚かされてしまう。その敵意ゆえに、愚かとはいえ、猫は鼠にとって危険な存在となっている。というのも鼠自身は、猫の存在が長時間、頭からすっかり消えてしまうことも珍しくないからだ。さらに、猫の根が単純だというのはその通りでも、狡猾さも持ち合わせていることは否定できない。鼠に対する策略を猫は飽くことなく練っており、そのもろもろの馬鹿げた企みのせいで、できることならなしで済ませたいたぐいの抜かりない警戒を鼠は強いられているのである。無関心の誘惑、鼠はそれを意識している。用心深くあるよう、つねに自分を叱咤《しった》せねばならない。猫に注意を払うことによって、神経がすり減り、士気も損なわれていることを鼠は意識する。と同時に、自分のその注意がおよそ完全とは言いがたく、しかるに猫の方は、一瞬も休まず、尽きぬ精力をもって鼠のことを考えていることを鼠は知っている。この穴にとどまっていられれば嬉しいが、チーズを探す必要ゆえ、そういうわけにも行かない。鼠が置かれているのは、沈思黙考にふさわしい安らかな心を生むような状況ではないのだ。

猫は鼠の穴の前に、片手に金槌を、もう一方の手に鋸《のこぎり》を持って立っている。かたわらには黄色い板の山と、釘の入った大きな袋が積まれている。猫はものすごい勢いで金槌と鋸をふるいはじめ、もうもうと舞い上がる埃に包まれて部屋じゅうを動き回る。と、にわかに埃が引いて、猫は自分の遂げた仕事を眺める。長い、曲がりくねった通路が鼠の穴からはじまって、ソファの下を通り抜け、肱掛け椅子の背を越え、ピアノを横切り、台所の扉を貫いて、食卓の上までつながっている。テーブルクロスの上、通路の終点に大きな鼠取りがあって、チーズがひとかたまり置いてある。猫は忍び足で冷蔵庫の方に行って、その陰に隠れ、こっそり顔をつき出す。両目がすばやく左、右に動く。と、自転車のベルの音が聞こえる。リンリン。じきに鼠が現われる。すさまじい勢いでペダルを漕いでいる。通路の端から食卓の上へと、一気にのぼっていく。キキーッと止まると、丸い車輪がしばしぎゅっと歪むがじきまた丸く戻る。鼠はレース用のゴーグルを着け、レース用の帽子をかぶり手袋をはめている。自転車を砂糖壺に立てかけて、鼠取りの方に歩いていき、興味深げに眺める。そして鼠取りに足を踏み入れ、真鍮のバーの上に腰かけて、白い前掛けを首から掛ける。革ジャンのポケットからナイフとフォークを取り出す。鼠は手早くチーズを食べる。食事が済むとナイフとフォークをポケットに戻して、鼠取りの上で遊びはじめる。鉄棒につかまって体を振り上げ、両脚を棒にかけて逆さにぶら下がり、平行棒の上を歩き、さまざまな軽業をやってのける。それからまた自転車にまたがって、ベルを鳴らしながら通路を通って消えていく。猫が冷蔵庫の陰から出てきて、食卓の上、鼠取りの横に飛び乗る。そしてしかめ面で罠を見下ろす。猫は頭のてっぺんの毛を一本引っぱる。バイオリンの弦がぱちんと跳ねる音とともに毛が抜ける。猫はゆっくりと、その毛を鼠取りに向けて下ろしていく。毛がバネに触れる。鼠取りは動かない。猫はスプーンでバネを押してみる。鼠取りは動かない。猫はハンマーでバネを叩いてみる。鼠取りは動かない。憤懣《ふんまん》やるかたない表情で、猫は罠を睨みつける。そろそろと、足指を一本差し出してみる。鼠取りがばちんと、鉄のドアが乱暴に閉まる音とともに閉まる。罠にはさまった足指を押さえて猫は食卓の上をぴょんぴょん跳び回り、足指は真っ赤に、電球の大きさに膨れ上がる。

猫が左手から、鼠に変装して入ってくる。金髪のかつらをかぶって、つくり鼻を着け、腿まで切れ目の入ったぴっちりした黒いドレスを着ている。大きく突き出たひどく丸い胸、ほっそりした腰、揺れる丸い尻。唇はあざやかに赤く、黒い睫毛はおそろしくきっちりカールしていてまばたきするたびに窓のブラインドのようにカタカタ落ちてきてはまたパチンと戻っていく。片手を腰に、もう片手を金髪にあて、猫はゆっくり、蠱惑《こわく》的に歩く。鼠は鼠の穴の前に立っていて、両手をポケットにつっ込んで一方の壁に寄りかかっている。と、鼠の両目が望遠鏡の形になって眼窩《がんか》から飛び出す。それぞれのレンズの中で心臓が脈打っている。ゆっくりと、催眠術にかかったみたいに、鼠はふらふら穴から出てくる。猫がレコードに針を載せ、ルンバが鳴り出す。猫は両手を首のうしろで組んで踊り、左右の尻を突き出し、長い睫毛をはためかせ、向こうを向く。ぴっちりした黒いドレスに包まれてぴくぴく震える背中はスペードのエースの形をしている。鼠が猫の正面に来て、踊り出す。前にうしろに、彼らは大きなステップで部屋じゅう動き回り、リズムに合わせて身をくねらせ、足を蹴り上げる。踊っているうちに猫のかつらがずれてきて、猫の耳が片方露出する。猫は熊皮の絨毯の方へ踊って進み、横向きに寝そべる。睫毛の長い両目を閉じて、赤い赤い唇をすぼめる。鼠は猫の方に寄っていく。そしてポケットに手を入れ、葉巻を一本取り出して、猫の大きな赤い唇のあいだに差し込む。猫の目が開く。両目が葉巻を見下ろし、それから見上げ、ふたたび見下ろす。猫は葉巻を唇から外して、まじまじと見つめる。葉巻が爆発する。煙が晴れると、猫の顔は真っ黒になっている。猫はひきつった、ひどく白い歯をさらした笑みを浮かべる。小さな無数の線が歯の上に現われる。歯がぱちぱちと細かく割れ、抜け落ちる。

猫は台所で、籠の中に仰向けに横たわっている。両手は頭のうしろで組まれ、左の膝が持ち上がり、その上に右のくるぶしが横向きに載っている。鼠のことを想って猫は憤怒の念に駆られる。鼠が自分を軽蔑していることを猫は知っている。鼠を八つ裂きにしてやりたいと猫は思う。火あぶりにしてやりたい、ジュージューとバターの焦げる鍋に放り込んでやりたいと思う。己の憤怒が、飢えゆえの怒りなどではないことを猫は理解している。胸の中で、消化不良のように燃えているこの烈しい感情、これを引き起こしている源は鼠本人なのだろうか。鼠の肉体の華奢《きゃしゃ》さを猫は軽蔑している。櫛の歯みたいに細い腕を、いとも簡単に砕けてしまいそうな頭蓋を、書物と孤独を好むその性癖を軽蔑している。それと同時に、鼠の優雅さや、教養と倦怠を漂わせたその雰囲気、余裕ある態度に自分が敬意を抱いていることも、猫は忌々しい気持ちで自覚している。なぜ鼠はいつも本を読んでいるのか？　ある意味で、鼠は猫を萎縮させる。鼠の前に出ると、自分がぶざまで愚かな存在だという気にさせられるのだ。猫は鼠のことを四六時中、憑《つ》かれたように考えている。そして、あの茶色い部屋にこもった鼠が、自分のことをしばしばまったく考えもしないことを、猫は感じとり、憤りの念に包まれる。もし鼠があれほど無関心でなかったら、これほどの憎悪に自分は駆られるだろうか？　一緒に同じ家で仲よく暮らすことも可能ではないだろうか？　胸に巣喰うこの憤怒の痛みから、自分は解放されるだろうか？

鼠は作業台の前に立って、機械仕掛けの猫の睫毛をカールさせている。猫の長い黒髪は甘草飴《かんぞうあめ》のようにてかてか光っている。唇は舐めたキャンディのように見える。猫はぴっちりした赤いドレスを着て、黒い網タイツと赤いハイヒールをはいている。鼠は機械仕掛けの猫を両足で立たせ、ドレスの背のジッパーを外して、大きなねじを巻く。そしてジッパーを閉め、鼠の穴の出入口へ猫を送り出す。居間に出ると、機械仕掛けの猫は気どった足どりでゆっくり前後に歩く。尖った胸がパーティハットみたいに突き出ている。肱掛け椅子の背の向こうから猫の頭が出てくる。猫の両目の中に、矢の刺さったハートが現われる。猫は這うようにして椅子を乗り越え、蜂蜜のようにぬるぬる床を滑っていく。気どって歩く猫の前まで来ると、猫はするっと背を伸ばして立ち、彼女をうっとり眺める。心臓がどきどき高鳴り、一拍ごとに胸の皮膚を押し出す。猫はポケットに手を入れて麦わらのカンカン帽を取り出し、小粋に傾げて頭に載せる。大きな水玉模様の蝶ネクタイを襟元に締める。と、カチカチという音に猫は気づく。ポケットから丸い黄色の懐中時計を取り出して、耳にあて、しかめ面を浮かべ、ポケットに戻す。身を乗り出して、機械仕掛けの猫の顔に近寄り、その目の中にそれぞれ、ぴかぴか黒光りする、導火線が燃えている丸い爆弾があるのを見る。猫は観客の方を向き、それからまた、危険きわまりない目の方に向き直る。機械仕掛けの猫が爆発する。煙が晴れると、猫の皮膚はずたずたに破れて垂れ、ピンクの生身と水玉模様のボクサーショーツが露出している。

鼠の穴の外で、猫が本物の鼠そっくりの鼠のねじを巻いている。機械仕掛けの鼠はバスローブを羽織ってスリッパをはき、両手をポケットにつっ込んで立ち、鼻の先には眼鏡がちょこんと載っている。猫は鼠の頭のてっぺんを持ち上げる。てっぺんが、蝶番《ちょうつがい》のついた蓋になっているのだ。パチパチ音を立てている赤いダイナマイトの棒を猫はそこに入れて、蓋を閉める。そして鼠を穴の前に置き、アーチ型の開口部から鼠が中に消えていくのを見守る。穴の中で、鼠は椅子に座って本を読んでいる。両手をポケットに入れた訪問者が滑るように寄ってきても、目を上げさえしない。本から目を離さぬま
ま、鼠は手をのばし、己の分身の頭の蓋を持ち上げる。パチパチ音を立てているダイナマイトを取り出して、それをケーキに突き刺し、ケーキを機械仕掛けの鼠の頭の中に入れる。そして鼠を回れ右させて、それがアーチから外に出ていくあいだも、依然として本に没頭している。猫は穴のかたわらにうずくまって、目を閉じ指で耳をふさいでいる。目を開けると、すぐ前に鼠がいる。猫の眉が吊り上がる。猫は鼠をさっとつかんで、頭を開け、こってりフロスティングのかかった、**誕生日おめでとう**と書かれたケーキを取り上げる。ケーキの真ん中に、パチパチ音を立てている赤いダイナマイトの棒がある。猫の髪の毛がぴんと逆立つ。猫は思いきり息を吸い込んで、一瞬ケーキが斜めに歪むほどの力を込めて導火線を吹き消す。これでよし、と猫はニヤッと笑い、舌なめずりして、大口を開ける。何か音が聞こえる。ケーキが大きな音を立てている——コチコチ、コチコチ。猫は怪訝《けげん》そうにケーキを耳にかざしてみる。じっくり耳を澄ます。猫の目に恐ろしい認識が浮かぶ。

猫が明るい黄色のクレーンに乗って居間に入ってくる。クレーンのアームからはぴかぴか黒光りする鉄球がぶら下がっている。猫はクレーンを鼠の穴の前まで操っていって、停める。レバーを二本、押したり引いたりし、それによって鉄球が、巨大なパチンコに付けられた巨大な輪ゴムの中に差し込まれる。輪ゴムがぐんぐんうしろにのびていく。突然、黒光りする球が輪ゴムから発射され、壁に命中する。家全体が崩れ落ち、瓦礫《がれき》の中に、一本の高い赤い煙突だけが残っている。煙突のてっぺんにコウノトリの巣があって、コウノトリが釣り竿を手に、釣り道具箱を横に置いて座っている。鳥は青い野球帽をかぶっている。その下の瓦礫の中で、何かが動いているのが見える。猫がよろよろと、松葉杖に寄りかかりながら立ち上がる。頭は白い包帯に覆われ、片目が隠れている。片方の脚にもギプスがはめてあり、一方の腕には吊り包帯をしている。猫が松葉杖の先っぽを操って瓦礫の山を一部どかすと、壁と床の境の断片が現われる。そこには無傷のままの鼠の穴がある。鼠の穴の中で、鼠は椅子に座って本を読んでいる。

滑稽なまでに間抜けな猫が、何度も何度も失敗する自由を有していることを鼠は認識している。そのぶざまな生涯の長きにわたって、猫は何度でも失敗できるのに、翻って自分は、ただ一度も過ちを犯す自由を与えられていない。もちろん、自分が誤るなどとはおよそ考えにくい。自分の方が猫よりはるかに賢く、猫の笑止千万なる策略はすべてたちどころに見抜いてしまうのだから。それでもなお、自分の方が優れているという思いそれ自体が、ふとした気の緩みにつながって、最後にはそれが致命的になったりしないだろうか？　結局のところ、鼠とて無敵ではない。無敵なのは、警戒心が続いている限りの話である。鼠は退屈している。猫との知恵較べにあまりにたやすく勝ってしまうことに、ひどく退屈している。もっと手応えのある、もっと自分に似た敵がいたら、などと考えることもままある。自分の抱えている退屈が危険な弱味であって、それに対してつねに用心を怠ってはならぬことを鼠は理解している。鼠は時おり思う。こんなふうに自分を見張りつづけるのをやめることができたら。自分を自由に解き放てたら！　そんな思いに鼠は我ながらぞっとし、そっと鼠の穴の方に向き直る。穴にはすでに、猫の影が落ちかけている。

猫が左手から、袋を肩にかついで現われる。猫は袋を鼠の穴のかたわらに下ろす。袋の口をほどいて、両手を中につっ込み、そろそろと慎重に、灰色の雲を取り出す。猫は雲を、鼠の穴の上の空間に据える。雲から雨が降り出し、大きな雨粒が次々落ちてくる。猫は袋に手を入れて、古着をひとかたまり取り出す。そして手早く行商人に変装し、鼠の家の呼び鈴を鳴らす。鼠がアーチ型の玄関に出てくる。鼠は両腕を組んで玄関脇に寄りかかり、足首を交差させて立ち、雨を見やる。猫は袋から鼠サイズの傘を一山取り出し、一つひとつ広げてみせる。赤、黄、緑、青。鼠は首を横に振る。猫は袋から黄色いレインコート、腰まで届く長靴、釣り竿と釣り道具箱を取り出す。鼠は首を横に振る。猫は赤いゴム製のセイウチ、圧縮空気タンク、潜水鐘《せんすいしょう》、ボート、ヨットを取り出す。鼠は首を横に振り、家の中に入って、ドアをばたんと閉める。そしてドアを開け、把手《とって》に札を掛けて、もう一度ばたんと閉める。札には**留守**と書いてある。雨が激しくなってくる。猫は雲の下から出てくるが、雲は彼の頭上にのぼっていって、部屋じゅう彼を追い回す。嵐はますますひどくなり、ゴルフボール大の雹《ひょう》が猫の頭に降りそそぐ。雲の中にゴルファーが大勢現われて、部屋に向けてめいめいゴルフボールを打つ。先が割れた稲妻が光り、雷鳴が轟く。猫は雲から逃れようと部屋じゅう駆け回り、ソファの下に飛び込む。尻尾が外に出ている。稲妻が尻尾を直撃し、尻尾は電線のようにパチパチ鳴る。ソファが一瞬持ち上がって、光を発している、電気ショックで硬直した猫の姿をさらす。尖った毛皮に覆われたその体の内部に、青白い骸骨が見える。と、今度は雲から雪が降り出し、風がひゅうひゅう吹いてくる。絨毯の上に雪が吹きつもり、肱掛け椅子の側面にも見るみる積もって、炉棚まで広がっていき、棚の上の時計が恐怖の表情を浮かべて両方の針で目を覆う。猫は吹雪の中をのろのろ懸命に進んでいくがじき雪に埋もれてしまう。あごからつららが垂れている。猫はその場に、頭を低くして懸命に進む猫の姿そのままに凍りついている。鼠の穴のドアが開いて、鼠が出てくる。耳覆い、スカーフ、手袋を着けている。陽が照っている。鼠は道を空けようとシャベルで雪かきをはじめる。雪猫のところまで来ると、シャベルのてっぺんに這い上がって、雪の顔の真ん中にニンジンを突き刺す。そしてシャベルから這い降り、数歩うしろに下がって、雪玉を投げはじめる。猫の頭がポロリと落ちる。

猫は台所にいて、両手をうしろで組み眉をVの字にひそめて腹立たしげに歩き回っている。頭の上の吹き出しに、願望が浮かぶ——猫が丸鋸《まるのこ》を操っていて、刃はゆっくり、キーンと甲高い音を立てて黄色い板を切り進んでいく。板の端には鼠が縄で縛りつけられ仰向けに横たわっている。像が消えて別の像が現われる。機関士の帽子をかぶった猫が、大きな列車を運転して線路を走っている。鼠が線路の真ん中で大の字になっていて、両手首を一方のレールに、両足首をもう一方のレールに縛りつけられている。鼠の顔から大粒の汗が噴き出すとともに、像が消えて別の像が現われる。猫がウインチを回していて、鉄床《かなとこ》がゆっくり、小さな椅子に縛りつけられた鼠の方に降りていく。鼠は恐怖の表情を浮かべて顔を上げる。突然、猫がクランクを手放し、ウインチが激しく回って、鉄床はヒューッと音を立てて落ちていく。最後の瞬間、鼠は横に転がってそれをかわす。鉄床は吹き出しを突き破って猫の頭に落ちる。

鼠が知恵較べで永久に自分を負かすだろうということを猫は理解しているが、この上なく辛いその認識にもかかわらず、鼠をつかまえたいという欲求は募る一方である。あきらめるつもりはない。鼠との関係における彼の人生はひとつの長い敗北であり、口にしがたい無数の屈辱の連なりである。猫の不幸が緩和されるのは、時おり訪れる偽りの希望によってでしかない。そうした希望が訪れるとき、生涯ずっと味わってきた苦い経験に裏打ちされた疑念も忘れて、いつかは自分が勝利を収めるものと猫は信じてしまう。自分が絶対に鼠をつかまえられはしないことを猫は知っているし、自分がのばす爪を半インチの差で鼠が逃れ、永久に鼠の穴の中に避難しつづけることも知っている。だが猫はまた、鼠をつかまえることによってのみ己のみじめな人生は意味を獲得するのだということも知っている。鼠をつかまえたら、自分はまったく別の存在となるだろう。だとすれば、夜寝床で眠らず鼠に対する陰謀を練るとき、猫が求めているのは自分自身の生なのか？　結局のところ、猫は自分自身を追いかけているのだろうか？　猫はしかめ面を浮かべて、鼻をぼりぼり掻く。

猫が穴の前に、片手に白いチョークを持って立っている。青い壁に、猫は大きなドアの輪郭を描く。鼠の穴はドアの一番下のところにある。猫はドアの把手を丸く描いて、ドアを開ける。足を踏み入れるとそこは真っ黒な部屋である。部屋の奥に鼠がチョークを持って立っている。鼠は壁に白い鼠の穴を描いて、中に入っていく。猫はひざまずいて鼠の穴を覗き込む。立ち上がって、もうひとつドアを描く。そのドアを開けて、足を踏み入れるとそこも真っ黒な部屋である。部屋の奥に鼠が立っていて、鼠はもうひとつ鼠の穴を描いて中に入っていく。猫はもうひとつドアを描き、鼠はもうひとつ鼠の穴を描く。両者が描くスピードはどんどん速くなっていく。ドア、穴、ドア、穴、ドア。最後の部屋の奥で、鼠は壁に白いダイナマイトの棒を描く。白いマッチを描いて、それを手にとり、壁でシュッと擦《す》る。鼠はダイナマイトに点火し、猫に渡す。猫はダイナマイトの白い輪郭を見る。彼はそれを鼠に差し出す。鼠は首を横に振る。猫は自分を指さして、問うように眉を吊り上げる。鼠はうなずく。ダイナマイトが爆発する。

猫が左手から、黄色いヘルメットをかぶり赤い手押し車を押して入ってくる。手押し車には板が高く積んである。猫は鼠の穴の前まで来て、手押し車の持ち手を下ろし、板の山から金槌と鋸を取り出して、歯のあいだに釘を一束くわえ込む。そしてすさまじい勢いで金槌と鋸をふるいはじめ、部屋の一方の端から反対の端へと、もうもうと立つ埃に包まれて作業を進めていく。不意に埃が引いて、猫は己の創造物を眺めている。背の高い、階段によって鼠の穴につながったギロチンを彼は創ったのだ。青黒く光る刃が、両側から柱にはさまれ、首を入れる穴のはるか上から吊り下がっている。首を入れる穴のすぐ下、向こう側に、籠がひとつ置いてある。籠の縁に、猫はくさび型に切ったチーズを置く。一本の紐の端を輪にして、ギロチンの側面にあるレバーに結わえつけ、もう一方の端をチーズに結わえる。そうして背を丸めて忍び足で立ち去り、石炭すくいの陰に隠れる。そこへ鼠が現われて階段をのぼっていき、ギロチンの壇上に行きつく。鼠は両手をローブのポケットに入れて立ち、ギロチンの刃と、首を入れる穴と、チーズとを眺める。そして一方のポケットから、赤いリボンを結んだ黄色い包みを取り出す。壇の端から身を乗り出し、レバーに結わえた紐の輪を外す。首を入れる穴に自分の首をつっ込み、籠の縁からチーズを取って、代わりに包みを置く。紐を包みに結わえつけ、首を入れる穴をもう一度くぐって首をこちら側に戻し、紐の輪をもう一度レバーにくくりつける。そしてポケットから大きな鋏《はさみ》を出して、壇の上に置く。次に一本のロープを取り出して、レバーに縛りつけ、ロープが床近くまで垂れるようにする。鼠は床に降りて、足首を交差させ手押し車の車輪に寄りかかって立ち、チーズを食べる。そこへ猫が現われて壇上に飛び乗る。落ちていない刃を、猫は驚きの表情で見上げている。猫はしゃがみ込み、首を入れる穴の向こうを覗いて、黄色い包みを目にする。猫はしかめ面を浮かべる。そして刃を見上げる。そして黄色い包みを見る。そろそろと慎重に、前足の一方を穴の向こうにのばして、さっと元に戻す。紐を見て、猫はしかめ面を浮かべる。狡猾そうな表情がその目に生じる。鋏に目をとめ、手にとり、紐を切る。しばし待つが、何も起こらない。猫はすっかりその気になって、首を穴につっ込み、包みを取ろうと手をのばす。鼠は片手でチーズを食べながら、もう一方の手でのらくらとロープを引っぱる。刃が一気に落ちて、驀進《ばくしん》する列車の轟音が響きわたる。ヒューッと侘《わび》しく汽笛が鳴る。猫は穴から首を出そうともがく。刃は猫の頭の上半分を切り落とし、それが籠に落ちて、硬貨のように騒々しく転がる。猫は穴から我が身を引き出し、よたよたと動き回って壇の端から籠に落ちる。転がっている頭の上半分を猫はつかまえ、帽子のようにかぶる。前後がさかさまである。半回転させて正しく直す。自分が片手に、赤いリボンを結んだ黄色い包みを持っていることに気づいて猫は驚く。しかめ面を浮かべて、リボンをほどく。中には明るい赤のダイナマイトの棒が入っていて、導火線がパチパチ音を立てている。猫はダイナマイトを見て、観客の方に首を向ける。猫は一度まばたきする。ダイナマイトが爆発する。煙が晴れると、猫の顔は真っ黒になっている。それぞれの目の中で、一隻の船が二つに割れて、ゆっくり水中に沈んでいく。

鼠は椅子に座って、両足を足載せ台に載せ、開いて伏せた本を膝に載せている。憂鬱の気分が彼の中に、あたかも部屋の黄色い色調が脳内にしみ込んだかのように入り込んでいる。自分から活力が抜けて、生気が欠けたように感じられる。己の精神が有する狭い領域内を鼠は動くばかりで、何ひとつ新しい考えは湧いてこない。これも独りで過ごしすぎるせいだろうか？　鼠は猫のことを考え、彼とのあいだに何らかのつながりが、さらには交流が生じる可能性が、ごくわずかにでもあるだろうかと自問してみる。自分たちが友人になることは可能だろうか？　自分は猫に精神的な事柄を享受するすべを教えてやれるかもしれないし、猫からは人生のより素朴な快楽を愉しむすべを教われるかもしれない。もしかしたら猫だって、時には孤独に胸を疼《うず》かせることがあるかもしれない。考えてみたら、自分たちにはずいぶん共通したところがあるのではないか？　どちらも独身だし、あまり外に出ず、家の中のこぢんまりした心地よさを愉しむ性格である。どちらも秘密を好み、策略や陰謀を愛する。

こうした思いを推し進めれば推し進めるほど、鼠には猫が大きな柔らかい鼠であるように思えてくる。猫に鼠の耳と、ふんわりした鼠の前足がついた姿を鼠は想像してみる。猫は白い前掛けを着けていて、台所の食卓に鼠と向きあって座り、チーズが先端に刺さったフォークを口に持っていこうとしている。

猫は右手から、片手に黒板消しを持って入ってくる。猫は鼠の穴のところに行って、しゃがみ込み、穴を消す。立ち上がって、壁を消すと、鼠の家があらわになる。鼠は椅子に座って、両足を足載せ台に載せ、開いて伏せた本を膝に載せている。猫はかがみ込んで本を消す。鼠が苛立たしげに顔を上げる。猫は鼠の椅子を消す。足載せ台を消す。部屋全体を消す。黒板消しをうしろに投げ捨てる。いまや世界には猫と鼠しか残っていない。猫はこぶしで鼠をつかんで持ち上げる。猫の赤い舌が、アイスピックのように鋭い、ギラギラ光る歯の上を舐めていく。歯のあちこちで明るい星が拡がっては縮む。猫は大口をさらに開けて、目を閉じ、ためらう。鼠の死はあらゆる意味で望ましいが、鼠なしの生活は本当に愉しいだろうか？　鼠の不在は自分を全面的に満足させるだろうか？　時には、鼠がいなくて寂しいなどということもありうるだろうか？　何らかの、心穏やかでない意味において、自分が鼠を必要としているという可能性はあるだろうか？

猫がためらうと同時に、鼠はローブのポケットに手を入れて赤いハンカチを取り出す。さっさっとすばやく輪を描いて、猫の目が驚きの表情で見守るなか、鼠は猫の歯を拭きとる。そして猫の目を拭きとる。猫のひげを拭きとる。猫の頭を拭きとる。猫のこぶしに握られたまま、鼠は猫全体を、彼を握っている前足以外すべて拭きとる。それから、きわめて慎重に、前足を拭きとる。そっと飛び降りて、両の手のひらをぱんぱん叩く。鼠はあたりを見回す。何もない白い世界にあって、自分以外には赤いハンカチがあるのみである。しばし間《ま》を置いてから、鼠は自分を拭きとりはじめ、頭から爪先へとてきぱき進んでいく。いまや赤いハンカチ以外何も残っていない。ハンカチがはためき、だんだん大きくなって、突然二つに裂ける。それらが劇場の赤いカーテンになって、じきに閉まりはじめる。閉まりゆくカーテンの上に、黒い手書き文字がひとりでに浮かび上がる――終。

# 消滅芸

# イレーン・コールマンの失踪

失踪の報せに私たちは不安と興奮を覚えた。その後何週間も、ぼやけた、粒子の粗い、誰一人知らないように思える若い女性――もっとも私たちのうち何人かは漠然と彼女のことを覚えていたが――の写真が、郵便局のガラス扉、電柱、コンビニや新装開店なったスーパーマーケットのウィンドウに貼られた黄色いポスターに現われた。毛皮の襟の上の、いくぶん横を向いた生真面目な顔を小さな写真は見せていた。素人の撮った、おそらく元は全身を収めていたスナップ写真を拡大したものらしい。おおかた何かの集まりの記念に、退屈した親戚がぞんざいに撮ったのだろう、と私たちは想像した。当面、女性は夜一人で出歩かぬようにという警告が出されたが、捜査はいっこうに進展しなかった。ポスターも徐々に雨で皺になって土埃の縞がつき、ぼやけた写真は次第に薄くなっていくように見えた。やがてそれらは消滅し、かすかな気まずさがあとに残ったが、それもまた、煙の香る秋の空気の中にだんだんと溶けていった。

新聞の報道によれば、最後にイレーン・コールマンを生きた姿で見たのはメアリ・ブレシントン夫人なる隣人で、その最後の晩、車から出てきたイレーンに夫人は挨拶の声をかけたのだった。車を降りたイレーンは、ウィロー・ストリート沿いの、二階の二間を借りている家の通用口へ向かって、赤いスレート敷きの通路を歩いていった。熊手で落葉を掃き集めている最中だったブレシントン夫人は、熊手によりかかってイレーン・コールマンに手を振り、天気を話題にした。夕暮れの中を通用口へ向かって歩いていく大人しい女性は、小さな紙袋（おそらくは冷蔵庫に未開封で残っていた牛乳の一クォートパックが入っていたと思われる）を片手に持ち、もう一方の手には鍵束を持っていて、変わったところは何も目につかなかったと夫人は述べていた。そのときのイレーン・コールマンの様子について さらに訊かれると、まあ日も暮れかけていて「それほどはっきり」見えませんでしたから、とメアリ・ブレシントンは認めていた。家主の、一階に住んでいて二階の部屋を下宿人二人に貸しているウォーターズ夫人は、イレーン・コールマンは大人しい、落着いた、とても礼儀正しい娘さんだったと評していた。早寝で、知りあいが部屋に訪ねてきたりもせず、家賃もかならず毎月一日に払った。一人でいるのが好きな人でしたね、と家主の女性はつけ加えた。最後の晩、いつものようにイレーンの足音が階段を上がって二階の奥の部屋に向かうのをウォーターズ夫人は耳にした。その際、本人の姿は見なかった。翌朝、家の前にまだ車が駐めてあることに夫人は気がついた。その日は水曜日で、ミス・コールマンはそれまで一度も仕事を休んだことがなかった。午後になって郵便が配達されると、きっと具合が悪いのだろうと思って、ウォーターズ夫人は手紙を一通、二階に届けることにした。ドアには鍵がかかっていた。そっとノックしてみて、それからノックの音をだんだん大きくしていったが、結局合鍵を使って開けた。長いあいだ迷った末に、夫人は警察に電話した。

何日ものあいだ、誰もがこの話題でもちきりだった。地元紙『メッセンジャー』や近隣の町から出ている数紙を、私たちは貪るように読んだ。ポスターをしげしげと眺め、一連の事実を暗記し、証拠を分析し、最悪の事態を想像した。

写りが悪くピントもぼけていても、写真ははっきり明確な印象を残した。目をそらそうとしている瞬間を捉えられた女性、詮索する視線を避けている女性。ぼやけた目はなかば閉じられ、上着の襟は立っていてあごの線を隠し、縮れた一筋のほつれ毛が頰に垂れていた。はっきりとは見きわめかねたが、寒さのせいで肩を丸めているように見えた。だが、私たちのうち何人かが気にしたのは、むしろこの写真が隠しているように思えるものだった。あたかも粒子の粗いその頰の下、鼻柱にぴんと肌が張ったぼやけた細い鼻の下に、誰か別の、もっと若い、もっと慣れ親しんだ像がひそんでいるように思えたのだ。私たちのうち何人かは、イレーンなる人物をおぼろげに覚えていた。高校で一緒だったイレーン・コールマンなる人物、十四年か十五年前に同じクラスだった若いイレーンなる女性を。とはいえ私たちの誰一人、彼女のことをはっきり思い出せはしなかったし、席はどのへんだったか、どんなことをしていたか言える者もいなかった。私自身、たしか英語の授業にイレーン・コールマンという生徒が、二年か三年のときにいたような、あまり気にもとめなかった大人しい女の子がいたような気がした。卒業アルバムを引っぱり出してみると、果たせるかなイレーン・コールマンが見つかった。顔に見覚えはなかった。と同時に、まったく知らない人間の顔にも見えなかった。それはポスターに出ている行方不明の女性であるように見えたが、雰囲気が違っているために、見てもすぐには結びつかなかった。写真はわずかに露出過度で、それが彼女をやや色あせたように、いくらか平板に見せていた。明瞭な不明瞭さ、とも言うべきものがそこにはあった。彼女は美人でも不美人でもなかった。顔はなかば横を向き、表情は生真面目。当時の標準的な型に結った髪は、丹念に櫛を入れたせいで艶が浮かんでいた。彼女はどのクラブにも入らず、スポーツもやらず、何にも属していなかった。もう一枚だけあった写真は、クラス全体で撮ったグループ写真だった。彼女は前から三列目にいて、体がぎこちなく横を向き、目は下を向いていて、顔立ちは見きわめがたかった。

失踪当初、私は何度も彼女のことを思い出そうと努めた。英語の授業で一緒だった、いまや粒子の粗いぼやけた見知らぬ人間に成長した目立たない女の子のことを思い出そうとすると、スチームパイプのかたわらのカエデ材の机に座って本を見下ろしている姿が見えてくる気がした。両腕は細くて青白く、茶色い髪の一部が肩のうしろ、一部が前にかかっている、長いスカートと白いソックスをはいた大人しい女の子。だが自分が彼女をでっち上げているのではないという自信が私には持てなかった。ある晩、私は彼女の夢を見た。黒い髪の少女が重々しい表情で私を見ていた。奇妙な興奮と安堵の念とともに目が覚めたが、目を開けたとたん、夢の中の女の子はミリアム・ブルーメンソールだと思いあたった。まばゆい黒髪の、あの機知に富むいつも笑っている女の子が、夢の変装に身を包んで、行方不明のイレーンとして私の前に現われたのだ。

ひとつの細部が私たちを不安にした。イレーン・コールマンの鍵束は、キッチンテーブルの上、開いた新聞とソーサーと並んで置かれていたのだ。六本の鍵と銀の仔猫がついたキーリング、財布の入った薄茶色い革のハンドバッグ、椅子の背に掛けた裏地がフリースのコート。すべてが突然の、不穏な出発を示唆していたが、特に私たちの注意を惹いたのは鍵だった。鍵束には部屋の鍵も含まれていたからだ。ドアを施錠するには二つ方法があることを私たちは知った。内側からつまみを回して錠をスライドさせるか、それとも外から鍵を使うか。ドアが施錠されていて鍵が部屋の中にあったのなら、イレーン・コールマンがドアを通って外に出たということは、もうひとつ鍵が存在するのでない限りありえない。誰も本気で考えはしなかったが、別の人間が別の鍵を使って部屋に入ってふたたび外に出たという可能性や、イレーン本人が別の鍵を持ってドアから出て外から鍵をかけたという可能性も皆無ではない。だが警察がいくら捜索しても、鍵の複製が作られたという記録は出てこなかった。それよりむしろ、四つある窓のどれかから外に出たという方がずっとありえるように思えた。窓のうち二つはキッチン兼リビングルームにあって裏手に面し、二つはベッドルームにあって一方は裏手を、一方は側面を向いている。バスルームにも第五の小さな窓があったが、高さも幅も三十センチくらいしかなく入るのも出るのも不可能だった。出入り可能な四つの窓のすぐ下には、アジサイの植え込みとツツジの茂みがあった。窓は四つとも閉まっていたが鍵はかかっておらず、外側にしつらえた雨戸は定位置に収まっていた。したがって我々としては、イレーン・コールマンがわざわざドアからではなく地上四メートル半の高さの二階の窓から脱出したか、もしくは侵入者が窓から入ってきて彼女を運び去り、どちらであれその際に窓も雨戸もきちんと閉めていったと想像するほかないように思えた。ところが、四つの窓の下の茂み、草、葉にはいっさい乱された跡がなかったし、室内にも不法侵入を匂わせる証拠は何も見つからなかった。

もう一人の下宿人であるヘレン・ジオルコウスキー夫人は、玄関側の二間に二十年前から住んでいる七十歳の未亡人で、イレーン・コールマンのことを感じのいいお嬢さんと評し、大人しくてとても色が白くていつも一人でいるタイプと言い表わした。彼女の青白さのことを私たちが耳にしたのもこのときが初めてであり、これによって彼女にはある種の魅惑が加わることになった。最後の晩、ジオルコウスキー夫人はドアが閉められ錠が回される音を耳にした。冷蔵庫が開いて閉まる音、室内を動き回る軽い足音、皿がぶつかる音、やかんの鳴る音が聞こえた。静かな家なので、いろんな音が聞こえてくるというのだ。だがこれといって異常な音は聞こえず、悲鳴、人の声、争いのような音は何もなかった。実際、七時以降、イレーン・コールマンの居住空間からはいっさい何の音もしなかった。ジオいつも聞こえる夕食を作る音がキッチンから聞こえてこないので意外な気がしたくらいだった。ジオルコウスキー夫人自身は十一時にベッドに入った。夫人は眠りが浅く、夜中にもよく起きているという。

イレーン・コールマンを思い出そうと努めたのは私一人ではなかった。私と同学年に高校に通った、いまではこの町で自分の家族と暮らしている人たちは、彼女がいたということ自体は疑わずとも、ではどんな人物だったのかと考えるとどうにもはっきりせず、とまどいを抱えたままだった。ある者は、二年生の生物の授業で彼女が黒光りする解剖用プレートに縛りつけた蛙の上にかがみ込んでいる姿を記憶していた。またある者は、最終学年の英語の授業で、スチームパイプの脇ではなく教室の一番うしろに座っていた彼女を——あまり喋らない、ぱっとしない髪の女の子を——記憶していた。だがその人物も、彼女が教室の一番うしろにいたことははっきり覚えていても、あるいは覚えていると言いはしても、それ以上は何も覚えておらず何の細部も思い出せなかった。

失踪からおよそ三週間経ったある晩、イレーン・コールマンとはまったく無関係な、心乱される夢から私は目覚めた。夢の中で私は窓のない部屋にいて、緑っぽい明かりが灯っていて、閉じたドアのうしろで何か恐ろしい力が結集しつつあった。私はベッドの上で身を起こした。不安な気持ちはもう消えていたが、自分が何かを思い出す瀬戸際にいるような気がした。と、ハッとするほどあざやかに、十五か十六の時に行ったパーティのことを私は思い出した。地下の遊戯室がありありと目に浮かんだ。開いた楽譜が譜面台に載ったピアノ。白い譜面と、そばの肱掛け椅子に座った女の子のストッキングをピアノランプが照らす光の加減。ストライプ模様のカウチ。部屋の隅で小さい子供みたいに積木で遊んでいる男子数人。煙草の煙。プレッツェルのスティックを盛ったボウル。そして、窓際の足載せクッションの上に、いくぶん身を乗り出して、白いブラウスを着て長い黒っぽいスカートをはいた、両手を膝の上に載せたイレーン・コールマンが座っていたのだ。その顔は大ざっぱであり——茶色がかった黒髪、粒子の粗い肌——行方不明のイレーンの写真に影響されている形跡があちこちにあって完全に信用するわけには行かなかったが、それでも、彼女のことを思い出したのだという確信ははっきりあった。

像をいっそうくっきりさせようと努めたが、どうも私は、彼女のことをじかに見たのではないようだった。その晩の情景を思い起こそうとすればするほど、地下の遊戯室の細部は見えてきても（ピアノの欠けた白鍵に置かれた私の両手、どんどん高い塔を形成していく緑と赤と黄の積木、胸から両腕を押し出してバタフライを演じて見せている水泳チームのメンバー、透きとおったストッキングをはいたロレーン・パラーモのまぶしい膝）、イレーン・コールマンの顔は呼び出せなかった。

家主の女性によれば、寝室には何の乱れも見られなかった。枕はベッドカバーから出されてヘッドボード際に置いてあった。ナイトスタンドには半分飲みかけの紅茶のカップが、新しい金物店の開店を告げる葉書の上に載っていた。ベッドカバーにはわずかに皺が寄り、その上に、小さな水色の花柄がついた白いフランネルのナイトガウンと、分厚いペーパーバックが一冊開いたまま置いてあった。ナイトスタンドに載ったランプは点けっ放しになっていた。

寝室の戸口に立った家主の女性の姿を私たちは想像しようとした。静かな部屋に彼女が最初の一歩を踏み入れると、閉じたブラインドのすきまから午後の陽ざしが差し込み、陽光の縞に染まったランプの青白い電球が熱を発している。

新聞の報じるところでは、イレーン・コールマンは高校卒業後ヴァーモントの小さな大学に進んで経営学を学び、大学の新聞に劇評を一本書いた。卒業後もその大学町で一年暮らし、シーフードレストランでウェートレスをしていた。それからこの町に戻ってきて、何年か一部屋のアパートに住んだのちウィロー・ストリートの二間の下宿に移った。大学在学中に両親はカリフォルニアに引越し、やがて電気技師をしている父親は一人でオレゴンに移った。「意地悪なところはこれっぽちもない子でした」という母親の言葉が新聞に載った。イレーンは地元の新聞社に一年勤め、その後ウェートレス、郵便局とコーヒーショップ勤務を経て、近隣の町の事務用品店に職を得た。人々は彼女のことを、大人しい、礼儀正しい、よく働く女性として記憶していた。親しい友人はいないようだった。

私はいまや、大学生のころ夏休みの帰省中に、そしてその後この町に戻ってきて腰を落着けたころに見かけた、何となく見覚えのある顔のことを思い出していた。彼女の名前はもうとっくに忘れてしまっていた。スーパーマーケットの通路の向こう端やドラッグストアの列に立っている彼女、本町通りの店の中に消えていく彼女を、私は友人の叔母さんを見るかのように、見ることなく見ていたのだ。すれ違うことがあれば、会釈だけはして、ほかのことを考えながら通り過ぎていった。何しろ我々はべつに、友人同士だったことはなかった――そう、まったく何であったこともなかった。彼女は私にとって、高校で一緒だった人物、それだけだった。どんな人間なのかほとんど何も知らないが、さりとて彼女に恨みがあるとかいうこともない。あれは本当に行方不明のイレーンだったのだろうか？彼女が失踪して初めて、それらつかのまの遭遇が、ある種の痛ましさに彩られているように思えてきた。その痛ましさが偽物であることは私も自覚していたが、それでもやはり感じずにはいられなかった。自分は立ちどまって彼女と話すべきだった、彼女に警告すべきだった、彼女を救うべきだった、とにかく何かすべきだった。そう思えた。

パーティの記憶が戻ってきた三日後、イレーン・コールマンをめぐる第二の生々しい記憶がやって来た。高校のころのこと、私は友人のロジャーと一緒に町を歩いていた。晴れた秋の午後で、秋にしばしば訪れる、空があまりにも青く澄んでいるものだから秋というより夏に思えてしまうのにサトウカエデはもうすでに紅葉し落葉焚きの煙が目をつんと刺す日だった。私たちは長い散歩に出ていて、町の反対側の見慣れぬ界隈に迷い込んでいた。あたりの家はどこも小ぶりで、ガレージが母屋から離れていた。芝生の上に、時おりプラスチックの黄色いひまわりや作り物の鹿があった。ロジャーは自分が夢中になっている、ギディオン・ヒルのお屋敷に住んでいるテニス好きの女の子のことを話していた。庭師に変装して、お屋敷の薔薇の刈り込みを請け負いますと言えばいい、と私は進言した。「薔薇作戦。成功間違いなしさ」と私は言った。「庭師じゃ相手にしてもらえないよ」とロジャーは真顔で答えた。どこかの家のガレージの前を通りかかると、ジーンズに黒っぽいパーカの女の子が一人、ネットのない輪にバスケットのボールを投げていた。ガレージの扉が開いていて、中にある古い家具が見えた。ランプが上に転がっているカウチ、逆さに立てた椅子の載っているテーブル。と、バスケットボールが縁に当たって車寄せに落ちて、私たちの足下まで転がってきた。私はそれを拾って女の子に投げ返してやった。彼女ははじめボールを追って走りかけていたが、私たちを見たとたん立ちどまったのだった。私は彼女をイレーン・コールマンだと認識した。「ありがとう」と彼女は、両手でボールを抱えながら言い、少しためらってから、うつむいて顔を横に向けた。

その午後のことを思い出していて私が一番気になったのも、そのためらいの一瞬だった。そこにはいろんな意味が考えられる。「あなたとロジャーとで少しシュートしたい?」あるいは「あなたもシュートしたらって誘いたいんだけどあなたにその気がないなら誘いたくない」。それとも全然別の意味だったかもしれない。だがその瞬間、事態がいろんな方向に転びうるように思えたその瞬間に、ロジャーがきっと私を見て、口を動かして無言で「よせ」と伝えたのだ。ロジャーのその表情、その判断をイレーンも見たのだと思うと私の記憶は穏やかでなかった。きっと彼女は、自分が切り捨てられた気配を読みとることに長けていたにちがいない。ロジャーと私は秋たけなわの青い午後へと、ギディオン・ヒルの女の子のことを話しながら歩き去った。澄んだ空気の中、私の耳に、車寄せをガレージの方へ戻っていくイレーン・コールマンがボールを弾ませる甲高い音がくり返し響いてきた。

ひとたび目にされたものは永久に心の中に残っている、というのは真実だろうか？　第二の記憶が訪れたあと、待ってましたとばかりさまざまな情景が戻ってくるのではと私は待ち構えた。高校の最終学年、英語の授業でもホームルームでも私は毎日彼女を見ていたにちがいない。廊下でもすれ違っただろうしカフェテリアでも見ていただろうし、何しろ小さな町だから通りや店でばったり出くわすことも当然あったはずだ。ところが、パーティとガレージ以外、私は何ひとつ、何の情景も呼び起こせなかった。彼女の顔も見えなかった。あたかも彼女に顔が、目鼻がないかのようだった。三枚の写真ですら、三人別々の人間の写真に思えた。あるいは、誰も見たことのない一人の人間の三つのバージョン。こうして私は、二つの記憶に戻っていった。一心に精査して初めて明るみに出しうる秘密をそれらが隠しているかのように、じっくりそれらと向きあった。だが、ピアノの欠けて黄ばんだ白鍵も、まぶしく光るストッキングも、秋の青空も、椅子やテーブルや箱を置いた薄暗いガレージに差し込む陽ざしのかけらもますますはっきり思い出してきたし、ピアノのそばにいた誰かのはき古した黒いローファーと白いリブニットのソックスも、ガレージの黒光りする板屋根も見えてきたのに――少なくとも見えてきたと思えたのに――イレーン・コールマンだけはこれまで思い出した姿しか見えなかった。パーティでの膝に載せた両手、車寄せでのためらいの一瞬、それだけだった。

最初の数週間の、この一件がまだ重大ニュースと思えた時期に、近くの町の化学工場に勤務するリチャード・バクスターなる人物を新聞社が探し出してきた。バクスターが最後にイレーン・コールマンに会ったのは三年前のことだった。「何度かデートしました」と新聞に発言が載っていた。「いい人でしたよ、物静かで。あまり喋りませんでしたね」。実のところあんまり覚えていないんです、と彼は述べていた。

警察の困惑、手がかりの欠如、鍵のかかったドア、閉じた窓。それらを思うと、そもそも問題の設定の仕方は適切なのだろうか、という疑問が私の胸に湧いてきた。私たちは何か決定的な要素を取り込みそこねているのではないか。失踪をめぐるすべての議論において、細かいバリエーションは多々あるにせよ、可能性は二つしか検討されていなかった。すなわち、誘拐と逃亡。第一の可能性は、決して全面的には却下されなかったものの、警察の捜査の結果、疑わしいと考えざるをえなくなった。室内にも家の外にも、侵入者の痕跡は何ひとつ発見されなかったのだ。したがって、本人が自発的に姿を消したと考える方が妥当であるように思えた。実際、イレーン・コールマンが自分の意志で孤独で単調な生活の殻を破り、新しい生活をはじめようとひそかに旅立ったのだと想像するのはなかなか魅力的だった。一人ぼっちで、友もなく、落着かない、不幸な、三十歳の誕生日を控えた彼女は、内なる抑制をついに打ち破って、冒険の魅惑に身を預けたのだ。この説なら、置き去りにされた鍵束、財布、コート、車も巧みに取り込める。それらこそ、生活の中の慣れ親しんだ要素を彼女がすべて断ち切った証しというわけだ。懐疑的な連中は、クレジットカードも運転免許証も財布に残っていた二十七ドル三十四セントもなしではそんなに遠くへは行けまいと批判した。だが、結局この説の説得力を奪っていたのは、その思い描かれた逃走の、いかにもありきたりな、臆面もないロマンチックさだった。そのような逃走は、生涯保ちつづけてきた静かな習慣をイレーン・コールマンが克服することを前提にしているのみならず、私たちが彼女をめぐって抱いている願望に大きく彩られていて、彼女自身のものではない欲求に染められているように思われたのである。かくして私は、失踪には何か別の説明の仕方があるのではないか、何か違った、より捉えがたい、より危険な論理を必要とするもっと思いきった見方があるのではないかと考えはじめたのである。

警察は犬を使って町の北の林を捜索し、材木置場の裏の池を浚《さら》った。少しのあいだ、彼女は勤め先の駐車場で連れ去られたのだという噂が流れたが、彼女が車で帰っていくのを従業員二人が見ていたのだし、メアリ・ブレシントンは夕方帰宅した彼女に手を振ったし、ジオルコウスキー夫人も彼女が冷蔵庫の扉を閉めて皿を鳴らし室内を歩き回るのを聞いているのだ。

誘拐も逃亡もなかったとすれば、ならばイレーン・コールマンは明らかに、階段をのぼって自分の部屋に入ってドアに鍵をかけて冷蔵庫に牛乳をしまってコートを椅子の背に掛けて、そして――消えたのだ。それに尽きる。議論、終わり。あるいは、別の言い方をするなら、失踪は彼女の住まいの中で起きたにちがいない。誘拐と逃亡を排除するなら、イレーン・コールマンは二間のどこかで発見されてしかるべきであった。たとえば、クローゼットから死体で見つかるとか。だが警察は徹底的に捜査したのである。彼女は自分の部屋から、私の心から消えたのと同じくらい完全に消えたように思えた。消えて、自分がかつてそこにいたことを示唆すべくごくわずかな手がかりを残していったのだ。

捜査がだんだん尻すぼみになっていき、ポスターが色あせてついには消滅していくなか、私はイレーン・コールマンのことをもっと思い出そうと懸命に努力した。せめて彼女を回顧することが自分に課された義務だと思えたのである。私が気に病んだのは、失踪そのものではなく――何しろ私は彼女のことをほとんど何も知らないのだから――またその失踪がひょっとしたら陰惨なものだったという可能性ですらなく、むしろ、私自身の記憶の役立たずぶりだった。そしてほかの人々となると、もっと漠然としか思い出せていない。あたかも、私たちのうち誰一人彼女を一度も見なかったかのような、見たとしても頭では何かもっと面白いことを考えていたかのような有様なのだ。自分たちが何かはっきりしない犯罪を犯したような気に私はさせられた。時おり目の隅で彼女を見ていた私たち、彼女を見ることなく見ていた、悪気なしに彼女に本気で注意を払わなかった私たちは、すでにそのときから、最終的に彼女を見舞った運命への準備を強いていたのではないか。私たちはすでに、私にもまだよくわからない何らかの意味において、失踪へと彼女を押しやっていたのではないか。

このように回想が役に立たなかった時期、イレーン・コールマンをめぐる擬似記憶とでも呼ぶしかないものを私は得た。そしてその擬似記憶は、そこに彼女という人間がどれだけ含まれているのかよくわからないがゆえに、かえって私の心に取り憑くことになった。失踪の二年か三年前のことである。自分が映画館に、友人と、その妻と、当時つきあっていた女性と一緒にいたことを私は思い出した。それは白黒の、字幕つきの外国映画だった。スクリーンに映った俳優がげんこつでドアを力一杯叩きながら発した悪態の翻訳がひどく子供っぽかったので友人の妻が爆笑したことを私は思い出した。四人でポップコーンの大きな箱を回して食べたこと、エアコンが強すぎて夏の夜の暑さを恋しく思ったこともよみがえってきた。やがて照明がゆっくりと点き、クレジットがいまだ画面に流れる最中、混んだ通路を四人で進んでいると、向こう側の通路付近の席から黒っぽい服の女性が立ち上がるのが目に入った。彼女をちらっと見ただけで、私はむっとして目をそらした。彼女は私が何となく知っている誰かを思い起こさせた。高校で一緒だった、いまも時おり見かける、名前はもうとっくに忘れてしまった誰かだろうか。私は彼女と目を合わせたくなかった。誰だかよくわからないが、とにかくこの人物と無意味な、ぎくしゃくした言葉をやりとりするのは億劫《おっくう》だった。まぶしい、混みあったロビーに出た私は、無益な遭遇を覚悟した。ところがなぜか、彼女はいつまで経っても館内から出てこなかった。ほっとした気持ちで、すでに鬱陶しく思えはじめている夏の夜の暑さへと出ていきながら、私はふと、ひょっとしたら彼女は私がむっと顔をそむけたのを見たせいでわざと出てこないのではと思った。それから私は、館内で見かけたこの女性に対し、この擬似イレーンに対し冷たくふるまったことを一瞬後悔した。何しろ私はべつに彼女に、かつて英語の授業で一緒だったこの女性に、何の恨みもないのだから。

探偵のように、恋人のように執拗に、彼女をめぐる数少ないイメージに私は戻っていった。パーティでの目立たない女の子、バスケットボールを抱えてうつむいている女の子、卒業アルバムでの横を向いた顔、ぼやけた警察写真、私が町なかで時おり会釈した今や少し歳を取った漠たる人物、映画館の女性。自分が彼女に対し何らかの不正を働いたかのように、何か償うべきことがあるかのように感じられた。乏しいイメージが私をからかっているように、失踪の秘密を隠し持っているように思えた。朦朧とした女の子、ぼやけた写真……時おり私は、胸の内に震えを、おののきを感じた。途方もない啓示がすぐそこまで迫っている気がした。

ある夜私は、イレーン・コールマンと一緒にバスケットボールをしている夢を見た。夢の中で車寄せは浜辺でもあり、浅い水の中でボールはぴちゃぴちゃ跳ねた。イレーン・コールマンは声を上げて笑っていて、顔も明るく輝いていたがなぜかその顔は隠れていて見えず、目が覚めると、私の人生の大きな過ちはあの笑い声を一度も引き出さなかったことだという思いが湧いた。

気候が寒くなっていくにつれて、人々がもはやイレーン・コールマンのことを話したがらなくなったことに私は気がついた。彼女はただ単に失踪したのだ、それだけのことだ、きっとそのうち発見されるだろう、あるいは忘れられるだろう、それで片がつくはずだ。人生は進んでいく。みんなそう言いたげだった。時おり私は、人々が彼女に腹を立てているような印象を受けた。あたかも、失踪することによって、彼女が私たちの生活をややこしいものにしてしまったかのように。

一月のある晴れた午後、私は車でウィロー・ストリートの家まで出かけていった。そこは私も知っている通りであり、もうすっかり落葉した、幹の折れ曲がったカエデが並び、道路と向かいの家並とに長い影を投げていた。あざやかに青い郵便箱が隅にひとつ立っていて、そのかたわらの電柱のずっと上の方では、ドラム缶の形をした変圧器が腕木の下に据えられている。私は車を通りの向かいに、それも真向かいではない場所に駐め、まるで法律を破ってでもいるかのようにこっそり家を眺めた。その一画に並ぶほかの家々と変わらない、二階建ての板張りの家で、側面に切妻《きりづま》があって屋根は黒かった。壁板は薄い灰色に、鎧戸《よろいど》は黒に塗ってある。どの窓にも淡い色のカーテンが掛かっていて、赤いスレート敷きの通路が家の側面の通用口につながっていた。通用口のドアは上の方に小さな窓が二つあって、ここにもやはりカーテンが掛かっていた。葉の落ちた茂みが壁にそってのび、裏庭が一部見えて鳥の餌箱が枝から吊してあった。この静かな家での彼女の暮らしを私は想像しようとしたが、何も、まったく何も想像できなかった。彼女がそこで暮らしたことなどまったくなかったような、私と同じ高校に通ったこともまったくなかったような気がした。まるで彼女がこの町の見た夢であるかのように、一月の午後の寒い陽なたで町が昼寝している最中に見た夢であるかのように思えた。

そのうららかな、嘲《あざけ》るような、「ここには何も変なことはありませんよ。私たちはまっとうな通りです。もう十分見たでしょう。あきらめなさい」と言っているように思える通りから私は車を出したが、彼女を離すまいと思う気持ちはなおいっそう強くなっていた。どうすることもできずに、乏しいイメージを私はひっかき回し、手がかりを探し、さまざまな示唆を嗅ぎとったがどれひとつどこへも導いてはくれなかった。彼女が私からすり抜けていくのを、消えていくのを私は感じた。幽霊の女の子、ぼやけた写真、目鼻のない女、座席から立ち上がって漂うように去っていく黒っぽい人影。

ナイトテーブルの上に置いたフォルダにしまった新聞記事に私は戻っていった。特に気になったのは、失踪前最後の夜に家主の女性がイレーン・コールマンを自分の目で見てはいないという点だった。夕暮れの中で彼女に手を振った隣人も、相手が「それほどはっきり」見えたわけではないのだ。

二晩後、私は夜中にいきなり目を覚ました。夢に驚かされたかのようにハッと起きたが、何の夢も思い出せなかった。次の瞬間、真実が、こめかみへの殴打のように私を襲った。

イレーン・コールマンは、警察が信じているように突然失踪したのではない。彼女は徐々に、長い時間をかけて消えていったのだ。誰にも気づかれず隅に座っていた年月、誰にも見られず過ごした年月に、自分というものが危うい、安定を欠いたものだという意識を彼女は植えつけられたことだろう。自分がほとんど透明になったような気がすることもよくあっただろう。人は他人の心に自分を刻み込むこと、他者の想像力の中へ入ることによって存在するというのが本当なら、誰も目をとめないあの大人しいぱっとしない女の子は、自分がだんだんぼんやりしてくるのを時として感じたにちがいない。世界が注意を怠ることによって、だんだん自分が消去されていくのを感じたにちがいない。高校のあいだは、もうずっと前にはじまっていたにちがいない不鮮明化のプロセスも、まだ危機的段階までは達していなかった。いつもうつむいた、目をそむけた顔も、まだ少し曖昧になってきただけだった。

それが大学から戻ってきたころには、消去もだいぶ進んでいた。町なかで見られることなしに見かけられた女性、誰もはっきり思い出せず誰にも想像されない人物は、夕暮れどきの部屋のように次第にぼやけ、色あせ、消えつつあった。夢の領域へと彼女は否応なく向かっていたのだ。

あの最後の晩、夕暮れどきに本当に彼女を見ることなしにメアリ・ブレシントンが手を振ったとき、イレーン・コールマンはもうほとんど影でしかなかった。彼女は階段をのぼって自分の部屋に行き、いつものようにドアに施錠し、牛乳を冷蔵庫に入れてコートを椅子の背に掛けた。背後にある中古品の鏡に、その姿はほとんど映っていなかった。彼女はやかんで湯を沸かし、キッチンテーブルに座って新聞を読みながら紅茶を飲んだ。近ごろ彼女は疲れを感じていただろうか、それとも軽さの感覚、期待のようなものがそこにはあっただろうか？　寝室へ行ってティーカップをナイトスタンドの葉書の上に置き、青い小さな花の柄の重たい白いナイトガウンに着替えた。少し休んで疲れが取れたら夕食を作るつもりだった。枕をベッドカバーの下から出して、本を手に横になった。夕暮れは夜へと深まりつつあった。暗くなってきた部屋で、影のようなナイトスタンドと、椅子から垂れたセーターの袖と、ベッドに入った自分の体のかすかな輪郭が見てとれた。彼女はランプを点けて本を読もうとした。瞼は重く、目がだんだん閉じていった。不快ではない疲れ、これで終わりなのだという思い、自分が散っていくような感覚を私は想像した。翌日になると、ベッドの上にナイトガウンとペーパーバックがあるだけだった。

細かいところは少し違っていたかもしれない。もしかしたらある晩、自分の身に起きていることに彼女は気がついたのかもしれない。己の存在の深遠なる動きに包まれて、自分の宿命を受け容れ、消滅の力と手を結んだのかもしれない。

　彼女は一人ではない。夕暮れどきの街角、暗い映画館の廊下、淡いオレンジの照明が灯る物悲しいショッピングセンターの駐車場に並ぶ車のフロントガラスの中、我々は時おり彼女たちを、この世界のイレーン・コールマンたちを見かける。彼女たちは目を伏せ、顔を横に向け、影に包まれた場所へ消えていく。時おり私は、彼女たちのほぼ透明な肌を通して、背後にある光や建物が見える思いがする。私は彼女たちと目を合わせようと、彼女たちを大事に思う気持ちでもって彼女たちの中に入っていこうと努めるが、それはいつも手遅れだ、彼女たちはすでに消えかけている、気づかれぬことの長い習慣の中にこもってしまっている。だからもしかすると、何か暴力が介在したのではないかと疑った警察は、結局のところ間違っていなかったのだ。なぜなら私たちはもはや無罪ではないからだ。見もせず、思い出しもしない私たち、知ろうとしない私たちは、失踪の共謀者にほかならない。私もイレーン・コールマンを殺したのだ。この陳述を、しかるべく記録に残していただきたい。

# 屋根裏部屋

## 1　目覚めている人間と夢を見ている人間

僕がウルフに初めて会ったのは高校二年の三月のことだった。これはウルフの物語ではないのだが、まずは彼から語りはじめるべきだと思う。僕がその日教室に入って、完璧に極めた入念な無頓着さとともにどさっと席に座り込み、年代物の、茶色っぽく赤い表紙の底の布から糸が何本か剝げかけていること以外何の興味も感じない『カスタブリッジの町長』を開くのと同時に、右の列、二つ前の席にいる誰かを僕は意識した。まるでこの人物が、すぐ前の瞬間から存在しはじめたような感じがした。ライトグレーのスーツに僕は目を惹かれ――この学校でスーツを着る奴なんかいない――上着の左ポケットを押し下げているペーパーバックのてっぺんも見えた。間違った服を着た転校生。僕はつかのま彼を憐れに思ったが、スーツに対する軽蔑と本への好奇心も同時に覚えた。自分の左手の甲を彼は見ているらしかったが、一瞬その目が、教室の横に並ぶ高い窓の方に向くのも僕は見てとった。一九五九年のこの穏やかな朝、窓のひとつは押し上げられ、落ちないよう植木鉢を逆さにしてはさんである。僕はなぜか、彼がつかつかと部屋を横切り窓をもっと押し上げてそのまま外に出ていく姿を思い浮かべた。

全員が着席すると、バシック先生は転校生に起立を命じた。彼はその行為を、驚くほど優美にやってのけた。背の高い若者が自信をみなぎらせ、笑顔こそ浮かべていないもののライトグレーのスーツを着た姿にぎこちないところは少しもなく、髪の一部は耳のうしろに撫でつけられ一部は幾束かに別れて額に垂れ、細長い両手を力まず下げて、教室中の知らない人間の視線が自分に注がれていることも少しも苦でなさそうに、あるいは単にどうでもいいと思っているみたいに立っていた。ジョン・ウルフソン、同じコネチカットのどこか別の場所からこの町に来たという。ウィリアム・ハリソン校にようこそ。着席するときも、僕だったら急いだりぎこちなかったりするところだろうがそういうこともまったくなく、授業が始まるとともに一応の敬意を示して深々と座り直して姿勢を正した。五分後、その左手が上着のポケットにするっと入ってペーパーバックを取り出すのを僕は見た。授業が終わるまでずっと、本は膝の上で開いていた。

その日の後刻に廊下ですれ違うと、彼はもう上着を脱いでネクタイを外していた。きっといまはどちらもロッカーのフックから侘しくぶら下がっているのだろう。翌日彼は、すっかり新しい服装で現われた。チノパンツ、履き古して両横がつぶれたように見える黒のローファー、袖を二度折り返したライトブルーの長袖シャツをカジュアルに着こなしている。そのさりげなさを僕は羨み、女の子たちは彼に笑顔を送り、一週間としないうちに僕たちは彼をウルフと呼んで、もうすっかり彼が仲間だという気になって、何かを面白がっているみたいに見えるグレーの瞳をしたこの新参者がずっと前から一緒だったように思いはじめていた。噂では、父親が突然コネチカットの別の場所から転勤になったらしい。さらに噂では、ウルフはプレップスクール（寄宿制私立学校）を成績不良で退学になったか、漠然と華麗であるらしい謎の理由で放校になったということだった。ゆっくりと笑みを浮かべ、人当たりもいいが、どこかよそよそしいところもあった。苦もなく溶け込んだこと以外で僕の目を惹いたのは、いつも教科書に交じって見える場違いなペーパーバックだった。その本が彼という人間を語っていた。スーツはやめたけれどそれ以上やる気はない、と本は伝えているように思える。そのことと、感じとれるわずかなよそよそしさ、一人で完結している雰囲気、笑みに時たま感じられるかすかな嘲り、それらすべてが、彼がただの人気者になるのを妨げていた。時おり、僕たちとまったく同じに見えるよう努めているのも、ただ単に注目を集めず好きなことができるようにするためじゃないかという気がした。

僕と彼はぎこちない友人関係に入っていった。僕もやはりこっそり本を読んでいたのだ。でも僕は学校には持っていかず、横に長い本棚と、クッションの沈みかけた古い居間用の肱掛け椅子がある自分の部屋に置いていた。けれど友だちになったのはそれが主たる理由ではなかった。そのころ僕は自分のことを、変装している人間と考えていた。親の言いつけをよく聞く息子、成績オールAの生徒、友だちも多くて卓球が好きでなかば公式のガールフレンドもいる愛想がよく育ちもいい少年の下にはもう一人、落着かない、捉えがたい、嘲りの目で世界を見る、破壊的で傲慢な人間が隠れていたのだ。この影の自分、密かな自分は、友人たちと笑いあって学校のダンスパーティに行って夏の午後を浜辺で過ごすもう一人の人間とは何の関係もない。何かはっきりしない意味において僕は感じていたのだ、僕の秘密の読書は、より真の――あるいはよりよい――僕自身が待ち受けている密かな場に向かって掘り進む経路なのだと。でもウルフは全然賛成しなかった。「本は夢を見るための機械さ」と彼は言い放った。そう言ったのはある日、二人で町の図書館の階段に座り込み、柱に寄りかかって話していたときのことだ。「本の目的は、人を世界の外へ連れ出すことだ」と彼は言った。そうして片方の親指をぐいっと曲げて、僕が週に三日、放課後に二時間アルバイトしている図書館の扉を指した。「夢工場へようこそ」。僕にとって本はそれとは違う、本は僕の前に立ちはだかっているものを乗り越える助けになってくれるんだ、と僕は言い返したが、さりとて自分の前に何が立ちはだかっているのか、乗り越えてその向こうの何にたどり着きたいのかはわからなかった。「君の前に立ちはだかってるのは」とウルフは、もうそのことは前に考えたと言わんばかりの口調で言った。「これ全部さ」――そして漠然とメインストリートの方を指し示す。「店、家、教室、目覚まし時計、六時の夕食、健康な肉体に健全な精神。秩序立った暮らし」。彼は肩をすくめ、本を一冊掲げた。「ここから出るための切符だよ」。そしていつものゆっくりした、気だるげな笑みを浮かべたが、そこにはいくぶん嘲りも混じっている気がした。

四月の暖かい、どの窓も開け放たれて、野球場の向こうにのびている線路まで見通せるある日に、ウルフは僕を家に招いてくれた。僕たちは放課後一緒に学校を出て、僕は自転車を押して歩いた。凹んだ網かごの中で教科書の山が跳ねた。ウルフは僕の横を歩き、シャツの広告のモデルみたいにナイロンの上着を肩にかけ、教科書を腰のところで持っていた。僕の家は海からも遠くない、平屋住宅が並ぶやや新しめの区域にあったが、ウルフの家は町の反対側、高速道路も越えた先の、それぞれの家がもっと大きく木々がより鬱蒼と茂り緑も濃い地域にあった。大型トラックが通る音が頭上で轟く陸橋の下の日蔭に僕らは入っていき、それから、細長い板で作ったベンチのある小さな公園を抜けていった。少しすると、曲がりくねった、赤い反射鏡の付いた短く茶色い杭の行列に縁どられた道路を僕たちは歩いていた。このあたりでは家は道路からずっと引っ込んで、松、樫、楓《かえで》の木々の向こうに建っている。片側に高い木の柵が、もう一方に高い生垣がのびている車寄せの道に僕たちは入り、曲線を描いている坂をのぼっていった。

　曲がり目を越えると、ウルフの家が現われた。巨大な、影に包まれたその家の、どこも黒い鎧戸の下りた二階の窓を見上げようと首をうしろに倒すと、家が僕のあまりに近くに位置しているように思えた。ひどく暗い家に見えたので、実は白く塗ってあるのだと気づいて僕は驚いてしまった。陽の光が高い木々を突き抜けて、小さく白く炸裂して壁板を打ち、黒い屋根板の上で燃え立っていた。

「ウルフランドにようこそ」と彼は言い、それから、右腕を上げて、細長い手をゆっくり優雅に、スペイン語の波形記号みたいに振ってみせた。

　彼が鍵を使って玄関のドアを開け、僕はあとについて、ひどく陰気なので窓全部に重たいカーテンが閉めてある気がする居間に入っていった。実のところカーテンは開いていたし、窓のブラインドも上を向いていて、まだらな陽光を浴びた木の枝が切れぎれに見えた。もう少し陽の入るキッチンに移ると、園芸用手袋片方とウィーティーズ（ごく普通のシリアル食品）のオレンジ色の箱が載ったテーブルにウルフは教科書を放り投げ、置いてあったメモを手にとって読み上げ――「じき戻ります　母」――僕を連れて居間に戻った。居間の中に階段柱があって、絨毯を敷いた階段が上にのびている。僕たちは二階に上がって、どのドアも閉まっている薄暗い廊下を進んでいった。最後のドアの前でウルフは立ちどまり、把手を回しながらローファーの爪先で押して開けた。そしてさっきと同じ波形記号をくり返し、小さなお辞儀まで加え、君主に敬意を表する宮廷人の役でも演じているみたいな姿勢で僕が中に入るのを待った。

焦げ茶色の、陽の入らない、シェードを下ろした部屋に僕は入っていった。シェードのひとつは横が裂けていて、光が一筋差し込んでいた。「気をつけろ、動くな」とウルフは言って部屋の向こう側の、房飾りが付いた黄色っぽい笠をかぶせた古い真鍮のフロアランプのところに行き、鎖を引いた。バタースコッチキャンディみたいに暗い光が灯り、隅に置かれた、何かが間違っているように見える古い肘掛け椅子を照らし出した。けれど僕の目を惹いたのは、部屋全体が本に狂っていることだった。整えていないベッドやあちこち傷んだ机の上に本が散らばり、床にも膝の高さまで本の山が積まれ、僕の頭よりも高くて危なっかしく前に傾いている細長い本箱に横向き上向きに本が詰め込まれ、薄汚れた化粧ダンスの上にも本の山が多数出来ていた。クローゼットの扉は閉まらぬよう本の山で止めてあり、ベッドの下からも栗色のスリッパと並んで本が一冊突き出ていた。

「座れよ」とウルフは言って肱掛け椅子を指したが、椅子には一本も脚がないことに僕はそのとき気がついた。低い椅子に僕はそうっと、両方の肱掛けに寄りかかっている、床から立ちのぼる本の山を崩してしまわないかヒヤヒヤしながら腰を下ろした。本が積まれたベッドカバーをウルフがぐいと引っぱると本は崩れて壁にぶつかり、ウルフは頭を枕に載せ仰向けに横たわって、片腕を首のうしろに回し足首を交叉させた。その午後彼は、人間と動物の違いは人間は目覚めたまま夢が見られることだと僕に言った。その能力を人間が行使できるようにするのが本の効用なのだと彼は言った。芸術とは制御された狂気だ、だから高校の英語の授業で読む本を決める連中は議論可能で退屈で正気なまやかしの本だけを選ぶよう気をつけているんだ、万一間違って本物の本を選んでしまったらその本のすごいところ、狂っているところをすべて無視した読み方を教えるんだと彼は言った。高校なんて低脳な人間と凡庸な人間のためにあると彼は言った。僕が週一回シーツを取り替える限り絶対この部屋に入ってこないと母親に約束させたんだと彼は言った。ある本のテーマについてならレポートを書いたりできるけれど本はテーマで出来ているんじゃない、イメージで出来てるんだ、脳の中に入り込み目に見えているものを追い出してしまうイメージで、と彼は言った。人間には二種類ある、目覚めている人間と夢を見ている人間だ、と彼は言った。目覚めている人間にもかつては夢を見る能力があったのにそれを失ってしまったんだ、だから彼らは夢を見る人間を憎んでいて、ありとあらゆるやり方で迫害する。教師たちは目覚めている人間だと彼は言った。僕が聞いたこともない作家たちについて彼は語った。ウィリアム・プレスコット・ピアソン、A・E・ジェイコブズ、ジョン・シャープ。シャープが特にいい、素晴らしい小説を書いていると彼は言った。たとえば短篇「エレベータ」は、ある日五十六階建てのビルでエレベータに乗り込んだきり、公衆便所と自動販売機を使うため以外はいっさい出てこない男をめぐる話であり、「地獄のジェットコースター」はどんどん上に上がっていくのに決しててっぺんにたどり着かないジェットコースターをめぐる短篇だが、最大の傑作はすべてがまばたき一回のあいだに起きる五百ページの長篇だという。こういうのに較べたら『サイラス・マーナー』や『ディザスタブリッジの町長』なんて電気掃除機の新聞広告みたいに退屈さと彼は言った。

「屋根裏を見るかい？」と彼は突然言った。本たちの暖かい洞窟の中で僕は目を閉じかけていたが、ウルフはいつの間にかベッドから起き上がって、もうドアの前に立っていた。僕はあとについて薄暗い廊下に出て、階段の上を過ぎ、リネン収納棚の扉のように見える、ペンキも塗っていないドアの前に来た。開けるとそこに木の階段があって、僕たちは暑い屋根裏に上がっていった。黄褐色の日差しが小さな丸窓を通って流れ込み、剝き出しの床板や、あちこちささくれ立った垂木《たるき》に落ち、やがて弱まって茶色い闇と化していた。二人で先へ進んでいくなか、古いカウチ、たんす、肱掛け椅子などが見えて、大都市の店の家具売り場に侵入したみたいだった。それから、僕の胸の高さまである古風な蓄音機が現われ、ウルフが蓋を開けると、輪郭も曖昧なターンテーブルの上に幽霊のような白い熊が大の字に横たわっていた。次に彼は僕を従え、ドアがひとつある木の壁の前に行った。開けると短い廊下があって、両側にドアがあった。ウルフは左側のドアの前で止まって、指関節ひとつだけ使って軽くノックし、耳を澄ますかのように身を乗り出した。

「妹の部屋だ」と彼は言って、僕を招き入れた。

二人で入ってウルフがドアを閉めると、中は真っ暗だった。ウルフが僕のすぐそばに立っている感触はあったが、目では見えなかった。と、何かが腕に触れるのを感じて僕はびくっと身を引いたが、単にウルフの手が僕を導いているのだった。ゆっくりと、黒い闇の中を前に連れていかれながら、僕は森の中で木の枝から顔を守ろうとするみたいに片腕をかざした。「ここに座れよ」とウルフはささやいた。そして僕の手を、詰め物をした椅子の高い背もたれと思しきものの上に載せた。触ってみると、金属のボタンがてっぺんに並んでいる。

手探りで椅子の輪郭をたどって腰かけると、ウルフがそばの別の椅子に身を沈めるのがわかった。僕が座っているのは背もたれのまっすぐなこわばった感じの椅子で、硬い、詰め物をした肱掛けのある、白黒映画で初老の女優が装飾過多の客間に置いていそうな椅子だった。「イザベル」とウルフは静かに言った。「起きてるかい?」。その濃い闇の中で僕は目を凝らしたが、まったく何も見えなかった。これって何もかも悪戯じゃないのか、僕をどうやってだか笑い物にするための臆面もないジョークじゃないのか。そう思うと同時に僕は、どんな小さな音でも聞きとろうと耳を澄まし、目をすぼめ、あんまり力を込めて見ようとするせいで瞼がぴくぴく震えてきた。この部屋には何がいてもおかしくない。

「眠ってるんだ」とウルフが言い、僕は思った――完璧だ、見事なペテンだ。見下した笑みとともに僕を見ている彼の姿が目に浮かんだ。

「ウルフ?」誰かの声がささやいたが、あまりにかすかだったので、僕が想像しただけだろうかと思った。

「イザベル」ウルフの声が言った。「起きてるのかい? お客さんを連れてきたよ」

何かが動いた。シーツだろうか、布地の擦れる音と、かすかなため息と思える音がして、その闇のどこかから「こんにちは」という言葉が聞こえた。

「イザベルに挨拶しろよ」ウルフが言った。

「こんにちは」僕は苛立ちと馬鹿馬鹿しさを感じながら言った。

「名前を言えよ」ウルフは静かに、まるで僕が内気な六歳の子供であるみたいに言い、普通なら僕は何も言わなかっただろうが、何しろここは闇の中、何がどうなっているのかわかりやしない。

「デイヴィッド」僕は言った。「デイヴ」

「名前二つ」声は言い、また布地の擦れる音がした。「二つの方が一つよりいいわ」。ひょっとしてウルフは裏声で喋る技を身につけているんじゃないか。

「あたしの名前は好き、デイヴィッド・デイヴ？」

僕はためらった。「うん」僕は言った。「好きだ」

「駄目駄目」彼女は悪戯っぽく言い、闇の中で指が一本くねくね振られるさまが思い浮かんだ。「ちゃんと考えてから答えないと」

「でも好きなんだよ」僕はすばやく考えて言った。「頭の中で聴いてたんだ、その響きを」

「あらいい答えね、デイヴィッド・デイヴ、すごくいい答えだわ。全然信じないけど、まあ今回は勘弁してあげるわ。それで、ねえ、あたしの部屋は好き？　ううん、心配ないわ、冗談だから。ウルフからあたしのこと、何を聞いてるの？」

「実はあんまり聞いてない」

「あらよかった、ならあたしのこと勝手にでっち上げられるわね。イザベル、または幽霊部屋の怪。ふう、あたし疲れてきたわ。また来てお話ししてくれる、デイヴィッド・デイヴ？」

「うん」僕は言った。「また来る、かならず」

長いあくびと、「そいじゃまたね《シー・ヤ・レイター、アリゲイター》」と言っているらしいもごもごした呟きが聞こえて、それからウルフの手が僕の腕に触れるのがわかり、彼は僕を暗い部屋の外に連れ出して、そっとドアを閉めた。二人で黙って木の階段を降りて、絨毯を敷いた階段を降り、居間の薄闇に入っていった。明らかにもう帰る潮時だった。階上の闇でのささやかなゲームについて、ウルフはあれこれ訊かれるのが嫌なのだろうか。向こうが謎めかしたいんだったら、僕もそれで構わない。

「君のこと、気に入ったんだぜ」とウルフは玄関で、片方の腕をドアの側柱に寄りかからせ、持ち上げた肩をもう一方の手で摑んで言った。そして声をひそめて「心配しなくていい」と言うので、「わかった。心配しない」と僕は答え、玄関先の階段を降りて、凹んだ網の籠に教科書が詰まった自転車を停めたところまで行った。スタンドを蹴って上げ、座席にまたがり、手を振りながら、曲線を描く車寄せを下っていった。曲がり目でちらっと、黄昏の中にそびえる家の方をふり返り、それからくるっと向き直って、影も濃くなった車寄せを眺めながら、高い柵と生垣に挟まれた坂を一気に降りていき、道路に飛び出したとたん、午後の太陽のぎらついた光に直撃されて、僕はぎゅっと目を閉じないといけなかった。

## 2　闇の中の冒険

帰り道ずっと、電話線の曲線の影が刷られた暑い通りを走りながら、僕に見えていたのは高い暗い家、本たちから成る洞窟、真っ暗な寝室だった。すべてが何かを僕に思い出させた。そして、陸橋の下の影を自転車で通り抜けて一気に日なたに出ていったとき、それが何だかわかった――映画館の闇、陽ざしの縞模様が入ったロビー、夏の午後のまぶしい光の中に踏み出す瞬間。僕はいつだってあの、二つの世界に心が同時に捕らえられる混乱の一瞬が好きだったのだ。蟻塚があり、銀紙のガム包装紙が転がっている硬い歩道と、深紅のカーテンが垂れた天井の高い場内での剣士の一騎打ち。けれどじきに、ざらついた歩道、明るい黄色の消火栓、通りがかる車のフェンダーに当たる陽の光、宝石のような緑色の交通信号があまりにも生々しく緻密となるせいでほかの絵はみなぼやけてしまい、もはや漠とした暗い家も、床に積まれた本の山も、闇の中の朧《おぼろ》な声もほとんど喚《よ》び起こせなくなってしまう。もしここで自転車を回れ右させて引き返していったら、何もなくなっているんじゃないか――木々の並ぶ曲がりくねった道路と、赤い反射鏡の付いた暗い柱が数本あるだけなんじゃないか。

　家に帰って、陽のあたるキッチンにいる母さんにただいまと言うと、母さんは両手を持ち上げて小麦粉がびっしり付いた指を見せ、手首でほつれ髪をうしろに撫でつけた。僕は自分の部屋に入るとベッドに本を投げ出し、その横にどさっと座り込んで首を壁に寄りかからせ、両脚をベッドの横から垂らした。艶のある灰色に塗った木の本箱を見ると、苛立ちが胸に満ちた。本が並んだ中のあちこちに、ほかの物に占領されたスペースがある。古いボードゲーム、チェスの駒が入ったスライド式の蓋がついた箱、切手帳二冊、中学一年の技術家庭で作ったニス塗りのボウル。本箱のてっぺんにはそれぞれラベルを貼った鉱石標本コレクションが並び、その横には真鍮のスタンドに乗った地球儀、コードが見えている電気時計、光を受けて羽根が回っているラジオメーター（光が当たると中の羽根が回転するガラス管）。並んだ本にさえ僕は苛立った。本たちはきちんと列を成して並び、底にコルクを貼った緑色の金属製ブックエンドでがっちり押さえつけられている。

ベージュ色の壁と、たんすの一部に、開いたブラインドから入ってくる陽の細長い帯が斜めにのびていた。

その夜、僕は暗い中で目を覚ました。けれど暗くなんかないことはすぐにわかった。街灯から届くほのかな光が、地球儀の上、机に敷いた吸取り紙の模造革枠の縁、読書用椅子の横に置いたフロアランプの笠の金属の曲線を淡く照らしている。突然僕は思った。屋根裏は空っぽだったんだ、あそこには誰もいなかったんだ、と。そして僕は眠りに落ちた。

翌日は英語、フランス語、アメリカ史の授業でウルフを見た。廊下でも二度すれ違い、僕と入れ違いでカフェテリアから出て行くところも見かけたし、放課後にはつかのま言葉も交わした――線路にまたがる、町の中心に通じる橋の近くの茶色っぽい草地に二人で立ちながら、僕は腕時計に目をやった。いつものように図書館へ二時間のアルバイトに行かないといけなかったのだ。ウルフは煙草を喫いながら片手の親指をベルトに引っかけて立ち、のぼってくる青っぽい煙に目をすぼめていた。家のこともイザベルのことも彼はいっさい言わなかった。僕はメインストリートに歩いて行きながら、あたかも何かを奪われたかのように怒りのさざ波が寄せてくるのを感じた。偽りは許せても沈黙は許せない。図書館の二階に立って、金属のカートから本を取り上げ、背表紙に貼られたラベルの白字をじっくり見てから棚に戻していると、書物に狂ったウルフの部屋が思い出され、僕はいつしか自問していた。僕はあそこで、あのずんぐりした肱掛け椅子に座って眠りに落ちたのだろうか、ウルフの見えない妹への訪問を夢に見たのだろうか?

週の終わりまでずっとそんな具合だった。教室で何度か顔を合わせ、放課後に何度か言葉を交わす。ウルフが僕を何かの冒険に招いたものの、途中で気が変わってしまったような具合だった。不快なジョークの餌食にされたみたいな気がして、もう彼には近づくまいと心に誓った。その週末はガレージで卓球台を組み立て、友人のレイとデニスを呼び出した。四角い氷のたっぷり入ったレモネードを母親が持ってきてくれて、僕たちはプレッツェルを頬張り、白い玉が車寄せを通りの方へ転がっていくのを追いかけた。通りでは隣の子供たちが黄色いプラスチックのバットでウィッフルボール（穴あきの軽いボールを使った野球に似たゲーム）をしていて、電信柱のてっぺんではストラップを腰に巻きつけた男の人が柱からのけぞるような格好で立っていた。そのあと僕たちは網戸を入れた裏手のポーチに座り、緑色のカードテーブルでカナスタをして遊んだ。月曜日、僕はまた図書館でアルバイトし、バイトのない火曜日にウルフが僕を家に誘った。

　曲線を描いた車寄せのてっぺんに家はまだあって、覚えていたほど暗くなく、松やノルウェーカエデの作る切れぎれの影に包まれた壁板ははっきり白かった。階段に向かって居間を抜けていくと、カーキ色のバミューダショーツに白いホールター姿の、背の高いきりっとした顔立ちの女の人が台所に入ってきた。片手にこてを持ち、もう一方の手に草の染みがついた手袋をはめている。ウルフの母親だとすぐにわかった。頬骨、目、身のこなしに感じられる無頓着な威厳、そうしたところから何となくわかったのだ。彼女はこてを園芸用手袋の中につっ込んで、長い剝き出しの手を差し出し、僕とがっちり握手した。「私、ジョンの母親」と彼女は言った。一瞬、ジョンって誰だろうと僕は思った。

「散らかっていてごめんなさいね。あなたがデイヴィッドね」

「そうとも言えるし、そうでないとも言える」とウルフは言い、片腕を彼女の肩に回して、「散らかってるって、何が?」と言い足した。彼女は愛情混じりの苛立ちの表情をウルフに向けながら、手の甲をこめかみに持っていき、黒いほつれ髪を撫でつけ――そして僕は突然、手を使って仕事に勤しむ世界中の母親たちが優雅に手首を持ち上げてそれぞれの髪を撫でつける情景を思い浮かべた。

シェードを下ろした部屋で、ウルフは脚のない肱掛け椅子に座って両足をベッドに載せ、僕はベッドを横切る格好で寝そべって首を壁に寄りかからせ、片足を床に下ろしてもう一方のくるぶしを膝に載せていた。ウルフはイザベルのことしか話さなかった。あの子は内気なんだ、ものすごく内気なんだ、だから闇の中で会わせたのさ。誰か新しい人間と会うときは――そもそもそんな試練は避けたがるんだけど――真っ暗闇じゃないと駄目だって言うんだよ、分厚いカーテンも閉めて。でも心配は要らない、君のことをもっとよく知って、君に慣れたら、きっと闇の外へ出てくるさ。それに、年じゅう自分の部屋だけにいるわけじゃない。ときどきは夕食に下りてきたり、家の中を歩きまわったりもする。知らない人間の前で神経質になるだけさ。君があの子を訪ねてくれるのは有難いよ、あの子は人に会う必要があるんだ、そうだよほんとに人に会う必要があるんだ、でもそこらへんのどんなアホでもいいってわけじゃない。君に出会ってすぐ僕はこの男ならって思ったんだ。実はね、一年ばかり前、あの子はちょっとした……ま、みんなは神経衰弱と呼んだわけだけど、僕に言わせればあの子の神経系が、あの子にやりたいことを何でもさせてやれる見事な方法を発見したのさ、高校に行くとかその手のティーンエージャーにつきものの退屈はいっさい味わわずに、何でもやりたいことができる方法をね。学校にはこの一年行ってないけど、教育委員会も、自宅で勉強して自室で試験を受ければいいと言っている。あの子の方が僕なんかよりずっと勉強熱心だよ、フランス語の不規則動詞やミミズの諸器官をいつも暗記している。僕たちより一学年下だ。僕もその神経衰弱《ブレークダウン》ってやつをちょっとやってみたいね、まあ僕としては修理《フィックス＝アップ》と呼びたいけどね、でも何しろ僕は完璧な健康を患っていて風邪ひとつひけなくてさ、きっとどこか悪いにちがいないよ。

ウルフは椅子の下に手をのばして、煙草の箱を取り出し、眉を上げて箱を僕の方に差し出した。そして肩をすくめ、一本自分の口にくわえて、火を点けた。「まあ健康をどう定義するかだけど」と彼は言った。そうして煙を肺深くに吸い込み、顔がほぼ水平になるくらい顎を上げ、天井に向けてゆっくり煙を吹き上げた。それが済むとシェードをひとつ上げて、窓を開け、両手でささっと払うようなしぐさを網戸の方に向けてやった。フッフッとすばやく息を網戸に吹きかけた。それから窓を閉めて、シェードをぐいっと下ろした。

ウルフは僕の方を向いて、両手をポケットにつっ込み足首を交叉させた姿勢で窓枠に寄りかかった。

「君、ガールフレンドはいるのか?」と彼は訊いた。

予想外の質問だった。「いるとも言えるし、いないとも言える」だいぶ間を置いてから僕は言った。

「見事な答えだ」とウルフは、いつものゆっくりとした気だるげな笑みを浮かべながら言った。そして両肩を窓枠に押しつけ、立ち上がった。「行くか?」。彼はドアの方を顎で指した。

彼が先に立って二人で木の階段をのぼり、陽ざしの縞模様が入った暗い部屋に上がった。狭い廊下で「あの子は君を待ってるよ」とウルフは言った。そして最後のドアの前に来ると、手を横に向け指関節ひとつだけ使ってノックした。彼がドアを開け——廊下の薄暗がりの中、影に包まれたヘアブラシが上に載ったたんすの縁が見えた——次の瞬間僕は真っ暗闇の中にいた。ウルフに導かれて背もたれの高い椅子に行き、まっすぐ座って硬い背もたれに背中を当て、両の肱掛けをぎゅっと摑むと、自分が木彫りの王様になった気がした。

「ようこそ、知らない人」とその声は言った。一、二メートル先のベッドの上で体を起こしている人間から声は出ているように思えた。「どんなご用でこんなところへ？」。ウルフが闇の中で僕をじっと見ている気がした。

「郵便局を探しておりまして」と僕は言った。

「こちら、電力会社《レクトリック・カンパニー》ですぜぃ」とイザベルは言った。

真っ暗な部屋、硬い椅子、「レクトリック」という言葉、自分が何らかの意味で試されているという感覚。これらすべてが相まって、僕は甲高い、落着かない笑い声を上げた。

ウルフが椅子から立ち上がるのがわかった。「僕は部屋にいる。何か要るものがあったらベルを鳴らしてくれ」。絨毯の上を歩く足音が聞こえた。ドアが開いて、すぐまた閉まった。

「『ベルを鳴らせ』って言った？」

「あるのよ、ここにベルが」

「ああ、君のイザ＝ベルだね」

「あなたいつも冗談言ってるの？」

「暗いところでだけさ」

「じゃあ明るくなったら？」

「糞真面目」

「暗くてよかったわ。ゲーム、しましょうよ」

「暗いまま?」

「やればわかるわよ」

僕はモノポリーか何かの、狂ったバージョンを思い浮かべた。コマを触って選び、船と自動車も指先で判別して、見えないゲーム盤の上にサイコロを転がし、サイコロの滑らかな表面にじっくり触れてわずかな凹みの数を読む。見えないゲーム盤の上でどうやってコマを動かせばいいのか、と思案していたら、何か柔らかい物が指に触れるのを感じて僕はさっと手を引っ込めた。

「さあこれ」とイザベルは言った。「何だか当ててごらんなさい。片手しか使っちゃ駄目よ」

僕が片手をのばすと、手のひらが何かに柔らかく押されるのが感じられた。毛のようにふかふか、あるいはふさふさで丸っこいものを手で抱え込むと、毛の下に何か硬い部分があった。毛の一方の横は、滑らかな布地につながっている。覚えのある感覚だ——丸っこい、ふかふかの、ちょうど僕の手くらいの大きさのもの。けれど手の中で何度も転がし、親指で撫でてみても、それが何なのかはわからなかった。

「降参?」と彼女は言った。「ヒントをあげるべきだったわね——これは何かの一部分よ」

「剝製動物の一部?」

「いいえ、はずれ。近いけど。正解は——あたし殺されるわね——耳覆い《イヤマフ》。頭の上にかぶせる金属部分から外れちゃったのよ」

次は硬くて細くて冷たいものを渡されたが、これは手の中への収まり方ですぐにティースプーンとわかった。

「簡単すぎるよ」と僕は言った。

「さっきの罪滅ぼしよ。じゃこれ」

それは小さく、曲線を描いていて、クリップのようなものが付いていて、僕は突然ひらめいた――髪留め《バレッタ》。お次は硬い、革っぽい物体でこれは簡単――眼鏡ケース。房飾りの付いた、謎の布きれが続き――しおりだった――それから紐の付いた紙っぽくスポンジっぽい物体を僕は得意満々「ティーバッグ」と断言した。そして一度、小さなガラスの物体を渡されたときに、指の腹に彼女の指先の軽い圧力が伝わってきた。一度は、布を動かすような音が聞こえたあと、彼女はまっすぐのばした僕の手に、細長い生地を落としたもののまたさっと取り去って「これってフェアじゃなかったわ」と言い、僕が文句を言うとゲラゲラ笑い出して、彼女がシャツかパジャマをふたたび着る姿を僕は思い浮かべたが、それが何なのかは教えてもらえなかった。

触覚ゲームの次に、僕の部屋がどんなところか話すよう彼女は求めた。本棚、凹みかけたクッションを載せた肱掛け椅子、金属の折りたたみ式アームを引き出せる壁掛けランプについて僕は語ったが、彼女はくり返し、もっと詳しい説明を求めた。「なんにも見えないわよ」と腹立たしげに言った。ベッドの上まで引き出した壁掛けランプのアームの作るX字が彼女に見えるよう僕は努め、それから鉱石コレクションの、六面体の水晶、四面体の薄紫色の蛍石《ほたるいし》結晶、紫水晶晶洞石《ジオード》を狂気じみた細心さで説明した。自分の番になると彼女は、机の上に置いた、四つの仕切りに分かれた桜材の箱を描写した。

ひとつの仕切りには、革紐で縛った、中に一ドル銀貨とインディアン一セント貨を入れた小さな青いフェルトのポーチが入っていて、二つ目には柄《え》の赤い短いハサミ、三つ目には鼈甲《べっこう》の髪留め《バレッタ》セット、四つ目にはあぐらをかいて座り開いた本を膝に載せた中国の賢者の小さな黄色っぽい象牙像が入っている。賢者の片手は手首のところで折れてしまっていて、頭にはつば広の円錐形帽子をかぶり、本の象牙のページは波打っている。桜材の箱に入った象牙の男を彼女が描写していくにつれ、闇の中で朧な、揺らぐ、僕の頭の高さを漂う中国の賢者が徐々に形を成していく気がした。

〈幽霊〉ゲームをしている最中にドアをノックする音がして僕はハッとした。ドアがさっと開いて、閉じた。暗さの質のつかのまの変化が感じとれたが、何も見えはしなかった。「もうじき五時半だ」とウルフが言った。僕が六時までに家に帰らないといけないことを知っていたのだ。「じゃあね、知らない人」とイザベルは、ウルフに連れられてドアの方に向かう僕に言った。下の階まで行くと僕は、居間に立って垂れたカーテンのてっぺんに両腕をのばしているウルフの母親に挨拶した。彼女が僕の方をふり向き、片手はカーテンに当てたままもう一方の手の指を振ると、安全ピンをいっぱい口にくわえているのが見えた。

図書館のアルバイトがない火曜日と木曜日の放課後、それと週末の午後に、僕はウルフの家に遊びに行くようになった。階段をのぼってウルフの部屋へ行き、二人でしばらく喋ってから、彼がひどくゆっくり、あたかも巨大な力に引き戻されるかのように椅子かベッドから立ち上がり、僕を屋根裏部屋へ連れていく。イザベルの部屋のドアの前に来て、指関節ひとつだけ使って軽く二度ノックする。返事を待たずにドアを開け、僕を中に入れてくれて、僕が入るとすぐさま閉めて自分の部屋に帰る。

僕が自分とより妹と過ごしている時間の方が多いことをかりに気にしていたとしても、そういうそぶりはいっさい見せなかった。むしろ、僕が妹を訪ねていくのを積極的に望んでいる様子で、どうやってだか知らないが僕が彼女を治してくれるとでも思っているみたいだった。こうしたいっさいにどういう意味があるのか、僕にはわからなかったし、わかりたいとも思わなかった。わかったのは、自分がイザベルの許に行く必要があること、あの部屋で彼女と一緒にいる必要があることだけだった。闇は僕をわくわくさせた。闇が僕を捕らえ、引き入れるのが感じられた。僕の中の何もかもがそこで息づくように思えた。

闇、隠れた顔、秘密の部屋、姿が見えないこと、じきにそれらすべてが、彼女の声と同じく、イザベルという人間の切り離せない本質と思えるようになった。彼女の姿を思い浮かべようとすると、揺らぐ影のようなイメージが見えてきて、それが次第に固まって、バミューダショーツをはいてこてを持っている背の高い女の子になった。時おり、その姿がまた消えていく前に、灰色の、面白がっているような目が見えた――ウルフの目だ。彼女はゲームが、あらゆる種類のゲームが好きだった。ふと僕は思ったのだが、その部屋で僕たちがやっているのも、まさに闇のゲームだった。彼女は目を閉じ両腕をつき出して盲目のふりをする子供を思わせた。もしかしたら本当に盲目なのかもしれない。本当に何であってもおかしくない。彼女が何なのであれ、僕はそこに、家の最上階の闇に、行かずにいられなかった。

僕の家のキッチンにいくつかある引出しのうち、フォークやナイフを入れる引出しの右にある引出しには懐中電灯が二つ入っていた。ひとつは普通サイズ、もうひとつは万年筆大の超小型。初めて訪ねていってから間もないある日、僕は小さい方の懐中電灯をポケットに忍ばせ、イザベルの部屋の闇の中に持ち込んだ。目論見としては、何かのゲームをしている最中にこれを取り出し、もてあそび、突然、あたかも偶然そうなってしまったかのようにイザベルに向けてつかのま点灯する。彼女は一気に——とうとう！——ほんの一秒間そこに現前したのち、隠れた世界にふたたび消えていくだろう。僕は謝り、僕たちはゲームを再開するだろう。

硬い椅子に座って、小さな懐中電灯を握った僕は、自分で考案した新しい言葉ゲームをイザベルが説明するのを聞きながら、しかるべきタイミングを待った。彼女がベッドの上で体を動かすのが聞こえる。喋りながら両腕を動かしている彼女の姿を僕は思い浮かべた。それから、服の袖が、おそらくはパジャマの袖が、ジェスチャーして動く腕にそって手首から肱の方にずり落ちていくさまを思い浮かべた。その瞬間、彼女を見たいという欲望、彼女から闇を剝ぎとりたいという欲望がどうしようもなく激しくなって、僕は指先を自分の喉に当て、血がどくどく脈打つのを感じた。彼女のハッと見開かれた目、恐怖にまぶしく輝く目を僕は思い浮かべた。イザベルに光を当てること、僕の貪欲なまなざしに彼女をさらすことは、彼女の服をむしり取るようなものだと思った。恥と、悲しさと、感謝のように思える気持ちを感じながら僕は懐中時計をポケットに戻した。

そうして椅子に身を沈め、午後の深い夜が体内に流れこんでくるなか、僕は自分の愚鈍さに呆れてしまった——闇こそが、見えない神秘的世界の蠱惑こそが僕をここに引きとめていることを僕は実感した。

一方、ウルフランドの外の非神秘的世界での僕は、カフェテリアでゲラゲラ笑い、アメリカ史の授業で手を上げ、ロッカーの扉を乱暴に閉めた。図書館で本を棚に戻し、軽食堂〈ルーシー〉でチェリーコークを飲み、金曜の夜にレイとデニスと連れだってミニチュアゴルフに出かけるとそばのポストロードを通り過ぎていく車はみな窓を開けていて、艶やかな髪を撫でつけたタフな感じの男の子たちが鳴りひびくロックンロールに合わせて車の屋根をバンバン叩いていた。その一瞬一瞬、イザベルに僕の中へ侵入されるのが感じられたが、と同時に、彼女の部屋の外の世界に在って彼女のことをはっきり思い出すのは容易でなかった。陽のあたる領域はつねに、彼女を幽霊に変えようと、あるいは完全に抹消してしまおうとする。僕は夜の訪れを、僕の心の中で彼女がより生きいきしてくる時間の訪れを待ち望むようになった。

ある土曜の朝、フランス語の授業で一緒の女の子に贈るバースデーカードを買いに行こうと町を歩いていると、ドラッグストア〈マンシーニ〉からイザベルがふらっと出てくるのが見えて僕は愕然とした。短く切った黒髪を彼女は艶のあるバレッタで留め、ふくらはぎの真ん中あたりまでまくり上げたジーンズに半袖の白いブラウスをたくし込んでいる。左肩に掛けたネイビーブルーのショルダーバッグが、何度も右の腰にぶつかった。だがイザベルが決して家を出ないことは承知している。僕はただ、頭の中で蓄積されてきたいくつかの細部を、〈マンシーニ〉から出てきたこの見知らぬ女の子に貼りつけただけなのだ。そうとわかっても、心臓は依然ドキドキ鳴っていたし、息も速まり、その日の午後、木の階段をのぼってイザベルの寝室の豊かな闇に浸るまで僕はずっと落着かなかった。

暗い中で一緒に座っていると、僕はときどき、彼女は何らかの畸型を抱えているのだろうかと思ったりもした。歪んだ口、潰れた鼻、しみのように顔じゅうに広がる桑の実色のあざを僕は思い浮かべた。醜いイザベルの幽霊の群れが心の中で立ちのぼるとともに、僕はそうした像自体よりも、それを作り出している自分を嫌悪し、それに抗議するかのように別のイザベルが現われた——青い目のイザベルたちや微笑むイザベルたち、赤いショートパンツをはいたイザベルたち、尻ポケットの剝がれたところが濃い青のパッチになっている色落ちしたジーンズをはいたイザベルたち、濡れてキラキラ光る腕をビーチタオルで拭いている白い水着のイザベルたち……ついには偽りのイザベルたちが脳に充満してしまい、僕はそれらを潰して殺そうとするかのように左右の側頭部をぎゅっと手で押した。

ある夜僕は思った。闇とは、肌に染み込んで僕を狂気に追い込む毒なのだ、と。そうした発作的状態のあいだ、イザベルと呼ぶ妄想を僕は抱え込む。そう考えると興味深く、わくわくし、三角関数の難問が解けたみたいな気分だったが、夜が更けていくにつれ、その思いもだんだん魅力が薄れていき、しまいには退屈と無関心しか感じられなくなった。

ある午後、物ゲームをやっていると、イザベルが「片手を出しなさい、手のひらを上にして。これ難しいわよ」と言った。僕はただちに気を張った。彼女の声の何かが、ひそかな興奮を伝えていたのだ。言われたとおり手を出すと、ベッドの上で何かが動く音が聞こえた。次の瞬間、柔らかめに硬い、やや重い物体がゆっくり僕の手のひらに下ろされるのが感じられた。僕は戸惑いながら、指でその物体を包みはじめると、突如耳のそばで狂おしい笑い声がして彼女はその未知の物体をさっと取り去り「わからないの？　わからないの？」と叫んだが僕はすでに認識していた——僕の手のひらに一瞬横たわった、イザベルの温かい腕を。

晩が暑くなっていくにつれて、自分の部屋で机に向かって蛍光灯が二つついたランプの光で宿題をするのがだんだん困難になっていった。これまでは、宿題を終えることが僕にはいつも快く、心和むとさえ思っていた。入念に番号を振った解答、ページをめくるパリッと爽やかな音、赤と黄と緑のサムインデックス、青い罫線が整然と並び脇に薄い赤の縦線が入った白い清潔なノート紙面。それがいま、そのすべてが、僕を苛立たせた。人生の本当の営みを邪魔されているような気がした。半開きの窓の網戸を通して、あたりの黄昏どきの音が聞こえてきた。近所の中庭からの低い声、遠くの芝刈り機の大きくなったり小さくなったりするうなり、開《あ》けた窓から漏れてくる皿が鳴る音、車の扉がバタンと閉まる音、女の子の甲高い笑い声。イザベルに報告できるようにと、僕はそれらの音を記憶し、新しい音を収集するようになった。向こうの部屋の足音、あれはクラッカーを取りに台所に入ってい く僕の父さんか、裏手のポーチから家の中に戻ってきた母さんか。ガレージの扉が下ろされる音。通りすがりの自転車の車輪が道路脇の砂をザラザラ擦っていく音。イザベルの許に届けることができるので音たちは僕を喜ばせたが、と同時に不安にさせもした。耳を澄ませていると、僕をイザベルから隔てる世界がますます濃く、貫通不能になっていくように思えたのだ。

夜のあいだ僕は、イザベルが僕の脳裡を転げまわるなかで目覚めたり眠ったりをくり返した。朝起きると体はだるく頭も重く、時おり昼間に、気がつくと母さんが僕を、僕が風邪か何かにかかりかけているときに見せる目つきで見ていることがあった。

六月半ばも近いある午後、イザベルは何だか少し気が散っているみたいだった。屋根裏部屋は暑く、闇は毛糸のように濃く柔らかに感じられた。彼女がベッドの上でそわそわ動くのが聞こえ、それから別の、指が布を撫でるような、でももっとすべすべした音がした。「何してるの、イザベル?」「うん、髪を梳かしてるのよ」。前にたんすの上に置いてあるのがチラッと見えたブラシが、ぴんとのびた髪の中を通っていくさまを僕は思い浮かべたが、髪は黒髪、金髪、赤茶と色を変えつづけた。ブラシにちがいないと思えるものがテーブルにゴトンと置かれる音が聞こえ、突然彼女が「私の部屋、見たい？」と言った。僕の両手が椅子の肱掛けをぎゅっと摑み、パッと炸裂した光、額への殴打のような光を僕は思い浮かべた。イザベルがあははと笑った。残酷に響く笑いだった。闇の中にいるこの女の子のことを僕は何も知らない。その彼女が突然、何か暴力的なやり方で自分を僕にさらけ出そうとしているのだ。一人のイザベルが僕の脳裡で立ちのぼるのが感じられたが、その頭は誰か英語の授業で一緒の女の子の頭で、それもじきに薄れて消え別の頭が取って代わった。何かが僕の腕に触れた。

「立って」と彼女の声が僕のすぐそばで言った。

彼女は片手で僕の手首を握り、僕を導いて闇の中を進んでいき、ひんやりした木の表面、丸っこいノブ、柔らかい膨らみ、ビロードみたいな縁に僕の手を置いた。引出し、クッションの入った椅子の座部、ビロード貼りの宝石箱が僕の頭に浮かんだ。しばらくして手のひらが、覚えのある、僕がいつも座るクッション入りの椅子の、金属のボタンが並ぶ背もたれに置かれるのがわかった。「ツアーは終わりなのかい、イザベル？」「あとひとつよ」。彼女は一歩前に出て、僕の手首を握ったまま、シーツのような感触の、柔らかいくしゃくしゃの物の上に僕の手を置いた。「ツアー、終了」と彼女は言って僕の手首を放した。ギイッという音、サラサラという音がして、止んだ。

「どう、私の部屋気に入った？」と彼女は、ベッドの向こう側から出てくる声で訊いた。

「これってすごく――すごく――」と僕はぴったりの言葉を探しながら言った。

「あなた少し横になった方がいいんじゃないかしら。疲れてるんだったら」

僕は緊張した思いでベッドに上がり、両膝をマットレスに押しつけて、彼女の声がする方に這っていった。「ヌヌヌヌ！」と僕は言って、何かが離れていくと同時に自分の手をさっと引っ込めた。ベッドはひどく長く、部屋全体より長く感じられた。でも僕はひどくゆっくり、ほとんど動いていないくらいゆっくり動いていた。「そこにいるの？」と僕は闇に向かって言った。イザベルは何も言わなかった。僕はあたりを手で探った。枕、もうひとつ枕、シーツ、めくられたベッドカバー。「どこにいるの？」と僕は闇に訊ねた。「ここよ」と彼女はすごく近くで、息が耳に感じられるくらい近くでささやいた。僕は手をのばしたが、何もない空気しかそこにはなかった。「君が見えないよ、イザベル」。部屋の奥であははと笑い声が湧き上がるのが聞こえた。「君、飛べるの、イザベル？　それが君の秘密なの？」。僕は部屋の音に耳を澄ませた。「君、どこかにいるの？」。僕はベッドに膝をついたまま、でも馬が後ろ脚で立つみたいに上半身は持ち上げて、両手をつき出して振り、指先をはためかせ、闇を撫でた。枕やシーツからすがすがしい、かすかに石鹼っぽい香りがした。僕は腹ばいに横たわり、頰を枕のひとつに押しつけ、イザベルの香りを吸い込んだ。闇の中で僕は目を閉じた。どこかで音が、足が家具にぶつかるみたいな音がした。それから、マットレスが下に押されるのが感じられた。何か硬いものが横から僕の片腕に押しつけられた。その硬さを僕は指先で探り、突然、自分が人の顔に触れていることを理解した。顔はさっと離れた。「イザベル」と僕は言った。「イザベル、イザベル、イザベル」。そこには何もなかった。濃い闇の中、自分が溶けていくのが僕にはわかった。自分が黒い靄《もや》に変わって部屋の向こうの隅々にまで広がっていくのがわかった。

## 3　啓示

七月の晴れやかな午後、あまりにも青いので重さがありそうに見える空の下、砂の上に広げたいくつものビーチタオルは、子供用の絵の具箱に並ぶさまざまな色の長方形を僕に思い出させた。あちこちに斜めに立てたビーチパラソルが、毛布の一部に影を作っていた。大きなパラソルの下、魔法壜やクーラーボックスや半開きのピクニックバスケットが、黄色い浮き袋や緑色の海の怪獣と交じりあっている。ストライプのタオルの上で、照りつける陽を浴びた僕は、肱をついて脚を前に投げ出し、爪先の延長線上の、さざめく乾いた砂が平たい濡れた広がりに変わるあたりを見つめていた。低い波がゆっくり、不揃いな線を描いて砕ける。水は浜辺を上がってきてはまたすうっと戻っていき、あとには黒っぽい艶が残ったがそれもすぐに消えた。

人々は歩きまわり、毛布の上に座り、水から走って出入りしていた。背の高い、金髪のポニーテール、赤銅色《しゃくどう》に光る脚の女の子が濡れた砂の上を歩いてくる。水着はおそろしく白く、まるで塗り立てのペンキみたいに見えた。つき出た胸は漏斗《じょうご》のように硬く尖って見えた。小さなゴムのフットボールがくるくる周りながら明るい青空を通っていった。砂の上でカモメが一羽、ぎくしゃく歩きながら翼を半分持ち上げた。浅い水の中で、逞しい胸、ぴっちりの海水着を身につけた高校三年生が両手両膝をついてしゃがみ込み、背骨の下の方でほのかに光る金髪の産毛が僕からも見えて――と、突然、脚の筋肉が引き締まった痩せっぽちの二年生が砂浜を走ってきてそのまま水の中に駆け込み、膝をついている三年生の背中に両手を当てて、優雅に宙に舞い上がって一回転し、ばしゃんと水を撥ねて着地した。砂浜の上、あちこちのビーチタオルのかたわらで、斜めに転がったジュース壜がキラッと光り、ターコイズ色のセパレーツの水着を着た女の子が監視台の下に立ち顔を上げて目の上に手でひさしを作り、はるか上空では黄色いヘリコプターが濃密な青い重い夏の空気に引っかかって動けずにいるみたいに見えた。

レイとデニスがゲラゲラ笑い、奇声を上げ、両手を濡れた髪につっ込みながら大股で砂を蹴り上げ僕の方に歩いてきた。二人はタオルを手にとり、胸や腕を拭いた。海水着から水が流れ出た。

「防波堤でさ、誰に会ったと思う」とレイがタオルを丁寧に砂の上に広げながら言った。「ジョイスだよ。言ってたぞ、お前がヴィッキーのこと怒ってるとヴィッキーは思ってるって」。そうしてレイは顔を下にしてタオルの上に倒れ込んだ。

「怒ってなんかいない。ただ気持ちが――ただ気分が――」

「たぁだ気持ちがぁ」とデニスが、ギターを抱え込むみたいに両手を持ち上げた。「たぁだ気分がぁ」。デニスはギターをかき鳴らした。

夏は、甘美なぶらつきの季節は、いつしか始まっていた。僕は長い時間浜辺で寝そべり、日蔭になったわが家のガレージで卓球をし、網戸を入れた、竹のすだれから差し込む日蔭と日なたの細い縞が手に持った本を包む裏手のポーチで読書をした。図書館でのアルバイトすら、カートをゆっくり押して陽光の槍に刺された高い薄暗い棚のあいだを通っていると、なかば夢を見ているような気だるい営みに思えた。けれど、浜辺に寝転がって指を生温かい砂に滑らせていても、歯が折れた熊手や底の方だけ錆びてきたピカピカの赤いバドミントン柱のあいだからピンポン玉を拾い上げていても、僕はつねにイザベルを待っていた。イザベルは午後一時か二時まで眠っていた。午後もなかばになるまでは誰も彼女を訪ねていくことを許されなかった。ウルフも正午以前に起きることは決してなく、彼言うところの僕の奇妙な習慣を面白がっているみたいだった。「早起き鳥は芋虫にありつく」（「早起きは三文の得」と同様のことわざ）と彼は言った。「でも芋虫なんて誰が欲しがる？」。僕もだんだん寝坊になっていったが、闇にたどり着くまでにはまだ、いつも数時間の日光をくぐり抜けねばならなかった。

「もう起きたのかね？」と陽のあたる台所で背を丸めて昼食を食べている僕の父さんが、眼鏡の上から僕の方をチラッと見ながら言った。

　時おり、暇つぶしに、デニスが母親の車を借りられるときに僕とレイとデニスとで遠くまでドライブに出かけた。僕としては学校が休みになったらすぐ免許を取るつもりだったのだが、毎日目覚めるたびに疲れを感じて、延ばしのばしにしていた。僕たちは高速道路を、知らない小さな町の名前が見えてくるまで走った。高速を降りてその町の中を隈なく走り、白く縁取られた煉瓦造りの銀行や、赤青の縞のポールがゆっくり回るさまがガラスに映る床屋のある商業地域を通り抜け、郵便箱が侘しく点在し低い石壁がのびた田舎道に出て、締めくくりに、パンケーキが二十二種類あってメープルシロップがニコニコ笑う熊をかたどったガラス容器で出てくる食堂で昼食を食べた。デニスはサングラスをかけ、片方の手首をハンドルに載せて運転した。シェードを下ろしランプを灯した部屋で、ウルフは僕に、六か月前、退屈なマニュアルを一度も開かずに筆記試験を受けたと言った。「で？」と僕は訊いた。彼はニッコリ笑い、指を一本持ち上げて、喉を掻き切るしぐさをした。

そしてとうとう、僕は木の階段をのぼって、闇の中に消える。「イザベル」椅子のかたわらに立って僕は言うのだった。「君、起きてるの?」。あるいは「イザベル、そこにいるの?」。時おり、何かが腕に触れるのを感じて僕は手をのばし、「イザベル? 君なの?」と言うと同時に手は虚空を摑んだ。それから彼女が、ベッドの上からか、部屋の向こう側からか、僕のすぐうしろか、あるいはまったくどこからだかわからぬまま静かに笑うのが聞こえる。「ようこそ、知らない人」とか「見よ、旅人帰る」などと彼女は言うか、それともまったく何も言わないかだった。それから僕はベッドまで行き、ベッドの横を手で探りながら進んで、つかのまの接触を期待しつつ、彼女がそこにいることを期待しつつ身を横たえた。

僕は毎日彼女を訪ねていった。図書館のアルバイトがない日は午後三時に自転車で彼女の家に行った。イザベルの部屋にいると、もうひとつの世界を僕は完璧に忘れてしまい、時には階下に降りていって居間でランプが明るく黄色にほのめいているのを見て驚いてしまった。表側の窓の外で、ポーチの明かりが黒い葉を照らしているのが見えた。それから両親に電話して謝り、自転車を漕いで家に帰り、温め直した夕食を食べる僕を母さんは心配そうな表情で眺め、お前腕時計っていう文明の利器は聞いたことあるかねと父さんに訊かれた。夜遅くに母さんと父さんが小声で僕のことを、あたかも僕にどこかおかしいところがあるかのように話しているのが聞こえた。

図書館のアルバイトがある週三日は、夕食が済んでから自転車でウルフの家へ行き、午前零時過ぎまで帰らなかった。時おり、暗くした居間に座って夜遅く小型十インチテレビで古い映画を観るのが好きなウルフの母親が、車で送ると言ってくれた。僕は少しのあいだ彼女と並んでカウチに座り、白黒映画の断片を見た。くしゃくしゃのスーツを着てメキシコの町の埃っぽい通りをよたよた歩く無精髭の男、恐怖の表情であたりを見まわしながら電話ボックスで必死にダイヤルを回す女。それから自転車をトランクに積み込み、ウルフの母親と並んで助手席に座る。僕の家に向かって、黄色い街灯の下で時おり光を放つ暗い道路を走りながら、彼女はウルフの話をした。あの子ったら三科目も落第したのよ信じられる、ものすごく頭がいい子なのに前々から学校が大嫌いなのよ、あの子のことが心配だわあなたはいい影響になってくれてるのよ。そうして、細長い指で煙草を点け、すれ違う明かりで縞に照らされた暗い車の中、彼女の目が――ウルフの目だ――のぼってくる煙にすぼまるのが見えた。

時おり、自分が二つの世界に住んでいるような気になった。イザベルとは何の関係もない陽のあたる退屈な昼の世界と、すべてがイザベルである豊かな夜の世界。じきに、この分け方は誤りであることが見えてきた。夏の夜自体も、イザベルの世界に較べれば光の場と言うほかない。家々の黄色い窓、街灯のほのめき、ポーチの照明、通り過ぎる車のヘッドライト、ルビー色のテールライト、群青色の空に浮かぶ白い夏の月。いや、真の分け方は、目に見える世界と、イザベルが暗い夢のように僕を待つもうひとつの世界だ。

ある午後、椅子のかたわらに立っていると、何かが足を押してくるのを感じた。「イザベル、君なの?」。闇の中で僕は耳を澄まし、それからベッドの方に身を乗り出した。カバーをぽんぽん叩いて探りながら枕まで這っていったがイザベルはいなかった。小さな、床から出てくるように思える笑い声が聞こえた。僕はベッドからそっと降りて絨毯に膝をつき、ベッドカバーを持ち上げ、猫を探すみたいに中の闇を覗いてみた。「出ておいでよ、イザベル」と僕は言った。「わかってるんだよ、そこにいるのは」――そうして手を下に差し入れた。何かふかふかしたものが指先に触れるのを感じてさっと手を引っ込めた。こもった音がして、ふかふかしたものが僕の腕に食い込んで――僕はそれを押さえつけ、ベッドの下から猫でないものを引き出した。ベッドの上からイザベルが「捜し物は見つかったの、デイヴィッド・デイヴ?」と言ったが僕はそれを無視してふかふかのスリッパを自分の顔に押しあてた。

時おり、光の世界にいるイザベルを思い浮かべてみた。彼女は浜辺にいて、僕と並んで自分のタオルの上に横たわり、僕たちのあいだには砂の細い線――そして頭の中ではその砂の細い線も見えたし、一方の端に青い眼鏡ケースがあってもう一方に日焼けローションの壜が置いてある畝《うね》織りの白いタオルも見えればそのタオルにさっき彼女が膝をついた凹みも見え、一方の隅には飛び散った砂のきらめきも見えて、あたかも大気が濃くなってきているかのようなタオルの上の空気のゆらめきまで見えるのに、ほとんど見えるのに、イザベルは見えなかった。

けれど闇の中にはイザベルしかいなかった。彼女は僕に触れて、消える。笑う幽霊。時たま、一瞬僕の指先が彼女の体のどこかに触れた。僕がベッドの上に並んで横になることは許されたけれど手をのばすことは許されなかった。隣で彼女が呼吸するのが聞こえて、僕のかたわら、かすかに吐き出された息のように、彼女の体のこちら側が、僕の腕の毛が逆立つくらい近くにあるのがわかった。これがゲームのルールだった――これがゲームだったとして。僕としてはどうでもよかった。一種熱っぽい穏やかさのようなものを感じただけだった。どのみち僕はそこにいないわけには行かなかった。僕には闇が、ゲームが、冒険が、彼女の部屋という王国が必要だった。僕には必要だった、僕には……何が必要なのか僕にはわからなかった、でもその部屋にいるとほかのどこにいるより自分が自分になれる気がしたのだ。外の、光の中、何もかもがあらわにされている中では、僕はなぜか隠されてしまっている。イザベルの暗い領地にあって、僕は十全に生きていた。

一方、朝起きるのはどんどん遅くなっていった。ある日、昼ご飯のあと母さんに「あんた疲れてるみたいね、デイヴィ。あんたのお友だち……今日は家にいた方がよくない?」と言われた。母さんは心配そうに僕を見ながら、ひんやりした指の背を僕の額に当てた。

「やめてよ」僕は頭をさっと引いた。

ある午後、闇の中にイザベルがいた。僕はいつものように椅子の右側に歩いていきかけたが、最後で気が変わって左に歩いていき——突然彼女に、しゃがみ込むか寝そべるかしていた彼女につまずいて僕は転んでしまった。あわてて腕をバタバタさせて彼女から離れ、そうするさなか、一瞬僕の肋骨に何かつるつるの、絹のようにすべすべした生地が触るのが感じられ、それが何か柔らかいものの上を滑っていったがその何かは突如消えた。

彼女から浜辺のことを訊かれたので、僕はいろんな物を持っていくようになった。滑らかな石ころ、ムラサキガイの殻、小さな蟹の爪。いろんなイメージも彼女のために集めた。波が退《ひ》いていくときに砂が帯びる黒っぽい艶、ビーチタオルのかたわらに斜めに置かれたジュース壜。斜めに傾いたガラスを背景に中のジュースも傾いて見えたけれど、実は砂と水平だった。彼女はいつももっと多くを見たがった——波の正確な形を、砂州に生じた足跡の模様を。自分が知覚の収集家に、光の世界の芸術家になったような気分に僕は襲われた。

けれど僕が焦がれていたのは暗い部屋、暗い領域、イザベル界の神秘だった。ひとたびそこに行けば、もうひとつの世界は黒い溶液の中に融解した。そこへ行けばすべてが快楽であり、未知であり、暗い香水のように漂う官能の約束だった。

「これ何だかわかる？」と彼女は言った。「片手で。さあ。当ててごらんなさい」

手のひらに柔らかい、するっと貼りついてくるものが感じられ、それがゆっくり、高いところから降りてくるみたいに僕の手を満たしていった。

「スカーフかな？」と僕は、手の両横に流れ落ちていくそれを親指でさすりながら言った。

「スカーフ！」彼女はゲラゲラ狂おしく笑い出した。

ある日デニスが僕に「で、お前とヴィッキーどうなってんの？」と訊いた。僕の家の表階段に僕たちは座り込んで、タオルやラジオを持って浜辺に出かけていく人たちを眺めていた。

「どうもなってない、僕とヴィッキーは」

「わかった、わかったよ」とデニスは言った。「やれやれ」

時おり僕は、イザベルが何か捉えがたい計画に従って、徐々に実体化していく幽霊のように僕に向けて自分を顕《あら》わしつつあるのではという気になった。辛抱強く待っていれば、物事が大いなる啓示に向かって動いていくように、すべては明らかになるんじゃないか。

「あなたはほんとによくしてくれるわ」と彼女は僕の耳許でささやいた。彼女の手が僕の手をぎゅっと握った。闇の中で、かすかな石鹼っぽい香りを僕は嗅ぎ、もう少しぴりっとした肉体の匂いを嗅いだ。手をのばすとかたわらに彼女の枕があって、頭の温もりがまだ残っていた。

ある日浜辺で寝転がってイザベルのことを考えていると、誰か女の子が「……もう八月なのにあの人ったらただの一通も……」と言うのが耳に飛び込んできた。その言葉の何かが僕を不安にした。タオルの下の硬くて柔らかい砂に胸と腹を押しつけ、イザベルのために硬くて柔らかい感触を正確に捉えようとしている最中、僕は思いあたった。僕を不安にしたのは、時が過ぎていくという思い、すでに八月だという思いなのだ。八月、夏の後半、八月、偽りに満ちた月。七月と同じで相変わらず暑い日がえんえん続きそうに思えるけれど、誰もがわかっている、彼方に新しい夏の月がゆらめいてはおらず、九月から身を護るすべはないということを――遠くの夏の霞の中、今年初の白い息がひんやり冷たい秋の空気の中に形作られるのがいまにも見えてくる。

おおよそこのころ、イザベルに小さな変化が生じたことに僕は気がついた。彼女は何だか落着かなくなってきたのだ。でも単に新しいゲームを探しているだけかもしれない。僕が行ってもベッドにいることはめったになくなり、部屋のどこか別の場所で、立っているか動きまわっているかしていた。ある日の午後、僕が闇に入っていくと、なじみのない場所から彼女の立てる音がした。「どこにいるの?」と僕は言った。「ここよ。すぐ済むわ」。木のようなものが滑り、軋み、生地が擦れるような音がして、また滑って、どすっと引出しを閉じるような音がした。サラサラと布っぽい音がして、パチンと何かが鳴って、また生地が擦れる音。「これでよし! もう来ていいわよ」とイザベルが言った。僕は片腕をつき出し、ゆっくり前進していった。「ごめん!」と僕は言ってさっと手を引っ込めた。「失礼ね!」とイザベルは言った。「さあ! どう、これ?」。彼女は僕の手首を摑んで、僕の片手を自分の二の腕に触れさせ、一瞬腰にも触れさせた。「新しいワンピースよ」と彼女は言った。「ストッキングもよ。人によってはスカーフとか言うけど」。キュッキュッと、両膝をすり合わせるみたいな音がした。「さあ！　あなた、踊れる？」。手が僕の手を摑み、彼女の腰に置いた。もう一方の手の指先に、閉じかけた手が探ってくるのが感じられた。指が僕の腰をぎゅっと握った。「ワントゥースリーワントゥースリー！」と彼女は闇の中でワルツを踊り出しながら唱え——そして中二のときにダンスのレッスンを受けていた僕は「ウィンナワルツ」をハミングする彼女をリードしてぐるぐる回り、やがて彼女が何かにぶつかって「止まっちゃ駄目！」と叫び——そして僕は部屋の中をぐるぐる回り、いろんな物にぶつかって物が倒れて落ち、彼女の髪が顔を撫でるのを僕は感じ、香水のかすかな匂いを嗅いでなぜかオーボエやバスーンを連想し、彼女の硬い、さざめく腰のくびれに指を押しつけ、彼女のハミングはますます大きくなっていき、何かが部屋を転がっていって向こうの壁にゴツンとぶつかった。

　ベッドはほとんどいつも空っぽだったから、僕はもはや椅子のかたわらでためらいはしなかった。まっすぐ椅子の横を抜け、ベッドに仰向けに横たわって頭を枕に載せ、彼女が現われるのを待った。しばらくすると彼女が挨拶の声を発し、椅子に腰かけてベッドに両足を載せた。それから彼女は、未来の計画を話しはじめ——医者になりたい、人を助けたい、旅行したい——僕は闇の中で横になったまま、どこかの明るい空港で飛行機から降りてくるイザベルの姿を思い浮かべた。

　八月初めのそんなある午後、彼女が椅子に座って素足を僕の脛のそばに載せている最中、ずっと考えてたんだけど、と言ってある思いつきを打ちあけたのだった。実際ずいぶん長いこと考えてたのよ、なかなかまともに向きあう気になれなかったんだけど、でもあなたのおかげでやっとその勇気が出たのよ。そりゃもちろんこれって、ろくに考えもせずにあっさりやっちゃうたぐいのことじゃないわよね、何て言うか、頭の中でじわじわ迫っていかないと駄目よね、で、まさにこの何週間かそうしてたわけで、いまはそれが正しいことだって、すごく正しいことだって思えるのよ。でね、長い話を短く言えば、ていうか短い話を長く言ってるけど、闇から出ようと思うの――光を入れようと思うの――今月が終わる前に。

一瞬あとに彼女は「何も言わないのね」と言った。

「君、ほんとに確か――」

「絶対確かよ」とイザベルは言った。

このあとは、僕が入っていくたびに彼女はいろんな計画で頭が一杯だった。はじめは、徐々に変えていくつもりだったが――部屋の一方の隅に蠟燭を置き、次に僕が来たときにベッドテーブルにランプを置いて、そうしていよいよカーテンを開ける――考えれば考えるほど、新時代の到来を劇的に宣告する案に彼女は惹かれていった。一気に断ち切る。それがいい。ひとたび闇がなくなれば、もう何だってできる。何だって。体の奥でわかるのよ。たとえばテニスは前々から習いたかったのに、馬鹿みたいに先延ばしにしてきた。いろんな人と出会いたいし、いろんなことをやりたい。メイン州にいる伯母さんが恋しい。あなたと二人でボート乗りにも行けるわ――このあたりにもきっとボートくらいあるわよね。あなたがいつも言う浜辺に泳ぎに行ってもいいし。そして僕は枕に頭を沈めて横たわり、椅子に座ってベッドに両脚を載せて喋る彼女の言葉を聞きながら、わくわくする思いに彼女がかかとをばたばた動かすのを感じていた。

ある午後、絨毯を敷いた階段をのぼり、屋根裏部屋に通じる木の階段へ向かう最中、ずいぶん長いあいだウルフに会っていないことに僕は思いあたった。イザベルの部屋へ行く途中に時おり彼のところに寄っていたのに、この二、三週間は一度もそうしていない。いま突然、ウルフに会いたいという気持ちに僕は駆られた。指関節ひとつだけ使ってノックし――軽く二度叩く――一拍置くと「お入り」と偽りの重々しさを装った言葉が聞こえた。

ドアを押して開けると、そこそこに陽の入る部屋の中、一方の壁に接して大きな新しい机が置いてあるのが見えた。ウルフはこっちに背を向けて机に座り、ノートの上にかがみ込んでいた。古いシェードは白い新しいブラインドに替えられ、開いた羽根板越しに陽を浴びた緑色の葉や青空のかけらが見える。細長い本棚はまだあって、壁にまっすぐ固定されていたが、あちこち散らばっていた本の山はもうなくなり、凹んだ椅子の代わりに赤い革の肱掛け椅子と赤い革の足載せ台があって、勤勉な小綺麗さとも言うべき雰囲気が部屋中に漂っていた。

ウルフはチラッとうしろをふり返った。僕を見ると眉に皺が寄ったが、やがてゆっくり笑みが顔に広がっていった。笑みが固まるとともに、眉の皺は徐々に消えていったが完全になくなりはしなかった。彼はさっと華々しく、赤い革の肱掛け椅子を指し示した。

僕がそっちへ歩いていくと、今度は親指で机を指した。「新しい施し物だ」。そして肩をすくめる。「実に興味深い。僕の成績向上をあちらは望んでるわけだが、本は読み過ぎだと思ってるのさ。敵としての書物。ゆえにこの新しい友が現われたわけだ。僕は彼をフレッドと呼んでいる」。ウルフは机をぽんぽんと、それが大きな人なつこい犬であるかのように撫でた。「あちらは役立つと思ってるのさ、僕の――ええと、何て言葉使ったっけな？　そうだ――人格陶冶《とうや》に」

僕が新しい椅子に腰かけ、片脚を足載せ台に載せると、ウルフはなかば立ち上がって木の椅子の上でぐるっと体を回し、椅子にまたがる格好で僕と向きあった。交叉させた腕が椅子の背に載っている。ベッドの上の新しいチェックのベッドカバーを僕は目にとめた。

「で、最近どうしてた、デイヴィッド・デイヴ？」と彼は愉快そうな顔で僕を見ながら訊いた。

「いや、相変わらずだよ。図書館。卓球。大したことはしてない。君は？」

彼は片方だけ肩をすくめた。「際限ない苦役さ」。彼は机の方を顎で指した。「サマースクール。義務不履行の罰。僕が三科目落第したことは言ったっけ？　家庭内の秘密さ」

僕は目を伏せた。

「それに見ろよ、この素敵な代物」。彼は片腕を机の方にぐいっと振って、何かの小冊子を取り上げた。「運転マニュアル。陸運局より愛をこめて」。彼はそれをポイと投げて戻した。「父親にきっぱり言われたんだ。もはや怠慢は許されないと」。彼はまた肩をすくめた。「僕が僕自身にとって悪い影響だとあちらは思ってる」。ウルフはにっこり笑った。「あちらは望んでるんだ、僕がもっと……君みたいになることを」

「僕！」

「そうさ、当然だろ？　オールA、まっとうな生活、云々かんぬん。堅実な市民だ」

「誤解だ」と僕は静かに言い、それから「よせ、僕みたいになるのは！」と言った。叫び声のように言葉が勝手に出てきた。

「君がそう言うなら」と彼は、一呼吸置いてから言った。

僕たちは少しのあいだ黙って座っていた。僕は大きな白っぽい机と、その上に載ったぴかぴかの黒い蛍光灯スタンドと、暗い色の革っぽい枠に入った緑色の吸取り紙を見て、新しいチェックのベッドカバーを見て、清潔な明るいブラインドを見た。「それじゃ、また――」と僕は言って立ち上がりかけた。ウルフは何も言わなかった。ドアのところで僕がふり向くと、ウルフはいつものゆっくり気だるげな、わずかに嘲りの混じった笑みを見せた。

イザベルの寝室の闇の中、彼女の計画は具体性を帯びてきていた。その一大行事は、八月最終日、学校が始まる三日前に実行される。僕はベッドに横たわり、この部屋に初めて入ってきたときのことを思い出していた。もうずっと前のことに思えた。「イザベル」と僕は言った。「覚えてるかい――」

「あなた聞いてるの?」と彼女はきつい声で言い、一瞬何の話か僕にはわからなかった。

ある夜目が覚めると、イザベルの姿がすごくはっきり見えた。白いショートパンツをはいて、明るい赤の半袖ブラウスを着ていた。両手をうしろに立てて脚を前に投げ出し、顔もうしろに傾け、髪はポニーテールで口には晴れやかな笑みを浮かべている。その笑み以外、顔は漠然としていたが、口だけは完璧な並びの白い小さな歯が見え、きらめく歯と上唇のあいだには濡れて光るピンクの細い線がのびていた。僕は眠りに落ち、ふたたび目覚めるとまた同じ像がくっきり明るく見え、それがどこから来たかを僕は瞬時に理解した。歯科医の待合室、雑誌を並べた陽のあたるガラステーブル、歯の汚れを取ると同時に歯を白くする特別な練り歯磨きを宣伝した光沢紙のページが目に浮かんだ。

八月の終わり近くの日々、遠くから明るさが近づいてくる感覚を僕は抱いた。大作映画に出てくる古《いにしえ》の敵のように明るさは迫ってきて、磨かれた兜や持ち上げた剣の先が陽を浴びてキラキラ光っている。

最後の日の前日、僕はイザベルに「こっちへ来なよ」と言った。自分の声の棘々しさ、威信を傷つけられたと言わんばかりの口調に我ながらギョッとした。闇の中で沈黙が生じた。やがてマットレスに何かの形の圧力が生じ、彼女がベッドに這い上がってきて僕の横に身を落着けた。「大丈夫よ、心配要らないわ」と彼女はささやいた。彼女の体が、僕の脇腹を走る熱のように感じられた。イザベルの髪か、くしゃくしゃのベッドカバーが上向きに波打った部分か、何かにくすぐられたみたいに頬がチクチクした。僕の目は大きく開いていた。いろんな像が立ちのぼっては消えていった。書物を読んでいる中国の賢者、影になった壁板を突如撃つ陽の光、フックに掛けたグレーの上着。

八月最後の日の朝、僕はいつになく早く目を覚ました。両親さえまだ眠っていた。明るい台所でオレンジジュースをコップ一杯飲んで、裏手のポーチで本を読もうと試み、結局浜辺に行くことにした。砂浜に降り立つと、もう人がちらほら、そこらへんに立ったりタオルの上に寝そべったりしているのを見て僕は驚いてしまった。この人たちは夜どおしずっとここにいたのだろうか。満ち潮だった。頭上の空はものすごく青くて、前にデパートで見た高価なシャツを僕は思い起こした。僕はタオルを広げ、一方の隅に日焼けローションの壜を置き別の隅に本を置いてから、低い波が打ち寄せる濡れた砂のあたりを歩きに行った。さらに先では、水があちこちで濃い、紫っぽい青の広がりになって、銀の縞が何本も走っていた。黒光りする砂の中に僕の足跡が見え、足跡は一瞬薄い色で浮かび上がったがやがて黒い濡れがふたたび染みとおってきた。僕と並んで歩く第二の足跡のペアを僕は思い浮かべようとした。最初は薄い色、やがて濃い色を帯びるその足跡は、砕ける波に押し出された、縁にフリルのついた水のシーツの中に消えていった。人が次から次とタオルやラジオを持ってやって来ていた。砂浜の上の方で、女の子が一人上半身を起こして座り、手にローションを注いで、片腕をゆっくり撫ではじめた。腕をぴんとのばして、表裏何度も回している。僕は突堤に着くと岩の方まで出ていき、温かい岩の上に座ってしばらく脚を水に浸してから、沖に向かって、疲れるまで泳いでいった。タオルに戻ってくると寝転がり、太陽が水滴を蒸発させるのを感じた。フランス語の授業で一緒の女の子が僕に手を振り、僕も振り返した。ビーチパラソルを持った家族が何組か、駐車場の脇の、砂が一番高いところを乗り越えてきた。浜辺は混みはじめていた。

僕は午後三時近くにイザベルの家に着いた。玄関に緑のショートパンツと黄色いホールター姿でハンドバッグを肩に掛けたウルフの母親が出てきた。片手に車のキーの束をぶら下げている。「お入りなさい」と彼女は言った。「私は急いでるの」そう言って玄関前の階段を駆け下りていった。車寄せまで行ってから彼女はふり返り、「ジョンは出かけてる。あの子は待ってるわ」と叫んだ。僕は薄暗く涼しい居間を抜けて、絨毯を敷いた階段をのぼって二階に上がり、閉じたドアの並ぶ見慣れた廊下を見てから屋根裏への階段をのぼっていった。のぼり切ると陽光の縞模様がついた闇を通って二つ目の廊下に行き、静かにイザベルの寝室に入っていった。

「あ、来たわね」と彼女はじれったさと興奮の混じった声で言った。

「浜辺に行ってたんだ」と僕は闇を見回しながら言った。いくつかの場所は、ほかの場所よりなじんでいる――椅子が置いてある場所、ベッドが置いてある場所。気持ちを集中すればいろんな場所をみんな記憶できるだろうか。

「あたし、すごくワクワクしてるのよ！」とイザベルは叫び、彼女が絨毯の上で小さなダンスステップを踏むのを僕は聞いた。

僕はゆっくりとベッドに行って横になった。

「何やってるの、何やってるの？」イザベルは片足を踏み鳴らしながら言った。

「やってる？　ここに寝そべってるだけだよイザベル、これってすごく安らかだなあって思いながら。でね、けさは泳ぎに行ったものだから、それで――」

「あなたったら、じれったいわねえ！」と彼女は叫んだ。「そんなとこに寝そべってちゃ駄目よ」ともっとずっと近くで彼女は言い、僕は片方の袖を引っぱられるのを感じた。「起きなくちゃ」

「イザベル、ねえ。君、ほんとに――」

「ああ、何言ってんのよ？　さあ！　さあ！」。彼女はもう一度引っぱり、僕はあとについて闇の中に入っていった。彼女の興奮が風のように感じられた。彼女は僕を導いて部屋の向こう側まで行き、いきなりピタッと止まった。彼女はカーテンをあちこち叩いて引き紐を探した。カーテンは厚そうな、柔らかくずっしりしていそうな、巨大な動物の脇腹みたいな音を立てた。「行くわよ！」イザベルが言った。彼女がぐいと引っぱるのが聞こえ、執拗にぐいぐい引きつづけるのが聞こえた。手を右に左に、襞《ひだ》の中に閉じ込められた狂える鳥みたいに動かすのが聞こえた。何かが外れて、カーテンのてっぺんが左右に分かれていき、陽の光が叫び声のように一気になだれ込んで、一瞬のあいだ、濃い青の襞がゆっくり分かれて金色の埃がほのかに光って渦巻くのを僕は見て、持ち上がった袖の縁を見たが、次の瞬間僕は目をパッと片手で覆った。僕がもう一方の手をつき出し、闇雲に部屋を横切ってドアに向かうなか彼女が叫んだ、「ちょっと、どこ――」僕のうしろでカーテンがガサガサ音を立てて開くのが聞こえ、火事でも起きたみたいに部屋中が光に満ちるのが指のすきまから感じられた。僕はドアを引いて開け、ふり返らなかった。逃げるように屋根裏を抜け、一つ目の階段を駆け降りるなか、視界の端のすぐ向こう、手で目を覆った直前の瞬間、持ち上がった、赤っぽい、わずかに光沢のある袖が見え、それが陽を浴びた腕の手首と肱のあいだの、空気の乱れのように漠とした幽霊のようなゆらめきをずり落ちていくのが見えた。二つ目の階段を降りきった僕はウルフの母親に手を振ったけれどよく見ればそれは影に包まれた椅子の背に掛けた上着で、それから僕は急いで居間を抜け、玄関から脱出した。高い柵と生垣とに挟まれた曲線を描く車寄せを自転車で飛ぶように降りていきはじめてようやく、僕はふり返って家を見た――でもこの角度から見えるのは、松と楓と、日なたと日蔭が入りまじり曲がり目の向こうに消えかけている車寄せだけであることを僕は忘れていた。

学校は三日後に始まった。ウルフは僕が取っているどの授業にも出ていなくて、廊下でも見かけなかった。それまで彼の家に電話をかけたことは一度もなかったが――なぜか僕らの交友は電話とは無縁だったのだ――その日の午後僕は彼の番号をダイヤルした。十四回鳴ったところで受話器を置いた。僕は廃墟になった、陽光に荒らされている家を思い浮かべた。翌日学校でウルフを探したが、どこにもいなかった。彼がどうしているか、誰も知らなかった。僕はその日の放課後、具合が悪いので休みますと図書館に電話してから、自転車でウルフの家まで出かけていった。曲線を描いた車寄せの上に家はまだ建っていて、影に包まれ、ところどころまばゆい光の点が暗さを破っていた。ジーンズにスウェットシャツという格好で片手にペンチを持ったウルフの母親が玄関に出てきた。いくぶん暗い居間で彼女はカウチに腰かけ、僕は肱掛け椅子に座ってアイスティーのグラスを持ち、それを飲むのも忘れたまま、ウルフはマサチューセッツの特別な寄宿学校にいると母親が語るのを聞いていた。あなたに言わなかったの？　自由なカリキュラムの学校でね——すごく自由なカリキュラムなのよ。で、イザベルは、メイン州の伯母さんのところにしばらく厄介になりに行ったわ。夏は前からだいたいいつもあそこで過ごしていたし、いまはそこの公立高校に通ってるのよ。一年休学したのがあの子にとってはものすごくよかったわ。回復期にすごく優しくしてくれて本当にありがとう、とウルフの母親は僕に礼を言った。玄関で彼女はとても親しげな目で僕を見た。「何から何までありがとう、デイヴィッド」と彼女は言って片手を差し出した。そして僕と力強く握手し、自転車で僕が去っていくのを玄関に立ってずっと見ていた。

　その秋僕は勉強に専念しようとしたけれど、考えられるのは屋根裏部屋のことだけだった。まるで自分自身の絶対に必要な一部分がなくなって、それがどこにも見つからないみたいな気分だった。十月なかばに僕は運転免許を取り、週末は父親の車であちこちドライブに出かけるようになった。なかば公式のガールフレンドとよりを戻し、ダンスパーティやフットボールの試合に行った。ある土曜の午後、ウルフの家の近所に車で行ってみたけれど、黄色い落葉が散らばった家の車寄せの前でスピードを落としはしたものの車寄せに入りはせず通り過ぎた。もしあの日、カーテンが開いたとき、ふり返って彼女を見ていたらどうなっただろう。僕は何度もそう考えた。そして僕にははっきり見えた、陽のあふれる空気が、光の矢の中で舞う埃が、明るい空っぽの部屋が。いいや、あそこで立ち去ってよかったのだ、僕にとってイザベルは闇の中でのみ存在すると了解したことでよかったのだ。明け方の幽霊のように、魔法の国のお姫さまのように、彼女は光に触れられたとたん消えるほかなかった。だから僕は父さんの車を乗りまわし、決して来ない何かを待った。高校最後の年の春にはもう、とにかくいろんなことに関わっていて、町の向こう側の曲がりくねった道路に建つあのぼんやりした家のあの暗い部屋でいったい何があったのか、思い出すのも一苦労になっていた。ほんの時たま、何かの像が出し抜けに浮かんできて、少しのあいだ僕を思いにふけらせた――書物と睨めっこしている象牙の賢者、ふかふかの耳覆い、そしてあの、かすかな嘲りを伴ったゆっくりと気だるげな笑み。

# 危険な笑い

　僕たちの中で、今日あの危うい夏を思い起こす者はほとんどいない。ゲームとして、無害な娯楽として始まったものは、あっという間に真剣な、妄執的な方向に転換し、僕たちの誰一人それに抗おうとしなかった。何といっても僕たちは若かった。十四歳、十五歳だった僕たちは、幼年期を鼻で笑う一方、厳格で馬鹿げた大人の世界からも遠く離れていた。僕たちは退屈し、落着かず、何かの気まぐれだか情熱だかに取り憑かれたい、それを己の本性の最果《さいは》てまでつきつめたいと願っていた。僕たちは生きたかった――死にたかった――燃え上がりたかった――天使か爆発物に変容したかった。それが自分の運命ではないかとひそかに怖れていたからか、凡庸なものだけが僕たちを不快にした。夕方近くになると筋肉は痛み、瞼は不明瞭な欲望に重くなった。そうして僕たちは夢を見、何もしなかった。何をすればよかったというのか、卓球をして浜辺に行き、裏庭でぶらぶらし、朝寝坊して……そうしていつも僕たちは、想像しようもないほど極端な冒険に焦がれていた。

　夏の長い夕暮れどき、僕たちは郊外の街路を歩き、楓の木や刈った草の香りの中を抜け、何かが起きるのを待った。

ゲームは罪もなく始まって、暗い噂のように広がっていった。平行四辺形の陽光が地下の窓から流れ込む涼しい遊戯室で、開け放した暑いガレージの卓球台で、水位標識の上の明るい砂に敷いた黄色と青のビーチタオルの周りで静かな言葉が聞こえ、鋭く炸裂する笑いが聞こえるのだった。神がかった行ないにつきものの単純さがこの思いつきにも備わっていた。言葉は、どんな言葉であれ、ある種の厳かな口調で発されれば、その潜在する愚かしさを否応なくさらけ出す。「チーズ」と誰かが、陰気にかつひたむきに言い、そしてもう一度ゆっくり「チーズ」と言う。誰かが笑う。避けようはなかった。笑いが広がっていく。爆笑の突風が場を駆け抜けていく。そしてやっとそろそろ収まるかと思えたところで、誰かが「肱！」とか「飛行船！」とか叫び、またワッと笑いが破裂する。僕たちを惹きつけたのは、言葉の中に隠れた馬鹿馬鹿しさではなく――そのことなら前々から見当はついていた――むしろ笑いそれ自体の、吐き出すという行為、喘ぐという営みだった。自分の内なる闇の奥深くに、驚くべき力を僕たちは発見したのだ。僕たちは笑いの狂信者に、騒々しい爆発の帰依者《きえ》になっていた。こうした噴出こそ、いままでまったく知らなかった何か、僕たちが行く必要のあるところへ連れていってくれる何かであるように思えた。

こんな単純なパフォーマンスで、僕たちの満足が続くはずもなかった。そこで登場した「笑いパーティ」は、僕たちの飢餓感に相応しい飛翔を体現していた。目的は、ほかの誰よりも長く激しく笑うこと、自分を間断なき噴火状態に保つこと。たちまちのうちに、容認しがたい笑い――弱々しい笑い、偽りの笑い、不当に誇張された笑い――を排除するためのルールが次々生まれた。じきにどのパーティにも、本物から少しでも逸脱したら目ざとく摘発する審判が現われた。長い笑いが大流行するなか、ひとつの型が決まっていった。一人ひとりが順番に、見守る者たちの輪の真ん中に歩み出て、すでに愉快がって笑いをさざめかせている群れから刺激を得て、かつ、それぞれ独自の内面的な技巧も駆使して、笑い出す。その間、見守る者たち、審判たちは自分らもしじゅう釣られて笑いつつ、それに後押しされてぐんぐん高まっていく笑いの咆哮と痙攣を入念に観察し、ストップウォッチを使ってパフォーマンスの時間を測るのだった。

このように切迫した、奔放な、厳格な追求の中で、事故が起きるのは避けられなかった。地下の遊戯室のカウチに座ってけたたましく笑っていた女の子が、のけぞった拍子に木の肱掛けに頭をぶつけて首を傷めた。狂おしい笑いに喘いでいた少年がピアノ椅子に激突して転倒し左腕を骨折した。これらの事故が警告となってもよかったはずなのに、むしろ逆に、これでいいんだという僕たちの思いはいっそう強まり、一連の負傷も、僕たちが笑いを真剣に捉えているしるしと受けとめられた。

笑いパーティが毎日午後に広まり出して間もなく、新しい娯楽が現われ、より過激な可能性で僕たちを魅惑した。「笑いクラブ」——時には「笑いパーラー」とも呼ばれた——は笑いを引き出し、長引かせるためのより大胆な企てが実践される場だった。はじめのうちは少し年上の女の子たちが組織し、日が暮れてから「メンバー」を家に招待した。噂によれば女の子たちは、クラブごとに異なる規則と習慣に則って、僕らがそれまでに発見したどんな笑いよりもずっとスリリングで狂暴な笑いの発作を持続させているという。それらのクラブがどうやって生まれたのか、確かなことは誰にもわからなかった。ある日気がついたらそこにあった、というふうに思えたのであり、まるではじめからずっとあって、僕たちに発見されるのを待っていたかのように感じられたのである。

　噂では、クラブ第一号は十六歳のバーニス・オルダソンの発案だったという。北の町外れの、木々の生い茂る一画に建つ大きな家に彼女は住んでいて、両親は家にいたためしがなかった。きっかけはある日、バーニスがエジプト史の本を読んでいて、女王クレオパトラは奴隷娘に命じて両腕を縛らせ裸足の足を羽根でくすぐらせるのを好んだという記述を読んだことだった。三階の寝室で、バーニスと友人のメアリ・チャップマンが、靴を脱いでベッドに横になるようメンバー一人ずつに促し、筋肉隆々の腕を持つメアリが胸と膝をしっかり押さえ、大の字にのびた体をバーニスがくすぐりはじめる――腹を、肋骨を、首、太腿、足の指先と側面を。ここにはれっきとした技巧があった。侵略と撤退の技巧、なすすべもない笑いの着実な噴出を深みから引き出す技巧。ベッドに押さえつけられた訪問者からすれば、要するに二人に身を委ね、できるだけ長いあいだ耐えるということに尽きた。耐えられなくなったら「ストップ」と言えばいい。理屈の上では笑いが終わる必然性はまったくなかったが、たいていの人間はまず三分以上は持ちこたえられなかった。

　笑いクラブは現実に存在し、僕たちもみんな参加したし、自分たちのクラブを作りはじめさえしたけれども、クラブはまた、噂という別個の、ある意味でより高次の領域でも存在しつづけ、その結果、届かないもの、神秘なものの次元へと高められていった。話によれば、あるクラブではメンバーは服を脱ぐよう求められ、ベッドに鎖で繋がれて譫妄《せんもう》状態に至るまで激しくくすぐられるということだった。ある女の子は涙を流して笑い、ゼイゼイ喘ぎ、やがて腰を奇妙な、思わせぶりなやり方で動かしはじめ、くすぐられたことによって絶頂に達したことがじき明らかになったという。かように、こうした噂にはかならずエロチックな要素が伴っていた。僕たちはほとんど驚かなかった。純粋に笑いのみを追求し、性的な領域への粗野な移行を蔑む者たちでさえ、二つの世界の親近性は認めていた。そのときすでに、僕たちは理解していたのだ。品位とは無縁の痙攣とともに僕らの中から噴き出す笑いが、禁じられたものたちの王国に属していることを。

笑いパーティが笑いパーラーに取って代わられ、噂が深まっていくとともに、僕たちの秘密のゲームが町のよその地域にも波及しはじめている感触を時おり僕たちは得た。ある日、九歳の男の子が七歳の妹を押さえつけて激しくくすぐっているところを母親に発見された。妹はキャーキャー金切り声を上げていて、ワンピースの襟は涙で濡れ、青白い体にはまるで縄でくり返し打たれたような濃いピンクの筋が何本も入っていた。また、珍しく家に帰ってきたバーニス・オルダソンの母親が重い買い物袋を抱えて台所に入っていったところ、ゴム製の犬のオモチャにつまずいて転んだ話も僕たちは聞いた。割れて中身が流れている卵のパックのかたわらに座り込んだ母親が、大きな重たいオレンジが次々リノリウムの床の上をゴロゴロ転がるのを眺めていると、口許がピクピク揺れてきて、すでに怒りに燃えていた肺がだんだんチクチクしてきて、突然彼女はゲラゲラ笑い出し、体をばたばた揺らし首をうしろに倒して、流しの下のキャビネットの金属ドアに頭をぶつけ、三階にある娘の寝室まで上がっていくと娘は眉間に皺を寄せて本から顔を上げたが、結局母親は、疲れはて、身を震わせ、あちこちにあざが出来た体を抱え、ゼイゼイ喘ぎ、高揚した様子で娘の部屋から出ていったという。僕は夜になると暑い自室で、落着かず満ち足りぬ気分で横たわり、熱っぽい笑いを解き放つ機会を希《こいねが》った。そのことだけが僕の心を宥めてくれるように思えた。網戸ごしに届くコオロギの声、隣の家でガタガタ鳴るウィンドファン、ずっと向こうの高速道路を走るトラックのうなりとともに、遠くの寝室でバリバリ鳴る蛍光灯のようにかすかな笑い声が夜の町じゅうで炸裂するのが聞こえる気がした。

ある夜、両親が眠ったあと僕は家を出て、町の反対側の、バーニス・オルダソンの住む界隈まで歩いていった。彼女の部屋がある三階の窓のシェードが、薄暗い黄色い光にほのめいていた。バーニスの部屋のベッドでメアリ・チャップマンが僕の体をしっかり押さえ、バーニスが真剣な、だが残酷ではない表情で僕の上に身を乗り出した。彼女はゆっくりピッチを上げていき、荒々しい笑いへと僕を追い込んで、汗が僕の首から流れ落ち、ベッドが僕の深い、苦痛に満ちた、だが解放感もある叫び声に合わせて軋むなか、僕は笑いに喉が焼けてしまうのではないかと思った。長いこと――ほぼ七分間――持ちこたえた末に僕は降参し、もうやめてくれと頼んだ。その瞬間すべてが消えた。蒸し暑い七月の夜のカエデやリンデンの下、家に向かって歩きながら、自分の臆病さを僕は悔やみ、もっと深い、もっと恐ろしい笑いに憧れた。ふたたび己の肉体の闇へ降り立つまでの時間、次の下降までの時間を――闇の中に笑いは溶岩のように広がり、それを液状の炎のように解き放つ亀裂が生じるのを待っている――僕はどうやって切り抜ければいいのか。

むろん僕たちはたがいに較べあった。笑いの能力には個人差があること、ヒステリーや気絶の一歩手前まで行きながらも一線を越えずに踏みとどまり骨を揺すぶるような力強い発作を長く持続させる才にも差があることは、みんな初めから承知していた。自分の強さを自慢したところで、往々にしてほかの誰かに上を行かれてしまう。噂が花開く。途方もない主張がまかり通り、怪しげな離れ業をめぐる確認しようもない物語が流布《るふ》する曖昧模糊とした雰囲気の中、クララ・シューラーの存在が次第にきわ立ってきたのだった。

　クララ・シューラーは十五歳だった。物静かな性格で、教室では教科書を前に広げてじっと動かず座り、目は伏せ、両足をしっかり床に下ろしていた。机の上をとんとんせわしなく叩いたりもしなかった。髪を耳のうしろにかき上げたり、脚を組んだりほどいたりもせず、まるで彼女にとっては体のどこかを動かすことが崩壊の一形態であるかのようだった。配られたプリントをうしろの生徒に渡すときは、上半身をくるっと唐突に回転させ、目を伏せたまま紙をうしろの机に落とし、またくるっと唐突に前に向き直る。授業中は決して手を上げなかった。当てられるとわずかに頰を赤くして、先生に「もっと大きい声で」と言われてしまう小声で、極力言葉少なに答えたが、ちゃんと予習してきていることははっきりわかった。人に見られることを、侵入されることの一種と体感しているかのようで、彼女にとって幸福とは、徐々に溶けていって小さな水たまりをあとに残していくことではないかと思われた。はっきり思い描くのは容易でない女の子だった——顔はやや青白く、髪の色は茶と黒のあいだの捉えがたい色合い、目は伏せた瞼の下に隠れているが時おりその瞼がパッと開いて大きな、ハッと驚いたような虹彩が現われる。小綺麗な膝丈スカートをはき、きちんとアイロンをかけたと見える無地の綿ブラウスを着ていた。ときどき襟に、猫みたいな形の小さな銀のブローチを留めていた。

　クララ・シューラーの、ひとつ小さなことが僕の目を惹いた。一日が過ぎていく中で彼女は、わずかにほどけていくのだ。ほつれ髪が顔の前に垂れ、ブラウスのうしろ側がずり上がって革ベルトから離れ、白いソックスが片方垂れてくる。次の日に席についたときには髪に綺麗に櫛が入れられ、ブラウスはたくし込まれ、靴下は両方とも縦の筋がまっすぐ引き上げられて、両手はメープルウッドの机の上で軽く組んでいた。

クララには一人仲よしの子がいて、名をヘレン・ジェイコビーといい、カフェテリアではいつも一緒に座り、放課後もロッカーで待ち合わせていた。ヘレンは手足が長く、バスケットボールをやっていて、よく笑う女の子だった。ジュースを壜から飲もうと首をうしろに倒すと、気管の膨らみが首を内側から押しているのが見えた。クララ・シューラーの友としては意外に思えたが、一緒にいるのを見ることにすっかり慣れてしまったものだから、僕たちはさして考えもせずに、この二人はたがいに高めあっているのだろうくらいに見ていた。ヘレンのおかげでクララの奇妙さと孤立感が薄れ、ある意味でクララはヘレンに護られ、滑稽だと見られずに済んでいる一方、クララのおかげでヘレンは凡庸さから逃れて、興味深い、神秘的な影を帯びた存在になっているのだ。その夏、ヘレンを笑いパーティで見かけても僕たちは驚かなかった。パーティで彼女は首をうしろに、ジュースを飲むときを思わせるふうに倒して笑った。そしてヘレンがある日の午後にクララ・シューラーを連れてきて、彼女をこの新しいゲームに導いたのだった。

僕はこれらのパーティでクララを観察するようになった。僕たちはみんな彼女を観察した。彼女は輪の真ん中に出てきて、目を伏せて立ち、頭をわずかに前につき出して、肩を丸め、両腕は力が入って脇に貼りついていた——まるで何か屈辱的な罰を受けているみたいに、と僕は思わずにいられなかった。両手の甲に血管が浮き上がるのが見えた。ぴくりとも動かずに立っているので、息も止めているみたいに思え、本当にそうなのかもしれなかった。そして、いまにも泣き出しそうな子供みたいに、彼女の中で何かが湧いてくるのが感じられ、首はこわばり腱が浮かび上がって、眉間に垂直の線が二本走り、やがて首と腕に軽い震えが生じて、ぶるっという隠れた動き、内なるさざめきが見てとれ、いまだ堅いままだが明らかにひとつの力に囚われている体の向こうに何かの存在が感じられて、それが立ちのぼり、広がってくる。そうして彼女は、苦しげな喘ぎとともに、肩のがくんという揺れとともに笑いの叫びを、あるいは悲鳴を発して——笑いは彼女の中でどんどん募ってきて、悪魔がとり憑いたかのように彼女を揺さぶり、ついには頰も濡れ、髪は乱れて顔に貼りつき、胸が上下に揺れて、指が腕や頭を摑む——そして笑いはなおも溢れてきて、彼女は体をばたばた振り回し、恐怖に囚われたかのように唾を吞み息を吞み、唇はうしろに引っ込んで歯が剝き出しになり、目はぎゅっと閉じられ、両手は体が割れてしまうのを防ごうとするみたいに肋骨に押しつけられていた。

そして、やがてそれが止まる。唐突に、不可解に、それは終わる。彼女は青白い顔でそこに立ち、力も尽きて、ハアハア荒く息をしている。大きく見開いた目は何も見ていなかった。ゆっくり少しずつ、彼女は我に返っていった。それから、足早に、いささか危なっかしい足どりで僕たちから離れていってカウチに倒れ込んだ。

こうした笑いの離れ業に対し、大胆で斬新だという評価、いままで皆が慣れ親しんできたあらゆるパフォーマンスのはるか上を行っているという評価があっという間に広まった。クララ・シューラーはどの笑いパーティにも招かれ、喝采され、誰もが話題にし絶賛した。これほど無謀な笑いの才は前代未聞だったのだ。

ゲームを追求しようと何人かで集まるたびに、いまやかならずクララ・シューラーがそこにいることになった。僕たちは彼女に慣れていき、彼女が遅れると苛立たしい気持ちで待った。これまでこの物静かな女の子は、教室ではひたすら大人しく、両足を床につけて座っているばかりだったのに、それがいま、笑いの暗い深みをあらわにし、僕たちの目を見晴らせ、いささか不安にさせてもいる。クララ・シューラーの笑いには何かがあったのだ。ただ単に僕たちの笑いより激しいというだけではない。それよりも、彼女が何かの物体に変容するように思えたのであり、何かの力が彼女を捕まえて、彼女の体内で荒れ狂い、やがて彼女を解放するように感じられたのだ。そう、クララ・シューラーにあっては、揺さぶられているその体と、それを揺すっている力とのあいだの乖離があまりにもくっきり現われるため、肉体性がもっとも前面に出てくるまさにその瞬間、彼女の肉体感覚は全面的に失われるように見えた。こうしたパフォーマンスにはつねに、僕たちにとっては、どこか官能的な要素が伴っていた――胸は揺れ、腰は震え、体は意表をつく動きを見せつける。だがクララ本人は、動く肉体の安易な挑発性のはるか先まで行って、新しい、より曖昧な領域に入っていくように思われた。そこにあって肉体は、何か隠微な、破裂する力を呼び出す。そしてその力は、たまたま出会った何かの物質を通してのみ活動できるのであり、力はその物質を、あたかも残忍な意図を持つかのように振りまわし、やがて使い尽くすとあっさり捨ててしまう。

ある日彼女は、一人で僕たちの前に現われた。ヘレン・ジェイコビーは浜辺へ海水浴に行っているのか、母親と一緒に買い物に行っているのか。クララ・シューラーがもはや友を必要としていないこと、彼女が自分に目覚めたことを僕たちは理解した。そして僕たちはもうひとつ理解した。何ものも彼女が僕たちのゲームに加わるのを止められはしないこと、何ものも彼女が笑いの誘惑に屈するのを阻止できないことを。彼女は日に日にますます、ひたすら己を解き放つために生きているのだ。

クララ・シューラーをめぐる噂が発生するのは避けがたいことだった。なかば現実、なかば伝説の場たる、自ら志願した犠牲者から特別な技巧によって笑いが絞り出されるという笑いパーラーに彼女が通いはじめたという噂。ある夜彼女がバーニス・オルダソンの家へ行って、ランプを灯した三階の寝室に閉じ込められて巧みにくすぐられ、一時間近く経ったところで気絶し、こめかみに香り付きオイルをすり込んでやっと息を吹き返したという噂。また別の家で、極度の笑いによって彼女があまりに激しく揺れたためベッドから体が浮遊し三十秒後にまた落ちてきたという噂。この最後の噂は嘘だと、子供だましの馬鹿げた苛立たしい作り話だと僕たちにもわかったが、それでも僕たちは不安な気持ちにさせられ、想像力を掻き立てられた。僕たちは感じたのだ、しかるべき条件が揃って、肉体的に異常であっても想定不可能ではないパターンの発作に助けられれば、まさにそういうたぐいのことをクララ・シューラーならやってのけかねないと。

僕たちの要求がより厳しくなり、期待がいっそう緻密になってくるとともに、クララ・シューラーのパフォーマンスはその奔放さの高みに達し、僕たちを熱く興奮させた。彼女の能力を疑う余地はまったくなくなった。僕たちは彼女のしぐさを真似よう、彼女と同じ精緻なリズムで肩を痙攣させようと努めたが上手く行った例しはなかった。時おり、クララ・シューラーの笑いの中で、僕たち自身の大人しい笑いが、僕たちには憧れることしかできない何かへと変容させられているのが聞こえるのだと僕たちは想像してみた。あたかも僕たちの夢が彼女の中に入っていったかのように思えた。

この精力的な新しい生活が、彼女の外見に影響を及ぼしはじめていることに僕は気がついた。僕たちの許にやって来るとき、長いほつれ髪が頬に垂れているようになり、彼女はそれを指の背でじれったそうに払いのけた。前より痩せて見えたが、本当に痩せたかどうかは定かでなかった。彼女は疲れて見えた。風邪か何かを引きかけているみたいに見えた。もはや伏せた瞼に隠されていない目は僕たちをせわしなげに、いくらかぼんやりと見つめた。時おり彼女は、もはや思い出せなくなった何かを探しているような印象を与えた。何かを待ち受けているみたいに見えた。少し悲しそうに見えた。少し退屈しているように見えた。

ある夜僕は、眠れないので、家から抜け出して散歩に行った。僕の家がある通りの終わりまで来て、チカチカ点滅しパチパチ音を立てる街灯の下を通ると僕の影が震えた。何だか僕が街灯で、その街灯が落着かずチカチカパチパチやっているみたいだった。少しして、町の中でも古い地域に出た。高い楓の木が連なり、破風《はふ》があって崩れかけた玄関ポーチがある家が並び、自転車が疲れた様子で籐椅子に寄りかかり、ビーチタオルがポーチの手すりから曲がって垂れている。僕は通りの終わり近くに建つ暗い家の前で立ちどまった。砂利敷きの車寄せの向こう、ガタガタ鳴る扇風機の音が二階の開いた窓の中から聞こえた。

それはクララ・シューラーの家だった。あれがクララの部屋の窓だろうか。もう少し近くまで歩いていって、網戸を見上げると、扇風機のガタガタ、ブーンという音に混じって、何か別の音が聞こえるように思えた。それは静かな笑いの音だった——あるいはそうだと思えた。彼女はあそこで闇の中に横たわり、ひそかに笑って、落着かぬ気分を解き放っているのだろうか？　眠ったまま笑っているのか？　ひょっとしたら、あれはただ扇風機の音が生む錯覚だろうか？　そこに立って、はっきりしない小さな音に耳を澄ましていると、音は扇風機の羽根と交じりあって、やがて扇風機自体が笑っているように――おそらくは僕を笑っているように――思えた。あの窓の下で、僕は何に焦がれていたのか？　クララ・シューラーの笑いの中に吸い込まれたいと焦がれたのだ、あの暗い部屋にいる彼女に仲間入りしたいと、そして僕という人間が何者であれそいつから解放されたいと焦がれたのだ。けれど僕という人間が何者であれそいつは僕の中に骨みたいに硬く不動に居座っていて、僕は絶対に自分の重さから逃れられそうになかった。しばらくして僕は踵《きびす》を返し、家に向かって歩き出した。

　この訪問のあとまもなく、新たに結成された笑いパーラーのひとつで僕はクララ・シューラーを見かけた。これら新しいパーラーは、噂で聞いたパーラー、もしかしたらもっと深い実験に入っていくために僕たちが捏造したのかもしれないパーラーを真似て僕らが結成したものだった。ヘレン・ジェイコビーがベッドに腰かけてクララの両手首を押さえ、ヘレンの友だちが両足首を押さえていた。僕が見たことのない金髪の女の子が、鉤状に指を曲げてクララの上に身を乗り出している。僕を含めて五人がそのパフォーマンスを見守った。短い、乱暴な指がクララの肋骨や太腿にそってすばやく動くなか、それは突然のぶるっという震えとともに始まった。クララ・シューラーの頭が左右に回り出し、白いソックスをはいた両足がこわばった。鋭い、身震いを伴った笑いが体を貫き、一方の肩があたかも首の向こう側へ自らを折りたたもうとするかのように持ち上がった。十分と経たないうちに彼女の目に膜が張り、目付きが穏やかになっていった。依然笑いつづけているのに、横になった体はほとんど動かなかった。僕たちの気を惹いたのはその不気味な動かなさだった。あたかも彼女が、もはやあがくといった段階を通り越してどこか別の場所に、笑いが純粋な活力の奔流となってあふれ出す場所に行ってしまったかのようだった。

誰かが心配そうに、もうやめた方がいいかな、と言った。金髪の女の子はチラッと腕時計を見て、いっそう張りつめた顔になってクララ・シューラーの上にかがみ込んだ。三十分後、クララは苦しげに、唾をごくんと呑むみたいに大きく息を吸いはじめ、喉からはうめき声が伴奏のように絞り出された。もう充分か、とヘレンがクララに訊いた。クララは乱暴に首を横に振った。顔一面がびっしょり濡れて、ランプの光を浴びてほのめいた。濡れたしみがベッドカバーを黒っぽく染めていた。

始めてから一時間ちょっと経ったところで、金髪の女の子が疲れはてて音《ね》を上げた。女の子はそこに立って両手首を振り、まず一方の、次にもう一方の手の指をさすった。ベッドの上でクララ・シューラーはなおもぞもぞ動きゲラゲラ笑っていて、まるでいまだに指が体の上を動いているのを感じているみたいだった。笑いは徐々に弱まっていった。青白い、血の気の失せた様子で横たわる彼女の頭は横に倒れ、目はどんより濁り、唇から力が抜け、長いほつれ髪が濡れた頰に貼りついて、一瞬のあいだ彼女は突然年老いたみたいに見えた。

クララ・シューラーが笑いパーラーの女王になったこの時点で、僕は彼女のことを心配するようになった。ある日、いつにも増して激しい、数も多い喘ぎを続けた彼女は、誰かの指が肌の上を戯れるなか、じっと動かず横たわり、目はうつろに開いていた。気を失ったのだと僕たちが気づくのに少しかかったが、彼女はまたじきに意識を取り戻した。また別のときには、部屋の一方からもう一方へ歩いていくときに体がふらっと横に傾き、彼女は片腕をつき出し椅子の背を摑んだが、じきまたまっすぐに戻って、何事もなかったかのように歩みを再開した。これら熱っぽいゲーム、これら過剰な奔放さがもはや無邪気なものではないことを僕は理解した。時おり彼女の目の中に、これほど激しい狂乱に浸ったところでもう決して満足できぬ人間に固有の落着かない悲しみを僕は見てとった。

ある午後、図書館に本を返しに行こうと僕がメインストリートを歩いていると、クララ・シューラーが食料品店〈セリーノ〉から出てくるのを見かけた。僕は彼女に話しかけたいという強い欲求を抱いた――僕たちに用心するよう彼女に警告したい、彼女をとことん褒めそやしたい、笑いの難しい技術を教えてくれと頼み込みたいという欲求に。僕は恥ずかしがりの性格ではないのに、なぜかそのときは恥ずかしさに尻込みし、自分には彼女の世界に踏み込む権利、彼女のよそよそしさの呪縛を破る権利などないのだという気になってしまった。彼女に気づかれぬよう努めつつ、家まで尾《つ》けていった。自宅のポーチの木の階段を彼女がのぼると――ある段は屋根裏の床みたいにギイッと軋んだ――僕は大胆にも、ふり向くならふり向いてみろと言わんばかりに視界内に歩み出た。彼女は玄関のドアを開けて家の中に消えた。少しのあいだ僕はそこに立ち、自分がクララ・シューラーに何を言いたかったのか、慎みとは無縁の才能を持つ慎み深い女の子に何を言いたかったのか思い出そうとした。突然、ガタガタと音がして僕はハッとした。影になった、陽光の玉が揺れる歩道を、黄色いおさげ髪の女の子が、上下に揺れるサイを載せた、キャンディみたいに赤い荷車を引いて歩いていた。僕は回れ右して家に向かった。

その晩、僕はクララ・シューラーの夢を見た。夢の中で彼女は陽のあたる裏庭に立ち、遠くを眺めていた。僕は寄っていって二言三言話したが、彼女は僕を見なかった。僕は彼女の周りをぐるぐる回り、熱っぽく語って彼女と視線を合わせようとしたが、彼女の顔はつねにいくぶんそむけられたままで、僕が彼女の片腕を掴むと、腕はパイ生地みたいに柔らかく、ぼろぼろ崩れてしまいそうだった。

このころ、僕たちのあいだでわずかに関心が移ってきていること、内なる彷徨が生じていることを僕は感じはじめた。変化の気配が漂っていた。笑いパーラーはかつての大胆さのオーラを失ったように思え、どこかありふれた、いくぶん月並なものになっていった。一人は笑いに包まれてのた打っていても、あとはみんな窓の方をちらちら見ていた。ある日誰かがポケットからトランプを引っぱり出し、僕たちはベッドに上がる順番を待ちながら床に座り込んでジンラミーを始めた。

新しい可能性を僕たちは考え出そうとしたが、発想は古い型の中にはまり込んでしまっていた。天候さえも僕たちを押しとどめる方向にはたらいた。真夏の暑さは毛皮のように僕たちにのしかかった。舌のように分厚い葉が楓の木々から重く垂れ下がった。磨いた家具に埃が花粉のように積もった。ある夜、雨が降った。翌日も朝から晩までずっと降っていた。颪で木の枝が折れ、電話線が切れた。紫がかった黒の空に、稲妻の棘々しい筋が禍々《まがまが》しい明るさとともに浮き上がった。窓の暗い長方形ごしに見える稲妻の閃光は、教科書に載っている血液の循環図みたいに見えた。

転換は新しい太陽とともに訪れた。湯気のような靄《もや》がびしょ濡れの芝生から立ちのぼった。僕たちはまたゲームを再開したが、あたかも嵐が何かを運び去ってしまったかのようだった。音程の狂ったピアノがある、地下遊戯室での誕生日パーティで、ジャネット・ビアンコという女の子が、感傷的な歌を聴いている最中に奇妙な振る舞いを始めた。肩が小刻みに揺れ、唇が震えた。喜びとは無関係の涙が頬を伝って落ちた。彼女が泣いているのだということを僕たちは徐々に理解した。それは僕たちの注意を惹いた――それは新しい展開だったのだ。部屋の向こう側で、別の女の子が突然わっと泣き出した。

泣くことへの情熱が僕たちを捉えた。一人の女の子から別の女の子に、その子からまた別の女の子に、情熱は容易に伝染していった。男の子は緊張し、恥ずかしがりもして、屈するのにもう少し時間がかかった。僕たちは「泣きフェス」を開き、誰もが動揺し戦慄を覚えた。あちこちでまだ少数の笑いパーティや笑いクラブも開かれていたが、いまやひとつの時期が終わりつつあることが僕たちにはわかった。

クララ・シューラーもその誕生日パーティに来ていた。その後、泣くことへの狂乱が僕たちを包んでいくなか、彼女はいくつかの集まりに顔を出し、かすかなしかめ面を浮かべて脇に立っていた。彼女がそこに立って、あらぬ方向を見ているのを僕たちは見たが、やがて、僕たちの芳醇《ほうじゅん》な涙を通したその姿はゆらめき、溶けていった。泣くことの快感がかつての笑いの快感よりも大きかったのは、結局のところ僕たちが幸福でなかったから、僕たちが落着かずつねに慰めを求めていたからかもしれない。それに、笑いを持続させるのはつねに困難だったのに対し、泣く方は、ひとたびやり出したらあとは易々と湧き上がってくる。何人かの女の子は――ヘレン・ジェイコビーもその一人だった――思ってもいなかった豊かな不幸の深みを発見し、それが引き金となって、ほかの者たちの中でも、長い、切実な悲しみが解き放たれた。

新しい熱狂が古い熱狂を駆逐してまもなく、僕たちはクララ・シューラーから招待状を受けとった。ヘレン・ジェイコビー以外、誰も彼女の家に足を踏み入れたことはなかった。晴れた昼下がりに僕たちは訪ねていった。居間の中はすでに薄闇だった。長い、くすんだ色のワンピースを着た女の人が、絨毯を敷いた階段の方を漠然と指さし、屋根裏の客室でクララが待っていると言った。僕たちが階段をのぼると、柳の木蔭の小川が反復するほとりで色褪せた水車が反復する壁紙に覆われた廊下に出た。ノブの外れかけたドアが屋根裏に通じていた。僕たちはゆっくり、斜めにのびた、影に包まれた垂木《たるき》の下を通っていき、いくつかの木の樽、椅子に座った大きな熊、三輪車に寄りかかっている畳まれたカードテーブルの前を抜けていった。半開きのドアを通って、僕たちは客室に入っていった。クララ・シューラーは両手を前に垂らして立ち、片手でもう一方の手首を軽く握っていた。

そこはお祖母さんの部屋に子供が侵入したみたいに見えた。古いレースのカーテンの下、フリルのついたベッドカバーの上に、ピンクのドレスにエプロンを着けた大きなぬいぐるみの人形が座っている。黄色い撚《よ》り糸の髪がキャンディみたいに重そうだった。マホガニーのタンスの上に、あごひげを生やした男の白黒写真が、象や風船が描かれたオルゴール箱と並んで置かれていた。部屋の中は蒸し暑く、埃っぽかった。ベッドは人形の領分のように見えて、腰かけていいかどうかわからなかったので、僕たちは床に座り込んだ。クララ本人は疲れて緊張しているように見えた。僕たちが彼女を見たのはしばらくぶりだった。僕たちは彼女のことをほとんど考えていなかった。自分たちが彼女の存在を忘れかけていたことに僕は思いあたった。

その日僕たち七、八人が、すり切れた栗色の敷物に座って、ぎこちなくあたりを見まわしていた。しばらくするとクララがドアを閉めようとし――湿度と暑さに膨らんだ木は枠に収まらなかった――それから部屋の真ん中に歩いてきた。僕たちに何か言うのだろうと思えたが、彼女はただ立ってぼんやり前を見ていた。彼女が何をする気か、笑い出す前から僕には感じとれた。それはすぐれた笑いだった。かつての笑いパーティを思い起こさせる良質の笑いだった。僕たちのうち何人かが、落着かぬ気分を抱えつつ、昔のよしみで笑いの仲間に加わった。けれどもう僕たちはそのゲームを卒業してしまっていた。夏の初めのあの日々を、僕たちはほとんど思い出せもしなくなっていた。実際、泣くことにすら僕たちは疲れてきていたのであり、早くも何か新しい誘惑に焦がれていたのだ。ひょっとするとクララは変化を感じとって、僕たちを引き戻そうとしていたのか。それともただ、もう一度パフォーマンスをしてみたかったのか。もしかつて僕たちに対して持っていた力をふたたび見せつけるのが目的だったとしたら、それはまったくの失敗だった。けれど僕たちの中途半端な笑いも、僕たちのひそかな抵抗も、己の欲望に身を委ねる彼女の心を乱している様子はなかった。

クララ・シューラーの笑いには集中があり、完全性が感じられ、いままで誰も見たことのない巨大さの気配があった。いま彼女は、自分を超えた高みに到達しよう、生涯最高のパフォーマンスを行なおうとしているようだった。顔は頬骨こそ赤味がさしているもののひどく青ざめていて、まるで笑いが彼女の血を抜きとっているみたいだった。と、体が横に傾き、もう少しで倒れそうになった。誰かがあわてて手を出して支えた。彼女の笑いはますます激しくなっていく一方に見え、その荒々しさに体はばたばた跳ね、首はぱちんとうしろに倒れ、彼女そのものがねじ曲げられ歪んでいくように思えた。むせび泣くような笑いが部屋を満たし、だんだん耐えがたくなってきた。どうしたらいいのか誰にもわからなかった。やがて彼女はベッドに身を投げ出し、笑いの断末魔とも言うべきものに包まれてゼイゼイ喘いでいた。大きなぬいぐるみがゆっくり、優雅に前に倒れ、つき出した両脚に頭が触れて、黄色い撚り糸の髪が足先に広がった。

三十五分経ったところで誰かが立ち上がり、そっと出ていった。屋根裏で足音が次第に消えていくのが僕には聞こえた。

ほかの者たちも去りはじめた。誰もさよならを言わなかった。僕たち残った者は古いモノポリーを見つけ、隅に座り込んでゲームを始めた。笑いの叫びが相変わらず彼女の中から噴き出しつづけ、クララの目はすでに曇りを帯びていた。一時間が過ぎたところで、誰も彼女のこの振舞いを許さないだろうと僕にはわかった。

モノポリーのゲームが終わると、ヘレン・ジェイコビーと僕以外はみんな出ていった。クララは狂おしく笑っていて、顔は苦痛に苛まれているかのように歪んでいた。肌はびっしょり濡れて、金属のように硬くピカピカ光っていた。剝き出しの、耳障りな笑いが、あたかも何かメカニズムが壊れてしまったかのようにえんえん彼女の中から溢れ出た。一方の腕にあざが出来ていた。午後も五時に近づいたころにヘレン・ジェイコビーが両手を上に向けて苦々しく肩をすくめ、立ち上がって部屋から出ていった。

僕は残った。そしてクララ・シューラーを見ていると、手をのばして彼女の手首を摑みたい、手遅れにならないうちに彼女を揺さぶって笑いから引き戻したいという欲求に僕は襲われた。誰だろうとそんなふうに笑うなんて許されないんだよ、そう言いたかった。いますぐやめるんだ、と。彼女はもう自分自身のはるか向こうまで行ってしまって、いまやほとんど何も残っていない。彼女の中に棲む、笑いを放出しつづける生き物しか残っていない。それは醜かった。卑猥だった。見ていて目をそむけたくなった。と同時に、彼女は僕をそこに縛りつけていた、なぜならあたかも彼女が僕を誘っているようだったからだ、笑いのもっとも遠くもっともいかがわしい領域まで一緒に来るようにと。そこまで行ったら、笑いはもはやこの世の事どもとは何の関係もなく、それ自体で完結したものとなり、世界の上に舞い上がって虚空の中で栄えるだろう。そこまで行ったら、人はもはや自分自身ではない。人はもはや何者でもなくなる。

僕は一度ならず、彼女の腕を摑もうと手をのばしかけた。僕の手は、吟味しようと目の前にかざした華奢な彫刻のように宙に浮かんだままだった。僕は決して、飛翔するクララ・シューラーを止められない。僕が決して彼女の仲間に加われないのと同じように。僕は目撃者にしかなれない。

僕がようやく立ち上がったときにはもう五時半近かった。「クララ！」と僕はきつい声で言ったが、人形に話しかけるようなものだった。ふと、いままで僕は彼女の名を口にしたことがあっただろうか、と考えた。まだ笑っている彼女を残し、僕は屋根裏に消えていった。一階に降りた僕は、彼女の母親に、様子がおかしいんです、もう何時間も笑っているんですと伝えた。母親は僕に礼を言い、ゆっくり首を回して絨毯を敷いた階段の方を見て、また来てちょうだいねと言った。

地元紙の記事によれば、シューラー夫人は夜七時ごろに娘を発見した。呼吸はすでに停止していた。公式の死因は脳内血管の破裂だったが、僕たちは真実を知っていた。クララ・シューラーは笑い死にしたのだ。「娘はいつだっていい子でした」という母親の、あたかも死が反抗の一種であるかのような発言が引用されていた。僕たちは警察に全面的に協力したが、犯罪の痕跡は何も見つからなかった。

しばらくのあいだ、クララ・シューラーの死は泣きパーティで熱心に論じられたが、泣きパーティ自体もすでに衰退期に入っていて、決定的に崩壊する前の狂おしい新たな活力をさらけ出していた。

八月末、新学期が目前に迫っていた。なぜか必死の思いで、僕たちは突如古いボードゲームに没頭し、モノポリーやリスクの激戦をくり広げ、ゲームが何日も続くようにルールを変更した。けれど僕たちの情熱はすでに、夏の終わりに汚染されていた。僕たちはすでに、妄執の熱にギラギラ光る目の中に、ひそかな散漫さを見ることができた。

十月のある暖かい午後、僕はクララ・シューラーの住んでいた界隈まで散歩に行った。彼女の家は売り払われていた。玄関先の長い階段に、緑とオレンジのチェックの上着を着た小さな女の子が前かがみに腰かけ、大きな銀色の金具でローラースケートを締めていた。僕はそこに立って寝室の窓を見上げ、幽霊のような笑いが聞こえるのをなかば期待した。静かな午後、聞こえるのは裏庭で鳴るチェーンソーのうなりと、歩道を打つ縄跳びの響きだけだった。何だか家の中を覗こうとしているみたいで、そこに立っているのは気まずかった。夏はずっと遠くに、子どものころのように遠くに感じられた。僕たちは本当にあのゲームをやったのだろうか？　僕はクララ・シューラーのことを、血管が破裂して死んだ女の子のことを考えたが、彼女の顔を喚び起こすのは困難だった。はっきり目に浮かんだのは、ゆっくりと前に倒れるあのぬいぐるみ人形だけだった。何かが僕の胸の中で蠢《うごめ》き、自分でもびっくりしたことに、一種悲しみの念とともに僕はケラケラ笑い出した。

落着かない思いで僕はあたりを見回し、その場を立ち去りはじめた。僕は自分の住む、人が笑い死になどしない地域に帰りたかった。そこではみんな、しばらくのあいだ何かに熱中し、やがて興味を失い、別のことへ移っていく。クララ・シューラーはそれとは違うやり方でゲームをやったのだ。僕たちは彼女を失望させただろうか？　彼女の家がある通りから曲がって別の通りに入るとき、僕はうしろをふり返って、彼女の家の、舗装していない車寄せの向こうにある窓を見た。それが彼女の部屋だったかどうかはわからずじまいだった。彼女の寝室は家の反対側だったかもしれないし、屋根裏のあの客室だったかもしれない。もう一度、あのピンクと黄色の人形が前に倒れて、ゆっくり、優雅に、グロテスクにお辞儀をするのが僕には見えた。いいや、僕の笑いは大丈夫だ。これはクララ・シューラーへの敬礼であり、彼女の豊かな才能を認証する行為なのだ。彼女は彼女なりの形で完全だった。僕はふと考えた──あの屋根裏で笑ったとき、彼女は少し僕たちのことも笑っていただろうか?

自分の住む界隈に入っていきながら、覚えのある落着かなさを僕は感じた。何もかもがくっきり浮かび上がっていた。開いていて陽の差すガレージで、フックに水平に掛けたアルミ梯子を取ろうと一人の男が手をのばし、一方、ぴっちりのジーンズをふくらはぎの真ん中までまくり上げてはき、たっぷり膨らんだ赤と黒のランバージャックシャツを着た中三の女の子が、緑がところどころ混じった黄色い落葉の山のかたわらに熊手を持って立ち、手で額にひさしを作って、屋根の上で金槌を叩いている男を見上げていた。僕の友人の母親が、日蔭になった、陽ざしの縞が入ったポーチの網戸の向こうから手を振った。まばゆい白のガレージの扉の上にあるバックボードを背に、バスケットのボールがリングのオレンジ色の縁をくるくる回っていた。日曜の午後、大いなる退屈の時間。胸の奥深くであくびが湧いてくるのを僕は感じた。あくびはぶるっと震えて顎を抜けていった。陽のあたる電信柱の横木の上でムクドリモドキが一度甲高く鳴き、静かになった。バスケットボールが白い網にひっかかっていた。突然ひっかかりが外れてボールはぽんと車寄せに落ち、ムクドリモドキは宙に舞い上がり、どこかでわっと笑いが生じるのが聞こえた。僕はクララ・シューラーが住んでいた界隈に向かってうなずき、通りを進んでいった。明日はきっと何かが起きるにちがいない。

# ある症状の履歴

君は怒っているね、エレナ。君は激怒している。君は絶望的に悲しんでいる。自分が苦い思いに包まれかけているのがわかるかい――あのとき森で齧った（覚えているかい？）小さなベリーみたいに苦い思いに？　君は怯えている。君は憤っている。私の誓いはきっと君にはおそろしく残酷に、あるいは狂気の沙汰に思えたにちがいない。君は疑っている。君は疲れている。こんなに疲れた君はいままで見たことがない。そしてもちろん――君は我慢強い、エレナ。君はとても我慢強い。私には感じられる、君のその我慢が、君の許すことを知らぬ髪のさざなみ一つひとつから、君の荒々しい手首と張りつめたブラウスから、私に向かって転がり出てくるのを。それは棘々しい我慢、攻撃的な我慢だ。すべての我慢がそうであるように、それは何かを要求している。それが要求しているのは、説明だ。説明が与えられれば、何らかの形で自分は解放されると君は感じている、たとえそれが、荒々しい思いを抱えて待つ状態からの解放でしかないとしても。だが説明こそまさに不可能なものなのだ。いまも不可能だし、今後も不可能。私に与えられるのはこれだけだ。何なら説明と呼んでくれても構わない。私にとってこれは、ひとつの口ごもりであり、闇の中の叫びだ。

物事には始まりがある、と君は思うかい？　それとも始まりとは、はじめからずっとそこにあって、見つけられるのを待っていたものが、初めてあらわになるだけのことだろうか？　私は去年の夏に二人で行ったあのささやかな遠出、サンディ・ポイントへの遠出のことを考えている。それまで私は仕事が忙しく——たぶん忙しすぎたのだろう——シャーウッド・メリック・アソシエートに依頼された市場浸透度リサーチを終えたばかりで、まさに休暇を取るべきタイミングだった。君は弁当を作った。君はキッチンでハミングしていた。君は私が気に入っている、左の尻ポケットが剝がれたジーンズをはいて、水着のトップを着ていた。君がサンドイッチをきっちり半分に切るのを私は見守った。陽が君の両手にあたった。君のほのかに光る指の向こうで、窓台に置いた小さなガラスの白鳥が投げる、かすかな、揺らぐ緑の影が見えた。ふと私は、僕たちはこういう外出をめったにしなくなってしまった、もっと頻繁にやらなくちゃと思った。

そうして私たちは出かけた。君はその颯爽《さっそう》たる、四〇年代風の魅惑を漂わせた麦わら帽をかぶり、私はあの、私を狂える探検家みたいに見せるへなへなのやつをかぶって。一時間経って、店頭に赤いガソリンポンプがひとつあるだけのよろず屋があり、曲がり目があった。私たちは松林の中に並ぶ別荘のあいだを抜けていった。道の終わりの小さな駐車場は半分しか埋まっていなかった。石壁越しに、湖畔の砂浜を私たちは見下ろした。私は魔法瓶とバスケットを持ち、君は毛布とタオルを持って、二人でぐらぐらの踏み段を降りていった。ほかのカップルが何組か日光浴をしていた。子供たちが数人水をバシャバシャ撥ね上げ、通りがかったモーターボートのせいでさざ波が立ち、水に浮かぶ白い樽が上下に揺れていた。高い監視台が短い影を投げていた。湖の向こうに桟橋があって、男の子が何人か釣りをしていた。君は毛布を広げ、帽子を脱いで、頭を振って髪を下ろした。そして座り込んで、日焼け止めを腕に塗りはじめた。私は君の隣に座って、何もかもを味わっていた。茶色っぽい緑の水、白い樽と樽とを繋ぐ濡れたロープ、君の腕に塗られたローションのきらめき。何もかもが明るく澄んでいた。何かをこうやって本気で見たのはいつ以来だろう。突然君が手を止めた。君はさっと浜辺を見渡し、空を見上げて、「何て素敵な日かしら！」と言った。私は首を回して水の方に目を向けた。

けれど私は水を見ているのではなかった。私は君がたったいま言った言葉を考えていたのだ。それは満足の叫びであり、喜びの素朴な表現、こういう日に誰が言ってもおかしくないたぐいの言葉だった。だが私はその瞬間、ささやかながら鋭い苛立ちを覚えたのだった。私は自分の苛立ちに我ながら愕然とした。でもとにかく苛立ったのだ。君と同じに、私もその日を味わい、五感で喜びを感じていた。そうしたら君が「何て素敵な日かしら！」と言い、その日の素敵さが減じた。その日は……そういうことを話すなんて、下品じゃないか！　一日というのは、それぞれ別個の、多様な存在から成り立っている。砂になかば埋もれて傾いているジュースの壜、濃い色の松二本に挟まれた青っぽい菫《すみれ》色の空のかけら、窓辺に見える君の緑の手。なのに君の言葉によって、突如みんな一緒にぼやけてしまったのだ。何か巨大で豊かなものが、縮小されてしまったように思えた。君が何を言っているのか、私にはほとんどわからなかった。君が何を言っているのか、私にはもちろんわかった。でもその言葉は私を苛つかせた。君がそんなことを言わなければよかったのに、と思った。その日の中の、何か捉えがたいものが、言葉によって損なわれてしまったのだ。突然、私の苛立ちは消え去った。追放されたその日が、流れるように戻ってきた。黄色っぽい白色の木漏れ日が、湖畔の茶色い木蔭で震えた。小さな女の子が水の中から叫んだ。私は君の手に触れた。

あれが始まりだったのだろうか？　それとも、実は以前からひそかに進行していた症状の最初の兆しだったのか？　二週間後、ポリンザーノ家がバーベキューパーティを開いた。そのころ私は仕事が忙しく――いつもより忙しく――ウォレン・アンド・グリーンに依頼されたスポーツ飲料容器の形状の消費者認識に関する報告書を作成していた。調査結果は全部揃っているのに、それをまとめることに私は苦労していた。何かがずれているのだ。一晩仕事を忘れられるのは私としても有難かった。ラルフ・ポリンザーノは上機嫌でチキンの胸肉を引っくり返し、ステーキ肉をそっと押していた。へらを仰々しく振り回しながらラルフは不動産の話をした。角に建った三階建ての馬鹿でかい新築住宅、信じられるかい二百万ドルだぜ、アーチ窓とか気どっててさ、あの悪趣味なバルコニー見たかい、近所の調和がメチャクチャだよ、目障りもいいとこだね、だけどおかげでこっちの資産価値はぐんぐん上がる、まあそれは歓迎するよ。そのあと、ほぼ暗くなったころ、私たちは網戸入りのポーチに座って蛍を眺めていた。家の中から話し声や笑い声が聞こえた。誰かが暗い芝生の上をゆっくり歩いていた。君は長椅子に寝そべっていた。私は君のすぐ隣、あのギイギイ軋む籐の肱掛け椅子に座っていた。誰かがブランコ椅子から立ち上がってキッチンに入っていった。ポーチは私たち二人だけになった。家の中の話し声、コオロギの甲高い歌、籐テーブルの上に置かれたワイングラス二つ、網戸にぶつかる蛾たち。私は上機嫌にくつろぎ、頭の隅にある報告書のことはほとんど意識していなかった。君はゆっくり私の方を向いた。気だるげに回る君の頭、ビニールの帯を押している君の頬、片側に平たく貼りついた君の髪、眠たげな君の瞼を私は覚えている。君は「あなたは私を愛してる？」と言った。君の声は浮ついた、気楽な感じであり、私に疑念を解決するよう本気で頼んでいるふうではなかった。私はニッコリ笑い、答えようと口を開き、なぜかそこで、サンディ・ポイントでの午後を思い出した。そして一気に苛立ちが戻ってきた。あたかも言葉が、私と夏の夜とのあいだに割り込んできたみたいに思えた。私は何も言わなかった。沈黙が膨らんでいった。沈黙が何か大きなゴムの物体みたいに私たち二人をぐいぐい押すのが感じられた。君のいまだ眠気の残る目が、戸惑いのせいで覚醒してくるのが見えた。私はあたかもトランス状態から覚めるかのように沈黙を押しやり、愛してるよ愛してるよもちろんさもちろんさと言葉で沈黙を打ち倒した。君は片手を私の腕に載せた。万事大丈夫だった。

　万事大丈夫ではなかった。ベッドの中で私は眠らずに横たわり、自分の苛立ちを想い、あの沈黙を想った。いま考えると、あれは何か大きく膨れ上がるゴムの物体のようではなく、むしろ喉に引っかかった尖った金属片のようだった。私のどこがおかしいのか？　私は君を愛しているのか？　もちろん愛している。だがよりによってあのとき、私が夜を味わっている最中に訊くなんて……それに、その言葉はいったいどういう意味なのか？　そりゃあ私にも十分理解できる、こうした気だるい優しい言葉は。つまりそれは、ねえ、いまは夏の夜よ、ねえ、芝生は暗いけど空にはまだ光が少し残っているわという意味であり、君が私の声を聞きたがっている、私の声を送り返してくれる問いを発する自分の声を聞きたがっているという意味であって――それはほとんど問いではなく、むしろ一種の接触であり、その接触が夜の中から、家の中の音から、蛍の閃光から湧き上がってきたのだ。でも君は「あなたは私を愛してる？」と言ったのであって、その言葉は私に、ほかの言葉ではない、まさにその言葉を理解することを、それが正確にどういう意味なのか考えることを要求しているように思えた。というのもそれは、あなたはかつてと同じくらい私を愛しているのかしら、実は愛してくれているとわかっているのだけど、という意味かもしれないし、みんなは明るいリビングルームで喋ったり笑ったりしてるのにこうやって暗いポーチに座ってティーンエージャーみたいにヒソヒソささやきあうのって素敵だと思わない、という意味かもしれないし、あるいは、私の中に湧き上がってきているこの優しい思いをあなたも感じているのかしら、夏の夜にこのポリンザーノ家のバーベキューパーティでこのポーチに座っている私の中に湧いてくる思いを、という意味かもしれないし、あるいはまた、あなたは私という人間すべて、私のすることすべてを愛しているのかしら、それとも私の一部、私のすることの一部を愛しているだけなのかしら、そうだとしたらどういう部分を愛しているのかしら、という意味なのかもしれない。そして私には、その「愛」というたった一語が、無数の意味を己の中に圧縮して詰め込もうとしているかのように思えたのだ。多くの精緻でそれぞれ別個の感情を十把一絡げにして、ドロドロの塊にしてしまおうとしているかのように。私はその塊を、大きなべとべとのボールみたいに両手で持つことを求められているのだ。

君にはわかるかい、何が起きていたか？　わかるかい、私が何を言おうとしているか？

これだけ兆しがあったにもかかわらず、私はまだ理解していなかった。この時点ではまだ、サンディ・ポイントの午後、ポリンザーノ家のバーベキューの夜、ひどく苦労させられている報告書、それらのあいだの繋がりが見えていなかった。何かがおかしいのは、何かが少しおかしいのはわかるのだけれど、とにかく忙しかったからなあ、少しリラックスしなくちゃ、いやそれとも——と私は想像に努めた——ひょっとして問題は僕たちに、僕たちの結婚にあるのか、これは結婚生活の問題なのか？事態はそれよりもっと危険なのでは、といつ自分が疑いはじめたのか私にはわからない。

　ポリンザーノ家のバーベキューからまもなく、私はスーパーマーケットにいて、週末に備えて棚を漁っていた。私のスーパーマーケット好きは君も知ってのとおりだ。世界中の品々を高く積んだあの大きなアメリカ的通路を歩くだけで胸がワクワクする。それはまるで、戦争が大勝利に終わった結果、六大陸からの戦利品が私に差し出されているみたいなのだ。と同時に、商品名の読み易さ、棚の中の位置、競合しあうパッケージデザインそれぞれの目立ち方を比較するのも楽しい。私は浮きうきした気分だった。その日は仕事も上手く——ずいぶん上手く——行っていた。私はカートを押してレジの列に並び、ゴムベルトの上に袋や箱を出して、カードを読取り機に通した。レジの女の子がスキャナとタッチスクリーンを操作し、彼女の肩の上の、私の方を向いた新しい液晶モニターに商品名が次々くっきり浮かぶのを私はいい気分で眺めた。つい二年前、スーパーマーケット・チェーンのＰＯＳシステムに関する消費者アンケートを私は作成したことがあった。私はスリップにサインして女の子に渡した。彼女はニッコリ笑って「よい一日を《ハヴ・ア・グッド・デイ》」と言った。

　瞬時に私の気分は変わった。今回私を捉えたのは苛立ちではなく、ある種の落着かなさだった。この女の子は私に何を言おうとしているのか？　この問いが馬鹿げていることは自分でもわかった。と同時に私は呆然と女の子を見て、その言葉の意味を捉えようと努めた。よい一日を《ハヴ・ア・グッド・デイ》！　この言葉は何を言わんとしているか？「ハヴ」のところで前歯が唇に食い込んだ——上下の歯がだいぶずれている。そして彼女は私を見た。ハヴ・ア・グッド・デイ！　グッド・デイ！　ハヴ！「それはどういう――」と私は言いかけ、唐突に黙った。すべてが一気に静止した。彼女の耳のてっぺんにごく小さな銀のリングが二つ見えた。一方がもう一方よりわずかに大きかった。カード端末機の黒いプラスチックの縁が見え、紫のマニキュアを塗った指、両方の縁に赤い縞が入った細長いロール紙が見えた。こうしたいろんな要素が、それぞれ別個に独立しているように見えた。どこかでレジの引出しがするっと開き、コインがチャリンと鳴った。それから指と女の子が繋がり、引出しががしゃんと閉まって、私はショッピングカートの横に立ち、折りたたみ式の金属籠の網目をじっと見ながら、すでに離れかけ消えかけている何かを思い出そうとしていた。「君も《ユー・トゥー》」と私はいつもどおりに言って、カートを押して逃げ出した。

その晩の夕食の席で、私は何か秘密でも隠しているみたいに落着かなかった。一度か二度、君が不審そうな顔で私を見ているように思えた。私が塩入れをじっと見ると、それはいつもと同じように見えたが、何か説明のつかないわずかな変化もあるように思えた。真夜中に私は突然目を覚まし、何かが私に起きつつあるのだ、物事はもう二度と元に戻らないだろうと思った。それから私は、胃の下の方に、恐怖の最初のさざ波を感じた。

私はその後数日のうちに、自分に言われた言葉一言一言に細かく注意するようになっていった。言われることのそれぞれの部分に耳を澄まし、それぞれの部分を構成する一語一語に耳を澄ました。言葉！　私はこれまで言葉をちゃんと聞いたことがあったか？　セロハンがくしゃくしゃ音を立てるような言葉、陽のあたる窓台でブンブン羽根を鳴らしている太ったのろまの蠅みたいな言葉。ごく簡単な発話が疑わしいものに、謎に思えてきた。意味がまったくないというのではない。けれど意味の曖昧な靄みたいなものがあって、私がそれを摑もうとすると、ますます曖昧になってしまうのだ。「とんでもない《ノット・オン・ユア・ライフ》」「そうとも!《ユー・ベット》」「だと思うよ《アイ・ゲス・ソー》」。スムーズに一日を切り抜けていると思っている矢先、突然そういう言葉の倒木に、行く手を遮る障害物に出くわす。いくつかの単語の集まりが話から分離して、嘲り半分に気をつけの姿勢で立っていて、胸をつき出し、ここにいたのか! 君は誰だ? と言っているみたいに思える。あたかも何らかの空間が、小さな裂け目が生じて、言葉と、言葉がやっているはずのこととを隔ててしまうように感じられた。私はその空間によたよた迷い込み、転んだ。

会社では依然、報告書と格闘していた。これまでいつも使ってきた言葉に、新しい奇怪な光沢が備わっていた。私は言葉たちを尋問することを、彼らの意図を調査することを余儀なくされた。

時に言葉は、ちっぽけな銀色の魚の群れのようにヌルヌル滑っていた。時には鉱物の硬さを帯びて、あたかも言葉自体が物となったように思えたが、それは珊瑚の生長物のように奇妙な物なのだった。

誇張するつもりはない。言葉の意味はわかっていた——だいたいは。カップはカップであり、窓は窓である。そこまでははっきりしている。そこまではっきりしているか? 迷いの瞬間が生じるようになった。一秒の何分の一か、見えている物が、いかなる言語を受け容れることも拒むのだ。あるいはまた、物と言葉とのあいだに問いが、一瞬の間《ま》が、断絶が生じる。

それから二、三週間あとだと思うが、ある晩、暗くなったダイニングルームから明るく電灯をつけたキッチンに入っていったときのことを私は覚えている。白いキッチンテーブルの上に、何か白っぽい物が見えた。その瞬間、白いテーブルの上のその白っぽさは神秘的な、捉え得ぬ何かだった。それは液体のごとくテーブルの上にあふれ出そうに思えた。恐怖が一気に襲ってきた。次の瞬間、すべてが変わった。私は一個のカップを、単純な白いカップを認識した。言葉がそれを押して形にまとめ、それを――あたかも斧で一撃を加えるかのように――周りのすべてから切り離した。そこにはっきりある、一個のカップ。言葉がそれを外側から締めつける前、私には何が見えていたのだろう。

私は胸の内で言った。君は仕事が忙しすぎるんだ。脳が疲れているんだ。注意を集中できないんだ。君がいま使っている言葉はこれまでずっと使ってきた言葉と同じに見えるけれど、何らかの形で、君には把握できない形で変わってしまったんだ。この報告書が出来上がったら君は休暇を取る。それがいい。

高い山の中腹に建つ清潔なホテルにいる自分を私は想像した。想像の中の私は一人きりだった。

自分の話に動揺するようになったのはこの時期だと思う。口から出てくる言葉が、しぶしぶ来たパーティで見せる偽の笑顔みたいに思えるようになったのだ。時おり、突如鏡の中に己の姿を認めた男のように、ふと気がつくと自分の発話が聞こえてきた。だんだん怖くなってきた。

私は口数が減った。会社では長年人づきあいのよさを培《つちか》ってきたのに、いまや執拗に机に貼りつき、スクリーンと睨めっこして、他人とのやりとりは最小限にとどめ、それすらうなずく、手を振る、ニッコリ笑う、肩をすくめるといったしぐさで済ませるのは難しくなかった。実際、どれだけ何も言わずに済ませられるものか、驚いてしまう。それにみんなは、私がこの報告書に四苦八苦していることを知っている。家に帰ると、私は君に無言でただいまを言った。夕食の席でもほとんど喋らず、食べ終えるとすぐ書斎にこもった。君は私の沈黙を憎んだ。君にとってそれは、君の首に向けられたナイフの刃だった。君は被害者であり私は殺人者だった。それがずいぶん早くから、私たち二人が達した暗黙の了解だった。そしてもちろん、私が君を殺したのは一度だけではなく、私は君を毎日殺した。そのことを私は理解していた。私はできるだけ頑張って、君のために極力……騒々しくやろうと努めた。私の口から出てくるのが聞こえる言葉は、人間の発話の模倣のように響いた。「うん、暑いね、でも暑すぎはしない」と私は言った。「思うに、たぶん彼女が言わんとしていたのは、つまり」。致命的な亀裂がそこにはあった。一方には、言葉のほとばしり。もう一方には――何が？　私はあたりを見回した。世界は四方八方でどんどん過ぎ去っていく。黙ってさえいられたら！　書斎に入っても、棒グラフと統計表が入った小綺麗なバインダーが置いてある苛立たしい机を私は避け、革張りの椅子にじっと動かず座り、窓の外のアジサイの茂みの葉を眺めた。とてつもない疲れを私は感じていたが、と同時に気が張ってもいた。喋らない、言葉を形成しない、考えない、世界をセンテンスで汚さない。あたかも頭蓋骨を締めつける金属の帯が解かれたかのようだった。

昼のあいだはまだ仕事がある程度――少しは――できたが、スクリーンをぼうっと見ていることも多かった。私は精緻にして専門的な語彙を持ち、それをおおむね意のままに呼び出すことができる。けれどもいまや疑念が生じ、私の自信を蝕《むしば》んでいた。私の真剣な凝視を浴びて、言葉たちの集まりが次々に崩壊していった。私は信仰を失いつつある人間のようだった。でも助けを乞える司祭は私にはいない。

私はかねがね、言葉が何かを隠しているという気がしていた。言葉を完全に破壊できさえすれば、本当は何がそこにあるかがわかるのにと思っていた。

ある晩、私は自分の片手を長いあいだじっと見ていた。私はそれを前にも見たことがあっただろうか？「手」という言葉を私は抑えつけ、気持ちを集中する行為以外すべてを自分から取り除こうと努めた。それはもはや手ではなく、爪やら皺やら赤っぽい金色の毛がついた一片の肉でもなかった。そこには一個の物があるだけ――いや、それすらない、私の集中力が向けられた場があるだけだ。私は徐々に緩みを、見慣れたものの溶解を感じた。そして私には見えた、ぼてっと分厚い塊が、黄色っぽく赤く青い塊が、すきまがいくつかある脈打つ何かが、影に包まれた集まりが。それはだんだん平たくなって、周りの空間に溶けていき、異物性へと吸収されていった。私はふたたび自分の片手をぼんやり見ていた。指同士がかすかに離れ、関節を覆う皮膚は小さなクルミみたいで、爪にはわずかな光沢を帯びた線が垂直に何本も走っている。蟻たちが骨の上を這うみたいに、言葉たちが私の手の上を這うのが感じられた。だがいまさっき、一瞬のあいだ、私には違うものが見えていたのだ。

私はごく普通の人間だと思う。まあたしかに知的ではあり教育も受けていて、ある種の高度な仕事に対する能力も身につけている。だが根の部分では、気質も性格も普通だ。そして我が身にいま起きていることが普通という範疇に収まらないことは理解していたし、好奇心に加えて怒りも感じた――人生の盛りに、致死的な病の始まりみたいに、こんな事態がわが身に訪れるなんて。

例によって私が書斎で長い夜を過ごし、君が家の中をうろついている最中に、子供のころに起きたある出来事を私は思い出した。私はそのときなぜか、禁断の場である両親のベッドに入っていた。と、足音が近づいてくるのが聞こえた。私はあわててクローゼットの方に行き、二つあるスライド式のドアの一方を開けて、中に飛び込み、ドアをぴしゃっと閉めた。横に長いクローゼットは左右二つに分かれていた。母の側と父の側だ。奥へ進んでいくなか、頬を押してくる服と、くるぶしにぶつかるヒールの高い靴の感触で、どっちの側に入ったかはすぐわかった。倒れた靴たちのあいだに私はぎこちなくしゃがみ込み、並んだワンピースの裾の中に頭と肩を埋めた。そして私にとって、革靴の甘ったるい、尿のようにつんと鼻をつく匂いも嫌ではなかったし、ワンピースが顔をこする感じも、肩にのしかかってくる服の縁も、叩いたベッドから上がる埃みたいに生地の襞《ひだ》から漂ってくるかすかな香水の匂いも好ましかったけれど、と同時に、そのすべてに圧迫されているという思いもあった。きつい革の匂いと、生地が石のように垂れるその重みとに私はしっかり押さえつけられ、救いなく潰されかけている。ワンピース、靴、香水のピンクっぽい匂い、引っかいてくる闇、そのすべてが大きな猫の横腹みたいにぐいぐい押してきて、毛皮のように口や鼻に無理矢理入り込む。私は息ができなかった。私は口を開けた。闇は喉を締めつけようと閉じてくる指みたいに感じられた。私は恐怖に囚われ、ハンガーが耳障りな音を立てる中をよろよろ立ち上がり、ドアの縁を狂おしく引いて、外に飛び出した。開いたブラインドを通して光が流れ込んでいた。喜びの涙が私の頰で燃えた。

書斎に座って、ワンピースたちからの逃亡を思い起こしていると、ブラインドから空っぽの寝室に流れ込んでいたあの光は、いま自分が座っているこの場で私を包んでいる沈黙と似ていたように思え、重たいワンピースたち、靴の苦く甘い匂い、喉にかけられた手こそ、いまや私があとにしてきた世界なのだと思えた。

別の場所が、言葉のない場所があるのだと私は感じるようになった。気持ちを十分集中させることさえできたら、私もその場所に行けるかもしれない。

まだ学生で、ビジネスを専攻しようと決めたとき、友人と言い争いになった。ビジネスなんて学問とは言えない、そんなものの目的はただひとつ、モノを買いたいという欲求を人の胸に吹き込むことだけだと友人は詰った。彼の言葉に私は動揺したが、それはその主張がもっともだと思ったからではなく、彼が私の人格に疑義をつきつけていると思えたからだ。僕がビジネスに惹かれるのはその語彙が精緻だからさ、と私は答えた。入念に定義された、明晰な思考を可能にする言葉から成る自己完結した世界だからさ、と。

会社でみんなが私を見ているのが、かつ私から目をそらすのが私には見えた。彼らの表情を見て、耳に小さなリングをつけている女の子の言葉を私が理解しようとしたとき彼女の目に浮かぶのが見えた表情を私は思い出し、ポリンザーノ家でのバーベキューの夜に私が口を開いて何も言わなかったときに君の目に浮かんだ表情を思い出した。

おおよそこのころ、自分の中でひとつの意図が形を成しつつあることに私は気づきはじめた。いつからそれはあったのか、いつからそれは私が気づくのを待っていたのか。私の心は決まっていたが、体は躊躇した。それがいかにも私らしいと思いあたってハッとさせられた——わかっていて、行動しないこと。私はいつもこんなだっただろうか？　病気休暇を取る必要があるだろう。あれこれ質問され、いろいろ厄介が生じるだろう。だがそれはすべて措くとしても、意を決してやり通すこと、絶対にふり返らないこと、そういう姿勢は全然私らしくない。

そして私が躊躇したのも、やはり君のためだった。君はそこに、家の中にいた。私たちはすでに、礼儀正しい沈黙の中、君の叩き潰された憤怒に震える暗い沈黙の中で生きていた。もはや言葉がかつて意味していたことを意味しなくなってしまったこと、もはや何も意味しなくなったことをどうやって君に伝えられるだろう？　言葉が世界に干渉してしまう、なんてことをどうやって君に言えるだろう？　何度も私は、自分が実行するとわかっていることを君に知らせようかと考えた。けれど君を見るといつも、君の顔はなかばそむけられていた。

言葉の時代より前を生きる、ごく幼い子供でいるのがどんなだったか、私は思い出そうとした。とはいえ、言葉はいつもそこにあったのではなかったか、私の周りの空気を満たしていたのではなかったか？　身を乗り出して寄ってくる顔たちが、音を発し、私をなだめすかして、沈黙の世界を去らせよう、私を彼らの一員にしようと努めていたのを私は思い出す。時おり、顔を少し動かすと、皮膚が言葉たちにかすめるのがほとんど感じられるようだった。ごく小さな、チクチク触れてくる昆虫の群れみたいな言葉たちに。

ある夜、君が寝床に入ったあとに、私は書斎でゆっくり身を起こした。何が起きているかは完璧にわかっていたが、それでも私は驚きの念とともに自分を眺めていた。唇を動かすことなく、私は誓いを立てた。

翌朝、朝食の席で、私は君に一枚の紙切れを渡した。君は嫌悪もあらわに一目それを見てから、くしゃくしゃに握り潰した。紙が立てた、なぜか火を思い起こさせた音を私は覚えている。君の指関節が石ころみたいにつき出ていた。

沈黙の誓いを立てる修道士は、世界を締め出し、ひたすら精神の事どもに身を献げるためにそうする。私の沈黙の誓いは、世界を更新するため、目の前に世界を余すところなく現前させるためだった。世界の中のあらゆる要素――カップ、木、一日――が無尽蔵であることが私にはわかっている。それを表現する言葉だけが、曖昧だったり限界があったりするのだ。言葉は世界に害を及ぼす。それらは世界から何かを奪い去り、そこへ代わりに己自身を据える。

そういうことがわかってしまうと、エレナ、いままでどおりに生きてはいけないこともわかってしまうんだよ。

これまで口にしたことのうち、一言でも本当に言いたいことがあっただろうか、と私は自問するようになった。いままで書いた一言でも、書きたいことがあっただろうか。それとも私が書きたかったことは下に埋もれていて、何とか外に出ようとあがいていたのか。

紙がくしゃくしゃに潰された日、夕食のあと私は書斎へ行かず居間に残った。どうにかして君をなだめたい、一緒にいることで君に謝りたい、と願っていたのだ。君は寝室から出てこなかった。そのうちに、君が寝室からゲストルームに歩いていき、そこのベッドをメークするのが聞こえた。

ある晩、革張りの椅子に座っていると、君がドアのところに立っている気がした。自分のうなじの一点が熱くなっているのがわかった。君が戸口にいて、冷ややかに魅了されつつ、優しさと絶望の入り交じった冷たさとともにこっちを見ている姿を私は想像した。君の疲れた目、君のこわばった口が私には見えた。君は私を理解しようと努めているのだろうか？　何と言ってもエレナ、君は私の妻なのであって、私たちはかつてたがいに理解しあえていたのだ。私はさっと向き直ったが、そこには誰もいなかった。

私にとって楽だったと君は思うだろうか？　思うかい？　これがどれだけグロテスクに見えるか、私にわからないと思うかい？　四十三にもなった、健康も申し分なく、結婚生活も順調、仕事も十分上手く行っている男が、突然喋ることを拒み、他人が喋る音からも逃げ出し、書かれた言葉を見るのを遠ざけ、妻を避け、仕事も辞めた結果、ただ自室にこもるか、長い一人の散歩をするのみ。まるっきりの道化、醜悪もいいところだ。こいつは狂っている、病んでいる、壊れている。医者が、恋人が、休暇がぜひとも必要だ、何でもいいから何かが必要だ。病棟にぶち込め。何か注射しろ。とはいえ、もう一面も考えてほしい。考えてみてくれ！ 考えてくれ、言葉の恐ろしい生命を、人々の口から飛び出してきて沈黙を回避すること以外何の目的もないように思える音の止めようのない轟きを。喋る種《しゅ》！ 人間はひとつの逸脱に、自然の犯した誤りにすぎない。石たちは我々人間のことをいったいどう思っているだろう？ 時おり私は考える、もし人間がすごく静かにしたら、森や海から、人間たちが喋るのを聞いている動物の笑い声が聞こえてくるんじゃないか。それから、あざやかな仕上げたる、来世なるものの発明、歓喜する天使たちが騒ぐ音に満ちたかまびすしい永遠。私自身の天国は広大な空虚であるだろう。刃《やいば》のように光る硬い沈黙だろう。

聞いてくれ、エレナ。私の言うことを聞いてくれ。君に言いたいことがあるんだ、そしてそれは言えないことなんだ。

言葉を脱ぎ捨てようと自分を鍛え、言葉的思考を抹消するすべが身についてくるなか、新しい世界が周りで立ちのぼってくるのが感じられる。家、部屋、木々、街路から成る古い世界がほのめき、ゆらめき、剝がれていって、炎のごとく驚くべき別の宇宙をあらわにする。人間は事物の十全性から閉め出されている。言葉は世界を隠す。言葉は別々に存在している要素を一緒くたにぼやかしたり、ひとつの要素をバラバラに分解してしまったり、世界を縛り上げ、硬い小さな認識の玉に凝縮してしまったりする。だが縛られていない世界、世界の背後にある世界、それは何と流動的で、何と美しく危険であることか。明晰さが訪れる稀有な瞬間、私はついに壁を突き破る。そうして私には見える。何ひとつ知られていない場が見える、何ひとつあらかじめ言葉によって形作られていないがゆえに何ひとつ知られていない場が。そこでは何ものも私から隠されはしない。そこではすべての事物が、その全存在をもって、十全に自らをさらす。それはあたかも、一軒の家を見て、四面全部と屋根の斜面両方が見えるかのようだ。とはいえそこには「家」もなく「事物」もなく、境界とともに終わる形は何もなく、多様で精緻で名を持たない感覚の連なりがあるだけで、それらの感覚が刻々変わって別の感覚となり、繁殖するだけであり、ひとつの十全性、ひとつの流れがあるばかりなのだ。言葉を剝がされた、飼い慣らされていない宇宙があらゆる方向から私に向かってあふれ出てくる。私は私が見るものになる。私は大地であり、私は空気だ。私はすべてだ。私の目は太陽だ。私の髪は銀河を流れてゆく。

私はしばしば疲れている。時に落胆する。私はつねに確信している。

そして君はまだ待っている、エレナ——いまも、なお。いまもなお君は説明を待ち、謝罪を待ち、君のふるまいに正当性を与え君を解放してくれる言葉を待っている。だがその待ちの下にはもうひとつの待ちがある。君は私が、かつての生き方に戻るのを待っているのだ。そうだろう？　聞いてくれ、エレナ。もうそれにはとうてい手遅れなんだ。私がいまいる沈黙の世界、ひどく疲れさせられる驚異の世界には、私がかつて私の人工の庭で自分をだますのに使っていた古い言葉が入り込む余地はないんだ。かつて私は、言葉とは正確さを旨とする道具だと思っていた。いまの私にはわかる。言葉は世界を貪り食らい、代わりに何も残していかないのだ。

そして君は？　もしかしたらいずれ君にも、何かの言葉を聞いてためらう瞬間が訪れるかもしれない。その一瞬に、君の救済がかかっている。そのためらいにしっかり注意を払うことだ。空間を、裂け目を探すことだ。この世界の下にもうひとつの世界があって、生まれるのを待っている。君は古い世界にとどまって、幻滅の苦い果実を味わうこともできるし、自分自身を乗り越え、言葉の嘘から身を剝ぎ取り、君を迎え入れたいと願う世界に入っていくこともできる。こちら側にいる私にとって、君の怒りは認識の欠如の証しであり、裏切られたという君の思いは心が目覚めていない印にほかならない。そういう死んだ感じ方はすべて捨てて、私とともに来たまえ――炎の栄光の中に。

もう十分だ。これらの言葉が、もはや語るための言葉を持たない私にはどれだけ苦痛だったか、君には知る由もない。これは小さいころ住んでいた家に戻るのに似ている。白い柵があって、古いピアノがあって、譜面台にはシューマン、花瓶のかたわらには薔薇の花びら、そして、ほらそこ！　手すりの上、階段をのぼり切ったところの曲がり目。だがすべては変わってしまっている、すべてが追放の重さを負ってしまっている、なぜなら私たちはもうかつての私たちではないからだ。捨ててしまえ。君もだ、エレナ――解き放て。忍耐を捨てろ、恨みも、悲しみも捨てろ、それらはみんな言葉でしかない。そんなものは置いていけ、屋根裏の箱に、壊れた人形たちが入った箱のなかに。そうして階段を降りてきて、いまだ生まれていない世界に入ってきたまえ。陽の光の中に。陽の光。

# ありえない建築

# ザ・ドーム

前史とも言うべき最初のドームは、裕福な地域のそこかしこ、あまり人の通らない道路ぞいに現われ、それなりの注目を集めたのち、見慣れたものと化して、じきほとんど目に入らなくなった。それを事実目撃した数少ない部外者は、概してそれらを、金持ちの愚行として片付けた。冬の庭園の地下に暖房パイプを通すとか、全自動ボウリングレーンを地下室に作るとかいうのと同次元の代物と見たのである。当初は新聞もどういう論調を採るべきか決めかねて、技術的な面に絞った記述と、皮肉っぽい寸評、その両者のあいだを落着かなげに行き来し、そこに時おり慎重な賛辞が挿し込まれるといった具合であった。これは驚くにあたらない。それら初期のドームは、見事だと評しうる特徴をいくつも備えつつも、その外観たるや、疑いの目で見る人々からすれば、気どっている、苛立たしい、と思えても無理はないたぐいのものだったのである。

初期のモデルはいずれも透明なヴィヴィグラスで出来ていて、一軒の家とその敷地を直接すっぽり覆うようデザインされていた。ドームの所有者は夏でも、家の表玄関や裏口から出てくるとき、フィルターと蒸発器コイルから成るきわめて能率的なシステムがヴィヴィグラス内部に組み込まれているおかげで、空調の効いた芝生や庭園に心地よく踏み出すことができるのだった。利点はほかにもあった。調光器がついた蛍光灯照明があちこちの奥まった場所に備えつけられ、夜でも敷地を明るく照らせるので、最高に蒸し暑い晩でも、涼しい戸外で本や新聞が読めた。ドームの下のつねに完璧な天候の下、ゴルフのスイングを練習したり日暮れあとにバドミントンに興じたり夜のガーデニングを楽しんだりするよう所有者たちは勧められた。実際、当時さんざん引用された製造メーカーの自慢の文句は「わが社のドームの下、雨は決して降りません」というものであった。それでもまだ足りないと言わんばかりに、将来のモデルでは冬にドーム内を暖房できるようになりますとメーカーは豪語したが、実現するにはまだいくつか困難を克服しないといけないらしかった。これら初期のドームは、何よりもまず技術上の革新として大半の人々を感心させたが、彼らは同時に懐疑の念を崩さなかった。こうした過剰ぶりが、平均的なアメリカの家庭にどの程度まで共有されるようになるか、さまざまな疑念が呈された。というのも当時ドームにかかる費用は、それが包み込む土地の地価とほぼ同額だったのである。また一部のジャーナリストは、これらピカピカ光る、水晶のごとき構造物の象徴的意味合いを問題にせずにいられなかった。これによって金持ちは小さな公国に包み込まれ、日常世界からますます隔離されてしまうのではないか、と彼らは難じた。

さらに、初期ドームには重大な欠陥がいくつかあって、じきにそれらが露呈した。まず、ムクドリ、カケス、スズメがドームのてっぺんに多数居ついてしまい、空を遮り、黄色っぽい白の排泄物が大きなシミとなって残った。さらに悪いことに、ヴィヴィグラスの透明さに惑わされた鳥が分厚い壁に激突し、死ぬか傷を負うかして次々地面に落ちてきた。メーカーは毎日清掃員を送り出す破目になった。彼らはドームの表面を掃除し、死んだ鳥や負傷した鳥を集めるとともに、蜂、鳥、マメコガネなどがピカピカの表面に居つくのを妨げる目的のギリギリと耳障りな音を出す小さな箱を設置していった。ほかにも問題は続出した。雨水が蒸発すると埃っぽい跡が残るので、これも掃除しないといけない。風に運ばれてくるさまざまな粒子が徐々に積もって煤《すす》となった。ドーム内部でもトラブルは生じた。スプリンクラーによって生じる霧が内側で結露し、湿度を上昇させ視界を妨げた。メーカーはすべての苦情に粘り強く対応しつつも、こうしたささいな問題はいずれも夏のみに生じるものであり季節が変わればすべて消滅しますと弁明した。購入者たちは夏が終わるのを待った。が、寒くなってくるとともに、透明な表面に霜が降りて、巨大な、気の滅入る模様を作り、初雪が降ると表面はいっそう暗くなった。

したがって、この時点では、ドームの死を予想した人がいたとしても不思議はなかったであろう。実際、ドームを撤去させた購入者も少なくなかった。撤去には巨額の費用がかかり、小さな軍隊並の数の労働者と、トラックの一大艦隊が必要とされた。一方、冬のあいだも辛抱強く使いつづけた購入者もいて、いくつかの利点が明らかになっていった。玄関前やガレージまでの道に雪は降らないし、藪や生垣に霜が降るといった害とも無縁であった。ドーム内の空気も、まだ暖房はなかったものの、寒くても晴れた午後には快適に暖かだった。が、そうした発見も、新たな障害の頻発によって相殺されてしまった。凍った雪が厚い殻のようにドームのてっぺんを覆い、側面にはつららが貼りついて、うずたかく吹き寄せた雪がヴィヴィグラス製のドアを圧迫した。最初の冬が終わるころには、大半の購買客にとってドームは益より厄介の方が大きいことは明らかであった。

変化は早春に訪れた。決定的に重要な十日間のうちに、三つ別々の出来事が起きたのである。まず、メーカーがより安価でより丈夫な素材スプレンディマックスを発見し、これによって製造コストは半減した。次に、大気汚染警報がまる一週間続いたせいで、クリーンな環境としてのドームに関心が高まった。そしてコネチカット、マサチューセッツ、ヴァーモントの小都市で児童の誘拐が立て続けに起こったために、子供を護る殻としてドームがにわかに注目されるようになった。いまや以前ほど高級でない地域にもドームが現われるようになり、雲に届くほど高いクレーンから巨大なスプレンディマックスの帯が降ろされるのを見に野次馬が大勢集まった。中流階級のあいだに生じたこの新たな現象を新聞雑誌も仔細に追い、その流行の原因を、すでにモールが広まってさまざまな要素をひとつの屋根の下で組み合わせるという発想に抵抗がなくなっているためではないかと推測する記事もあれば、アメリカ郊外にはびこる閉じこもり志向、金をかけてわざわざ孤立する傾向がここにも現われている、と嘆く記事もあった。

ドームがじわじわ広まっていくにつれ、競合するメーカーが改良された素材を用いてより安価な商品を開発し、さまざまな名前の下で売り出して（ヴィトリロン、エクセリプレックス、アンフィパーム、コロッソサーム）、魅力的な新機能をアピールした。あるドームは冬に備えて暖房がつき、またあるドームは霜や結露を制御できるよう開閉式のパネルが付いていたし、また教育者たちにも推奨されて盛んに宣伝された型では人工の夜空がついていて、星座、惑星等々の天体が描き込まれ、経度・緯度も正確に合わせた空がドームの表面内側を動いて、本物の夜空よりずっと真に迫っていた。

とはいえ、このままではいずれブームも終わり、町のあちこちにドームで覆われた地所がちらほら残っただけで、人々の関心はまた新たな流行《はや》りものに移っていったかもしれない。ところが、ドーム市場ももはや飽和したかと思えたところで、ある開発業者が、敷地十四エーカー、七ブロックにわたる新築住宅の連なりを、すべてひとつのドームで包むことに決めたのである。巨大に広がったスプレンディマックスが、個々の家の敷地のみならず、ブランコのある小さな公園、共同使用のプール、樫やナラの並木、舗装したばかりの九本の道路を覆っていた。二週間後、その近所の町の、ゲートで閉ざされた高級コミュニティが、コミュニティ全体をドームで覆うことを住民投票によって決めた。「ドーミング」の流行が広まるなか、町内会や市庁舎での集まりにおいて、商業地域や公有地を囲い込んで地域住民のみアクセスできるようにするか否かが議論された。

この拡大ドーミングの時期、町全体を囲い込む決定が初めて住民投票によってなされ、町を覆ったその超大型ドームは新しい世紀を代表する最新のエンジニアリングの偉業ともてはやされた。その巨大さ、ドラマ性、大胆さゆえ、ドームへの関心は一気に増大した。この新たな規模は、もはや一過性の流行では片付けられない決断の表われだったのである。批判的な人々は、町が周囲への敵意もあらわに自らを隔離させていることを非難した。ドーム専用の蛍光塗料ヴェリディグロを塗った半球に関し、まるで壁に囲まれた中世の都市を思わせる、テクノロジーが進歩した結果ひそかな先祖返りを隠蔽する役を果たしているだけではないか、と彼らは批判した。一方ドームを肯定する人たちは、容易に予想されるとおり、エンジニアリングの見事さ、テクノロジーの壮大な達成を讃え、いまや新しいドームは摩天楼、吊り橋、水力発電ダム、古代のピラミッドなどと同じ高貴な系譜に属していると謳い上げた。ドームで包まれた町の空気のきれいさを褒める者もいた。ドーム内に排気口がめぐらされ、工場から出る汚染物やガソリンの排気ガスがすべて外に追い出されるようになっていたのである。また、美的な見地から、ドームで囲まれた空間に、陽気さ、心地よい人工性を見出す人々もいて、これは昔のヨーロッパの噴水や涼しい木々がある広場や、フードコートやサンタの工房が並ぶアメリカのモールにもつながると彼らは論じた。ドームの下で町の住民たちは共同体の絆を感じるのだ、共通の愉しみのためにしつらえられた特別な空間に何の邪魔もなく集《つど》っているという好ましい感覚がそこにはあるのだと彼らは唱えた。

ほとんど誰もが驚いたことに、超大型ドーム第二号はすぐには生まれなかった。あたかもドーミングの変化がいささか急激すぎて、いったん立ちどまる必要を誰もが感じているかのようだった。ここでひとつ、新しいテクノロジーからどんなことが派生するのか、じっくり考えてみようではないか、というわけである。まず第一に、費用の問題が認識された。この規模のドームを作るのにかかるコストは、よほど裕福な町でもない限り、町の一年の予算を軽く超えてしまうのだ。同時に、多岐にわたる現実的問題も解決しないといけない。ドームへの車の出入りを効率よく保つ方法、夜間の照明のパターンと持続時間、ドーム内に生息する鳥たちの季節ごとの移動。ドームの下で暮らす方が安全なのか、それとも閉じた空間でずっと暮らすことは長い目で見れば有害なのか。けれども、人々が決めかねているさなかにも、実は遠くの部屋の中、閉ざされたドアのうしろで、じきにすべてを変えてしまう決定がなされつつあったのである。

私たちは現在、そうした決定の余波の中で生きている。ドームは建築史上最大の達成であると言うだけでは不十分であり、正確でもない。それは未知への、いまだ名のない新しい領域への跳躍にほかならない。その生成の物語はよく知られている。ドラマは東海岸、西海岸の両側で始まり、巨大な支柱が建てられ、初期には北西部で基盤が崩壊し、沖合に空港が作られ、やがて最後のギャップが埋められた。自分たちが透明なセレスティラックスのそびえるように高い屋根の下で暮らしていなかった時期を、私たちの多くはほとんど思い出せない。

とはいえ今日なお、この達成を誹謗する者がいないわけではない。ザ・ドームこそ消費社会の最終的勝利の体現である、これこそ究極の消費社会の法外で臆面なきシンボルなのだ、とそうした人々は批判する。彼らは言う。ザ・ドームは国全体をひとつの超巨大モールに、熱狂的な消費を促すことを唯一の目的とするモールに変えてしまった。みんな同じひとつの屋根の下にいるのだという感覚、人工の光の下で多くの時間を過ごす習慣が、平均的市民の胸の中にたえまない購買欲を生み出すという説もある。たしかに、ザ・ドームの完成とともに消費が飛躍的に増大したことは事実である。セレスティラックスの屋根の下では、すべてが——家も、湖も、雲も——魅力的に陳列され、つねに商品として提示されている観がある。このドームは十九世紀に生まれた百貨店の最終的開花である、これに比すればアメリカ流ショッピングモールも過渡的・水平的な形態にすぎなかったと説く者もいる。この見解によれば、ザ・ドーム上部に広がる大きな何もない空間も、今後はだんだん商業に利用されるようになるだろう。空に透明なフロアが何層も設けられて、空洞になったセレスティラックスの筒でフロア同士が繋がれ、客を運搬する可動式プラットホームが筒の中を行き来するようになる、といった予測もなされている。

だがザ・ドームを嫌う人々の非難は、単にそれが後期資本主義の手先だというにとどまらない。彼らはザ・ドームという名前自体にも異を唱える。これは合衆国大陸部の不規則な形に従っているのであって、真のドームとは言えないというのだ。ドームの擁護者はすかさず、下の方の形が不規則であることは認めつつも、一二〇メートルの高さでそびえるセレスティラックスの壁は、あくまでゆるやかに内向きの斜面をなしていて、国大半の上空に広がる古典的な丸屋根《ドーム》の基盤となっていると反論する。実際、巨大な、不規則な形状の上に真のドームを作り上げたことこそこの事業全体の中でも最大級のエンジニアリング上の偉業ではないか。が、擁護者たちの発言は、そうしたいささか詭弁的な次元にはとどまらない。いくつもの利点を、彼らは得意顔で列挙する。曰く、全国規模で気候が管理できる。曰く、東西の両沿岸がハリケーンから護られる。二十四時間照明が実現され時差が解消される。セレスティラックスが紫外線を遮断してくれる。

どちらの側にも与《くみ》せずとも、微妙な変化をいくつか指摘することは可能であろう。まず、すべてがひとつのドームの下にあり、すべてがきわめて現実的な意味において屋内にあるため、我々が自然に対して抱く感情はもはや以前と同じではない。ザ・ドームは、一撃の下に自然を葬り去ったのである。丘、小川、森、野原、すべては新しい装飾の中の諸要素、巧みに設計された風景の中のパーツと化した。そしてその風景の設計は、ひとえにそれがザ・ドームの下に存在しているという事実に基づいてなされている。このように風景を様式として経験するという事態は、ニュー・インテリオリティ（新しい内面性）と呼ばれている。以前であれば内と外の区別がなされ、人々は家やアパートから出て「外」に達した。今日、人は住居を出て別の、より大きな部屋に足を踏み入れる。この変化は劇的と言わねばならない。ひとつの内面として把握された世界は、人工性のゆらめきに貫かれている。公園に生えている木はもはや、レストランの隅に置かれた本物そっくりの木と区別できない。田舎にある湖は、モール内にあるタイル貼りのプールの、より技巧的な別バージョンでしかない。

こうした認識上の変化が、もうひとつの、ニュー・ミニチュアリズムと呼ばれる変化を生み出している。いまや世界にある事物は、より小さく、より玩具のように見えはじめている。かつては頭上に大きくそびえた物体——高い松の木、険しい丘、雪山——がいまでは逆にザ・ドームに圧倒されている。途方もない巨大さ、という一瞬も揺るがぬ事実によって、ザ・ドームはそれが覆うものすべてをミニチュアにしてしまう。ミシシッピ川ももはや、子供の栽培容器の中をちょろちょろ流れる水にすぎず、ロッキー山脈も小学校三年で見るジオラマの中の岩の連なりでしかない。さまざまな出来事にしても、そうした状況にあっては、その重要性が後退し、一種の美的体験と化さざるをえない。経験というものがだんだん、ゲームセンターに並ぶ精妙に構築されたゲームの集合体のように感じられてきているのだ。これもみな、ザ・ドームの下で生きる人々が、映画館、ボウリング場、レーザータグ・センター、ゲームセンター、昔ながらのビックリハウスやサーカスといった閉ざされた祝祭的空間から成る遊戯的世界をつねに思い起こすよう仕向けられているからだろうか？　実際、ザ・ドームの一元的支配下にあって、国全体が、モールというよりむしろ、市民全員がプレーヤーであるところの巨大なエンタテインメント空間になっているとすら言えるかもしれない。この見方にあっては、人生の不快な諸事実——荒廃した地域、交通事故、強盗、走り去る車からの発砲——もかつてほど真剣には受け止められなくなる。すべてはザ・ドームの人工的ディスプレーの一部と感じられるのだから。

死そのものが恐ろしさを失いつつあり、見事に構成された効果にしか思えなくなってきている。

いっそう壮大な計画の噂もある。オスロでの専門家会議において、建築家やエンジニアが、巨大なドゥラクリスト製支柱を用いた、地球全体を囲む透明な球体を提唱した。我々が生きているあいだにそうした夢が実現する可能性は低い。が、そうしたものが夢見られたこと自体は必然であっただろう。ザ・ドームがつねに目に見えている状況にあって、さらに巨大な屋根を想像せずにいるのは困難だ。すでにある瞬間、ある気分にあっては、名高きザ・ドームもどことなくちっぽけな、物足りないものに思えるようになっている。明らかに我々は、壮大なるすべてが透明なアストリルームの球体に包み込まれるまでは決して心安らがぬであろう。そのときには太陽系が、銀河が、超新星が、無限の宇宙空間それ自体が、最終的なマスターピースの諸要素となるであろう――爆発するすべての星、回転するすべての電子が、天空一面でダンスをくり広げる、決して終わらぬ祝祭、天界の遊園地。だが目下のところ私たちは、セレスティラックスの空の下を歩きながら、新しい天を、不可能な建築物を夢見る。変化の日は近い。誰もがそれを肌に感じている。

# ハラド四世の治世に

ハラド四世の治世に一人の細密細工師《さいみつざいく》が宮廷に住み、その作品の尋常ならざる完成度ゆえに名声を博していた。丹精込めて作られた芸術品はどれも見た目に快いのみならず、見る者が身を屈めて近よってみると、ごく小さな、およそ目につきにくい細部にまで情熱が注がれていることがわかり、快さも驚きもいっそう高まるのだった。この名匠の手になる小さな品をどれだけ細かく吟味しても、つねに何か新たな驚異が見つかると言われていた。

細密細工師の仕事は数多い。宮廷のご婦人たちの享楽の棚を飾る象牙細工の植物や海に棲む三つ頭の怪物を作り、『三百の秘密の書』に出てくる幻獣たちの皮や毛を描き、そして何より、王が先代の王から受け継いだ、掛け布に黴が生え木にはひびが入っている古い玩具宮殿の調度品を作り替える。この有名な玩具宮殿には六百以上部屋があり、土牢や秘密の通路、花園や中庭や果樹園も揃っていて、大人の胸ほどの高さを有し、王の書斎の向かいに専用の部屋が与えられていた。務めを果たす見返りに、細密細工師は宮殿内の、宮大工からも遠くないところに住居を賜《たまわ》り、また公の儀式にも参加できる純白の毛皮の礼服を与えられていた。若い弟子が二人、仕事を手伝っていた。二人は食器棚、天蓋付き寝台といった大きめの細密品を粗くこしらえ、小さな土器の鉢を特別な窯《かま》で焼き、木製の品には一塗り目の漆を施し、名匠の貴重な時間を節約すべく宮殿の工房から象牙、銅、宝石、柘植《つげ》、橅《ぶな》などのかけらを取ってきた。だが二人とも、食卓の脚先にまとわりつく竜の頭を彫ったり、引出しや収納箱の錠を回す微小な銅の鍵を鋳造するといった、より煩雑な細密仕事に手をつけることは許されていなかった。

ある日細密細工師は、骨の折れる、かつ胸躍る仕事を完成させた。鮮やかに本物そっくりの、どれも桜桃《さくらんぼ》の種ほどの大きさもない赤と緑の林檎《りんご》を盛った籠を作って細密の果樹園に置き、仕上げとして一個の林檎の茎に、完璧に再現された銅製の蠅を据えたのである。この作業を終えると、落着かぬ思いが胸の内でうごめくのを細密細工師は感じた。長い仕事を成し遂げた際にそうした胸の騒ぎが訪れたのはこれが初めてではなかったが、このところその奇妙な内なる疼きは前より執拗になってきていた。この気持ちを自ら見つめ、その内実をもっとよく知ろうと努めつつ、林檎を盛った籠にも細密細工師は思いをはせた。いくつもの大きさの階層があるゆえ、この籠作りは彼に格別の満足をもたらした。まず銅の針金で束ねた柘植の細板から成る籠自体があり、次に林檎があって、最後に蠅がある。翅《はね》も正確に作られた極小の蠅には一番手こずったし、作って一番嬉しくもあった。ふと彼は、蠅で終わりにする理由は何もないことに思いあたった。突如細密細工師は、内なる震えに襲われた。どうしていままで思いつかなかったのだろう？　どうしてそんなことが？　下へ下へと向かう連なりを、論理自体が要求しているのではないか？　こう考えて、深い、うしろめたい興奮を彼は覚えた。あたたかも他人の住まいの廊下の奥で禁断の扉に行きあたり、鍵をゆっくり回すとともに遠い音楽が聞こえてきたかのようだった。

まず彼は、いましがた作った林檎一個の大きさの林檎籠を作りにかかった。新しい木製の林檎たちは、茎もあって葉も二枚付いてはいてもきわめて小さかったから、彫るには台にはめ込んだ拡大鏡の助けが必要だった。だが、林檎一つひとつと楽しく取り組むさなかにも、細密細工師はいつしか蠅のことを、ありえない蠅のことを夢想していた。やがて出来上がった蠅は、肉眼では極小の茎に浮かぶ斑点にしか見えなかったが、拡大鏡を通して見てみるとあらゆる細部に至るまで完全なのだった。

先日の蠅にも賛辞を惜しまなかった王は、新しい林檎籠を見て驚きと悦びを表わした。拡大鏡を使って林檎を見てみるよう名匠に勧められると、王は息を吸い込み、何か言いかけるように見えたが、突然ぱんと鋭く手を叩いて宮内官を呼び寄せた。王は宮内官に、拡大鏡越しに細密品を見るよう命じた。ふだんは冷淡で尊大な宮内官は、言われたとおり拡大鏡を覗くと、ハッと耳障りに息を呑んだ。翌朝にはもう、見えない蠅の話が宮殿中に知れわたっていた。

中年期に入ったものの、新たな情熱をもって、かつての若々しい時期に戻ったかのように名匠はいまだ活力あふれ、さらなる細密品に次々取り組み、その出来映えはあらゆる面において過去の最良の仕事をしのいでいた。桜桃の種一個から三十六頭の象が連なる指輪を彫れば、それぞれの象が自分の前の象の尻尾を鼻で捉えていて、どの象もみな、象牙から彫り出した、ほとんど目に見えぬ牙一対を生やしていた。ある日名匠は、黒檀《こくたん》で作った指覆《シンブル》いを伏せて載せた皿を王に贈った。王がシンブルを持ち上げてみると、その下に玩具宮殿の北西部分の精緻な模型が現われた。二十六の部屋は調度品もすべて揃い、書き物机の脚は駝鳥の鉤爪《かぎつめ》で、金の鳥籠には小夜啼鳥《さよなきどり》が入っていた。

シンプル宮殿を完成させていくらも経たぬうちに、また一気に新たな落着かなさが湧いてくるのを細密細工師は感じた。下へ下へと向かう旅にひとたび乗り出したら最後、立ちどまれることはあるのだろうか？　第一、この小さな宮殿も、たしかに肉眼では部分的にしか見えぬものの、あまりにあっさり自らをさらしてしまってはいないだろうか？　美を味わう悦びには障害が欠かせぬはずなのに、この宮殿はそれを欠いているのではないか？　こうして彼は、見えるものの表面の下へと飛び込んでいくことを己に課した。裸眼にはまったく届かない、この上なく細微な世界を創り出すのだ。

まずは銅の鉢、撫の箱といった簡単な品から始めた。使っている素材自体が、いまや拡大せぬことにはそもそも目に見えず、これまで以上の繊細な扱いを要求したからである。彼はたちまち、より強力なレンズ、より精密な道具の必要を悟った。そこで宮大工に、手を押さえて指を安定させてくれる込み入った器具一対を注文した。こいつは年寄りの仕事じゃない、と細密細工師は思った。いや、だが若者の仕事でもない――中年の、脂の乗りきった者にしかできぬ業《わざ》だ。

見えない領域における第一の傑作は、角《つの》が枝分かれした雄鹿であった。強力な拡大鏡を通して、不可視のものがくっきり可視になるさまを細密細工師は見守った。頭は横に曲げられ、口はわずかに開《ひら》き、唇がめくれ上がって歯をさらしている。一つひとつの歯、ひづめ、青白い耳の内側まで彫って、色をつけた。虫眼鏡を使ってよく見れば、明るい黒の瞳孔と琥珀色の虹彩が見分けられると主張する者もいた。

雄鹿を作り終えるや、それよりはるかに困難な課題に細密細工師は着手した。すなわち、見えない花園。はじめそれは、宮廷に三十九ある花園のひとつを手本にしていたが、すぐに独自の、もっとずっと凝った意匠が生まれていった。いくらも進まぬうちに、突然のすきま風で一週間の仕事が台なしになった。宮大工に図面を描いて渡し、大工の助けを借りてチーク材の箱を作った。箱は蓋が斜めになっていて、そこに四角い拡大鏡がはめ込んである。横二面が滑らかに上下するので手を中に入れることができ、棒とねじで据えつけた四角いレンズは自由に上げ下げ可能になっている。こうして空気の悪しき流れから護られて、緻密で繊細な花園が徐々に姿を現わし、十二角形の花壇が数十面と、それぞれ葉をたたえた果樹が十四種作られ、黒檀と象牙のモザイクを敷きつめた小道が格子状に広がり、伝説の獣が彫り込まれた縞瑪瑙《しまめのう》の噴水や、石の下から覗くカタツムリが出来上がった。

拡大鏡越しに見た花園に王は驚嘆の念を示し、名匠がまた新たな世界を征服したことを讃えはしたものの、レンズとチーク材についてはあれこれ質問した。そこには、何か魔術を使っているのではないかと疑っているような響きがあった。そして最後に王は、なかば独り言のように、じきにまた玩具宮殿に並ぶ家具の、目に見える奇跡に戻ってくれるのかと細密細工師に問うた。王の言葉に、紛うかたなき非難の口調を名匠は聞きとった。道具について説明し、レンズを調節しながら、見えない世界の彼方に入っていくことによって、思っていた以上に危険な旅に自分が乗り出したことを彼は悟った。

だが名匠はすでに、この時期の最高傑作に身を投じていた。かの有名な玩具宮殿の、裸眼ではまったく見えない複製である。完成したあかつきには、六百以上の部屋に調度品も完全に揃い、棚の蟻枘《ありほぞ》、実際に施錠可能な引出しの錠、打出し模様を施した銀のナイフ、フォーク、スプーン一八〇組等々まで入念に再現され、ナイフやフォークの柄には王冠と交叉剣から成る王家の紋章が刻まれるのだ。

拡大鏡の下の宮殿に取り組んでいる最中、細密細工師は本物の玩具宮殿に何度か足を運び、そのたびに、自分のほぼ肩まで達する巨大な建物に仰天させられた。参議室の椅子はどれも自分の握りこぶしくらいある。己の仕事がわずかな、しかし必然的な方向転換を遂げ、古典的な小ささから奇妙かつ不可解に逸脱し、より疑わしい領域に向かいはじめて以来、王の玩具宮殿の調度品製作は弟子二人に任せていた。その出来を見てみると、立派なものだった。大きな、すぐ目につく作業には十分な仕事ぶりである。以前まだそういうことを気にかけていた日々、初歩的な仕事しか彼らに任せなかったが、少し厳しすぎたかもしれない、と細密細工師は思った。

ある日、王の玩具宮殿の中のある机を見ているうちに、彼はいつしか夢想の中へ入っていった。机の引出しに、真鍮の獅子の頭の把手が一対付いていて、かつて自分が三日かけて作ったそれは、作った当時には我ながら雅《みやび》の極みと思えたものだった。玩具宮殿で一番小さい品は、髪の毛ほどの太さもない銀の針である。いま拡大鏡の下で作っている、六百以上の部屋に花壇や果樹園も揃った宮殿は、全体がその針の穴の中にすっぽり収まる――そう考えるといささか誇らしくなった。

けれども、己の微小世界に深く沈み込んでいくさなかにも、この宮殿ですら自分を長く満足させはしないと気づいているかのように、心の奥にわずかな痒《かゆ》みのようなものを細密細工師は感じていた。どれほど骨が折れるにせよ、しょせんそうした離れ業は、世界のおなじみの領域、拡大鏡によって明かされる黄昏の領域をいま一度征服したにすぎない。いまだ想像できぬ小さな世界に彼は焦がれた。宮殿に取り組みながら、渇望が胸の内で広がっていき、内なる視覚のすぐ外にさらにもうひとつ王国があることがおぼろに感じとれる気がした。

だんだんとそれがはっきり見えてきて、わくわくする思いも募ったが、見えてきたというより、欲望がだんだん確信に固まってきているのだと内心認めざるをえなかった。いま自分は、肉眼では見えない極小の素材に相対《あいたい》しているけれども、不可視のものがレンズによって可視になっているという事実は動かない。見えないものから見えるものを引き出す魔術のように他人には思えても、実はあくまで見える世界において仕事をしているのだ。レンズが取り去られたとたん不可視へと消えてしまう曖昧で捉えがたい世界ではあれ、自分がすぐ彼方に感じとっている純粋に不可視の領域とは雲泥の差である。仲介する硝子《ガラス》の力すらも逃れた、不可視の暗い王国に沈んだままでいる小さな品を作りたいと彼は焦がれた。

いつものとおり、単純な物から始めた。蓋が横に滑る、長方形の象牙の箱。箱は驚異的に小さく、レンズ越しにも見えないままだったが、蓋が斜めになった、レンズを動かせるチーク材の拡大器は使いつづけた。慣れ親しんだ道具を使うことで気持ちが集中できたし、指も安定したからだ。こうして象牙の箱は、隠れた世界から出てきて名匠の目に己をさらすこともついぞないまま、七日で完成した。名匠は内なる目でもってそれを冷静に見つめ、静かな高揚を感じた。目に見える証拠はなくとも、それが形の上で完璧であることを、各部分が優美に正確であることを彼は確信した。これほど細心の注意を払って作ったことはいままで一度もなかったのである。

すぐさま、さらに野心的な課題に取りかかった。羽を広げた橅の孔雀。見えない色を発散させる蠱惑的なその孔雀は、作るのに三週間近くかかった。それが出来上がると、ひそかに準備を進めていた課題にいまや着手する時だと思った。

こうして、見えない王国の製作が始まった。壁を巡らした都市、くねくねと流れる川、樵と樅《もみ》の森、銅山と寺院の塔、スプーンと昆虫。一年の終わりには、一つ目の都市が完成していた。石畳の街路と市《いち》を開く広場があり、果物売りの屋台には葡萄を盛った籠が載せられ、商人たちの家には中庭を見下ろす柱付きの露台が設《しつら》えられ、硝子吹き職人の工房には壜が一本一本並んでいる。疲れと高揚を細密細工師は感じた。まだ為されていないすべてのことに思いをはせ、それらが途方もない冒険のように眼前に広がっているのを感じると、彼はいつしか、かつてのように出来上がったものを誰かに見せることができたら、と我知らず願っていた。一人で仕事することに気が滅入りはしなかったが、時おり、昼間ふっと手を休めたときなど、かすかな寂しさを感じもした。王はもはや彼を呼び寄せはせず、弟子たちも隣の部屋に移って自分の弟子をとるようになっていた。

ある日の午後、見えない王国に没頭していると、部屋の扉をコツコツ叩く音がした。チーク材の箱から細密工芸師はなかば顔を上げ、お入り、と訪問者に呼びかけた。扉が開いて、新しい弟子四人のうち二人が入ってきた。お仕事をお邪魔して申し訳ございません、と彼らはまず詫び、先生の比類ないお仕事にはかねてから敬服致しておりまして、ご挨拶に伺って御作《ぎょさく》のお話をお聞かせ願えればと思った次第でございます、先生の最新の御作をめぐってあれこれ混乱し矛盾した噂が届いているものですから、と彼らは言った。私どもの作る品はいまだ粗雑で取るに足らず、食卓の脚を形作るほどの技量も私どもにはございませんが、先生の許にお邪魔していろいろ学ばせていただき霊感を与えていただければと思いまして、と彼らは言った。名匠はすぐさま、まだひどく若いこの弟子二人が実は自信満々であり、単に礼儀上へりくだっているだけだと見抜いたが、ここ数か月の寂しさがこうしたお世辞によって和らげられたこともまた事実だった。誘惑に屈して彼は脇へ退《の》き、レンズ越しに王国を見ることを二人に許した。むろん彼らには、何も見えはしないだろう。自分はもう、可視の世界の床下へすっかり落ちてしまったのだから。それでも、何かを感じとれはするのではないか——彼自身が、心の奥の闇において、己の見えない芸術の壮麗さと精緻さを感じとっているように。

片方の弟子が、蓋が斜めになったチークの箱に装着されたレンズを覗き込んだ。少ししてから彼は、相棒が覗き込めるよう脇へ退いた。二人とも見終えると、年下の方が、先生の御作はまさしく卓越無比でいらっしゃいます、私《わたくし》、経験も浅い若輩者《じゃくはいもの》でございますが、着想においても出来においてもこれほど瞠目すべきものは見たことがございません、と言った。相棒もすぐさま賛嘆の念を口にし、私《わたくし》、夢の中においてすら斯《か》くまでの麗しさを思い描いたことはございません、これほどの偉業の前にこうして立たせていただくだけでこの上ない名誉でございます、と述べた。それから二人の弟子は、お相手いただき忝《かたじけ》のう存じますと礼を述べ、恭《うやうや》しく暇《いとま》を告げた。彼らが何も見なかったことを細密細工師は見てとり、彼らの言葉の空虚さを察した。彼らは二度と戻ってくるまい。細密細工師は逸《はや》る思いで仕事に戻っていった。そうして、見える世界の殻の下に沈み、目もくらむ己の王国に入っていきながら、彼は理解した。自分はかつての日々から長い道を旅してきたのであり、まだ先は長く、今後の人生は辛い、許しのないものになるだろうと。

# もうひとつの町

もうひとつの、私たちの町に瓜二つの町は、北の森のすぐ向こうにある。そこへ行くには、ちょっとした薄暗がりを抜けるだけでいい。松葉や焦げ茶色の落葉が作る柔らかな絨毯を歩いていけば、森と接した一連の裏庭のどれかに出る。花柄のビーチタオルが裏のポーチの手すりに掛かり、でこぼこのゴミバケツが並ぶ隣で緑のホースがとぐろを巻いているダンジェロ家の裏庭。高いサトウカエデの木が一本立ち、ウィッフルボールの黄色いバットが日なたと日蔭の境目に転がり、オレンジと白のビニールの帯が張られ青い眼鏡ケースが載ったアルミの長椅子があるアルトシューラー家の庭。草のしみがついたサッカーボール、赤い把手の跳び縄、ホームベース代わりのブリキのパイ皿などが点在し、独立したガレージの側面に草炭《ピートモス》や肥料の袋が立てかけてあるラングリー家の庭。歩いていくのを好まない者は、車でノース・パインかホルブルックを通っていけばいい。どちらの道もリンウッドに行きあたって終わり、そこは裏庭が森に接した家々の玄関が並ぶ通りである。そこからは町じゅう、どの方向にも行ける。何なら気の向いたところで足を止め、好きな家に行って玄関を開けることもできる。中に入って一部屋一部屋見て回ることもできる。そのあとで、そうしたければもうひとつの町の北の森を抜けるべく、もうひとつのノース・パインかホルブルックを走ってもいい。そうすればやがて、私たちの町とは違った町、それ自身の姿を有する町のはずれに出る――あたかも、いままでずっと、もうひとつの町を通り抜けてきた移動が、私たち自身の町を通り抜ける移動でしかなかったかのように。そしてもちろん、ある意味では、まさにそうなのだ。

　私たちがもうひとつの町に引き寄せられるのは、それが私たちの町に驚くほど似ているからだが――朝刊が同じ玄関先に同じ角度で横たわり、ドアや引出しが同一の長さまで開けられ、同じ皿がラックに並んで同じ服が洗濯カゴに入っている――私たちがある種の違いに惹かれていることもまた確かだ。あちこちをさまよう人々の姿は嫌でも目に入る。彼らはしばしば私たち自身の隣人であり、その彼らが芝生を横切り、家から出入りし、観光名所を訪れた旅行者のように時おり立ち止まってあたりを見回している。それにまた、ダークグリーンのシャツを着て黄色い腕章をつけた町の警備員も、あらゆる家や店、二つの公園、高校、森の手前の川べりのピクニック場等々いたるところで目につく。それにまた、複製官の姿も時おりチラッと見える。彼らは私たちの町の変化がもうひとつの町にも反映されるよう手を尽くしつつ、極力私たちの前に出ぬよう気を遣っている。それに加えて、私たちみなが共有しているひとつの感覚がある。捉えがたい、だが確かにそこにある、不在の実感とも言うべき感覚――家庭に住む人々の不在、店で働く人々、ひとつの町の日常生活を営む人々の不在。言うまでもなく、もうひとつの町はひとえに私たちの訪問を受けるためにのみ存在するのであり、誰も住んではいないのだ。

こうした大きな、誰もが目にとめる違いとは別に、小さな食い違いもたくさんある。それらはたいてい、自分自身の家の複製において看取される。物がぎっしり入ったキッチンの引出しに、自分の家のキッチンでは行方不明になっている缶切りが入っているとか、家の側面に立てた棒に縛りつけた違う茎に違う大きさのトマトが生っているとか。私たちのなかで年配の、これまで何度もうひとつの町を訪れてきた者たちは、そうしたずれを見つけることをとりわけ愉しむが、一部には、いかなる違いも欠陥であって許容されるべきではないと主張する完全主義者もいる。

もうひとつの町の起源はいまだ明確でない。歴史上の記録に初めて登場するのは一六八五年、私たちの町が創立されたおよそ四十年後である。この年に、新しい一軒の屋敷と、「北町ノ同一ナル館」が建造されたという記録が残っているのだが、そのように一言言及されているのみであり、表現も謎めいているので、相反する解釈がいくつも呈示されてきた。ある町史家は、「同一ナル館」とはまったく同一の家ということではなく同様の様式の家という意味だと唱えている。またある歴史家は、「北町」という言い方自体が不明瞭である、なぜならそれは時に私たち自身の町の北部を指すのにも使われたのだから、と説く。十八世紀なかばに至って初めて、私たちの北に別の、私たちの町を模倣した、私たちの町の住民によって維持されている町が存在することが明らかになる。公的な記録に加えて、個人の日記にもうひとつの町への訪問をめぐる記述が見出され、ある町民はそこを「驚異の作物《さくぶつ》」と呼んでいる。とはいえ、複製や維持に関しては依然として多くの詳細が不明であり、十九世紀に入ってようやく、警備員の前身の導入、複製官システムの設立（一八八二年）などをめぐる十全な記録が現われる。現存する証拠からは、もうひとつの町が私たちの町の誕生からさほど遅れずに発生し、何らかの意味での複製であった、ということしか言えない。しかもこうしたごく大まかな見解にさえ反対する一派が存在する。もうひとつの町は当初私たちの町とは異なっていたのであり、それが徐々に模倣性を帯びていったのだ、と彼らは論じるのである。

いずれにせよ、ここ百年以上にわたる記録から、綿密な模写への関心が時とともに高まっていったことは見てとれる。実際、初期においては模倣のレベルも後世よりはるかに低かったと考えられる。複製官が導入される以前、複製の作業は、必要に応じて町議会がそれぞれ別個に職人を雇って行なわせていた。職人たちはほかにも仕事を抱えていたから、往々にして遅延が生じ、制度全体が混沌に陥る恐れはつねにあった。複製官たちの存在意義は、何よりもまず、彼らがひとつの事業に携わる常勤職員であることだった。とはいえ、当初複製官が、主として住居と家具に注意を払うよう求められたのに対し、今日の複製官は、街路の舗装や公共建築の修復から、塩入れに入った塩の量や食器用引出しの中のフォークの並び方の日々の変化に至るまで、およそあらゆる細部の同一性を維持する任を負っている。「観察官」がいくつかのグループを作って私たちの町を巡回し、ノートパソコンを使って日々の変化をすべて記録・報告し、複製官がそれをもうひとつの町に生じさせるのである。訪問者の多い時間帯である午前八時から午後十時までのあいだ、複製官は二時間ごとに細部を更新し、たとえば私たちの町のどこかの家の玄関先に届いた小包がもうひとつの町の同一の家の玄関先にも出現するよう手配する。時間にずれがあるため、私たちの町で小包を受けとった人間が車でもうひとつの町へ出かけた場合、同じ小包が届くまでしばらく待たねばならないという事態も生じうる。小包はかならず届くが、少し遅れてしまうのだ。こうした食い違いは避けがたいことに思えるが、複製官たちの努力によりこの十年でタイムラグも劇的に減少し、いずれは時間的同一の時代が訪れるものと複製官たちは考えている。

近年、複製の技術は新たな高みに達している。雨風にさらされた屋根板の木目、車の側面に撥ねかかった泥の柄《がら》、古いコーヒーカップの縁のかすかな変色、台所の窓台に飾ってある接着剤で貼り合わせた磁器製の雄鶏に入ったひびの模様、それらすべてを複製官は再現することができる。より困難なのは、自然の領域である。特定のスズカケノキの大小の枝の配列、咲きかけたツツジの花一つひとつの位置、一輪の白いバラの花弁の成り立ち方、どれも構造上の難問を突きつけている。一見ランダムな中に複雑な秩序が隠れたパターンがそこにはあって、名匠たちの技術に大きな試練を課してきた。ほんの二世代前には複製官も、単に植物を選び、大きさ、形、数に注意を限定していた。横庭に中くらいの大きさのセイヨウミザクラが一本、表の窓の下にはアゼリアが三本と手入れの行き届いたスノーボールツリーの茂みがひとつ、といった具合に。ところが食い違いをめぐって苦情が相次いだため、次の十年間は徹底して人工性が追求されることになった。突如として、すべてのノルウェーカエデがその葉や枝の体系にいたるまで、そしてシモツケの茂みが、マリゴールドが、名匠の工房において複製され、もうひとつの町の庭に植えられたのである。これが今度は、新たな苦情の殺到を招いた。人工の植物や樹木は、一見真に迫っていても、だんだんと虚偽の雰囲気を発してしまうからである。目下我々は、より高度な実験を推し進めている。ここでは本物と複製とが注意深く混ぜ合わされる――本物のヒッコリーの枝の中に何本か人工の枝が加えられ、本物の葉のあいだに名人複製官の狡猾な葉が混ぜられるのだ。

私たちの大半は、さして深く考えもせずもうひとつの町への訪問を単純に楽しむが、中には、なぜもうひとつの町がそこにあるのか、問わずにはおれぬ人たちもいる。もうひとつの町は私たち自身の町での心労からの歓迎すべき気晴らしとなってくれるのだ、と言う者もいて、彼らにとってそれは一種高級な遊園地であり、我々はそこで日々の心配事を忘れ、さまざまな刺激から成る世界を愉しむ。もし私たちの町で窓が割れたら、私たちはあわてて修理に取りかかり、元に戻るまで落着かない。だがもうひとつの町では、ガラスが割れた模様が模倣されたその技巧を我々は愉しむのであり、居間の絨毯に転がったガラスの破片を感嘆の念で指さすのだ。

そうした議論は子供だましにすぎない、とまたある者たちは説く。町の真価は、彼らに言わせれば、私たちに私たち自身の町をより鮮明に、あるいは完全に見せてくれるところにある。家庭や金銭の心配事に気をとられるあまり、私たちは日々の暮らしの中、現に自分たちの周りにあるものをろくに見もせず、言ってみれば見えない町に住んでいるようなものである。もうひとつの町、見える町へ行けば注意力が喚起され、いろんなものをしっかり見なければという思いに私たちは駆られる。私たちがその細部をじっくり見なければ、それらは存在すらしなくなってしまうという気になってくる。こうして、もうひとつの町は、物事のより十全な、あるいはより真の把握へと私たちを導いてくれる。真剣な関心事から私たちの気をそらすよう意図された子供っぽい気晴らしどころか、幼年期の単純さを離れて、豊かな大人の理解へと移行するのに欠かせない段階だというのだ。

私としては、どちらの説にも一理あると思うが、ほかにもまだ違う目的をもうひとつの町は果たしていると思う。私たちの町に正確に似ようと努めているものの、実のところもうひとつの町は、自分の町ではありえない自由を私たちに与えてくれる。よその家にも意のままに侵入できて、禁じられた境界を越え、見慣れぬ階段をのぼり、秘密の部屋に足を踏み入れることができるのだ。私たちの町では閉ざされているものすべてがそこでは開かれていて、隠されているものすべてが見える。こうした制限の破壊、拡張の感覚、胸躍る解放感、私の見解ではこれこそがもうひとつの町の真の目的である。いかにも静謐《せいひつ》なうわべとは裏腹に、それは私たちを、危険な、犯罪的な快楽の世界に誘っている。

もうひとつの町を説明したい、もうひとつの町に存在理由を与えたいと欲する私たちの思いには、現実的な意味も伴っている。というのも、もうひとつの町は私たちの町の労働者によって維持され、費用は私たちの税金から出ている。もうひとつの町がなくなったら、私たちの生活はいわく説明しがたい意味で物足りぬものになってしまうだろう、と私たちの大半は考えているものの、こんな馬鹿げた事業はやめてしまえ、という意見は跡を絶たない。もうひとつの町などまったく不要だ、という声もくり返し聞かれる。私たちにはすでにひとつ町があるではないか、と論は展開される。二つめの、一つめにそっくりの町などまったく余計であり、ほとんど不条理と言ってもいいほどだ。しかもそこには誰も住んでおらず、人々をもっと有益な営みから引き離す訪問以外何にも使われていないではないか。こうした批判は、たちまち純粋に物質次元の批判に変わっていく。すなわち、もうひとつの町は土地と金の甚だしい浪費である、と。物質次元の議論にはたいてい、いまある家々を売りに出せ、新しい住宅や低層アパートを建てよ、高齢者センターを作れ、等々の提案が含まれる。要するに、万人の利益になるような形でもうひとつの町を活用せよ、というわけだ。

このような考えは、もうひとつの町を道徳的見地から批判する、小人数ながら攻撃的な集団によって積極的に擁護されている。それがもたらす愉しみなるものは、唾棄すべき、頽廃した代物だと彼らは訴える。結局のところ、隣人の生活を覗き見し、私有地に侵入し、私たちの町の法を損ねる愉しみを、どんな意味で擁護できるというのか？　これら道徳家はとりわけ、家庭への侵入、中でも彼ら自身の家庭への、特に夜遅くの侵入に異を唱える。夜遅くには、訪問者は警備員から借りた懐中電灯を使って、明かりの点いていない部屋を探索することを許されているのだ。訪問者たちは、つまり私たちは、秘密の、性的な事柄に、あらゆるたぐいの隠された物事に不健全な関心を抱いていると非難される。実際私たちは、さまざまな徴《しるし》を見つけ解釈することにいまやずいぶんと長けている——黒いハーフスリップ、皺くちゃのベッドの横の小さな絨毯によじれて転がったジーンズ、キッチンの壁に飛び散った赤ワイン。

だが道徳家たちはそこでとどまりはしない。彼らはさらに、もうひとつの町は子供たちに淫らな行動を奨励すると非難する。最近起きたある事件が、彼らの怒りに火をつけることになった。九歳から十二歳の、子供六人の集団が、私たちの町で、ウォレン・ストリートのある家の中を、持ち主が留守にしている最中にうろつき回っているところを見つかったのである。高価なテーブルがナイフで傷つけられ、寝室の壁に男性性器の絵がインクで殴り描きされていた。子供たちを堕落させるという糾弾に対してもうひとつの町を擁護する者たちは、この手の事件はきわめて例外的であり、責任はむしろ、私たちの町ともうひとつの町との区別をはっきり言い聞かせない親たちにあるのであって、いずれにせよもうひとつの町が廃止されたとしても子供の反抗が消えはしない、と反論する。私の見解では、そうした擁護はすべて誤りである。そういった擁護の存在自体が、それらが否定しようとする非難に正当性を与えてしまうからだ。それよりも、憂鬱混じりの忍耐強さでもってただ聞き流している方がずっといい。時おりゆっくりうなずいて、あたかも煙が漂ってきたかのようにわずかに眉をひそめていればいいのだ。

もうひとつの町をありとあらゆる形で論難する連中に加えて、二つめの町という発想自体は支持するが、複製に対するグロテスクな妄執はよろしくないと唱える人々もいる。もうひとつの町を訪問に値する場にしているのはまさに差違なのだ、と彼らは強調する。現状では差違が微妙すぎる、もっとはっきり誇張すべきだ、とすら言う者もいる。幻想的な住居や、雪花石膏《せっかせっこう》や黄金で出来た街路、地下の夢の公園、この世ならぬ塔などを彼らは提唱する。逆に、現在の食い違いでもすでに十分はっきりしていて十分豊富であり、これ以上食い違わせてしまったら子供っぽく粗野に見えてしまうはずだと主張する者たちもいる。

こうしたかまびすしい議論や厳しい批判は、私たちの歴史につきまとってきたが、ひとつの点だけは依然として確かである。すなわち、もうひとつの町がそこにあるという事実。批判する者たちに対してすら、いやむしろそうした者たちに対して特に、もうひとつの町は倦むことなく魔力を及ぼしつづける。徒歩あるいは車で、週に一度は、私たちは北の森を抜けてもうひとつの町に出かけていく。そこは私たちの町とひどくよく似た町であり、一瞬私たちは混乱に襲われるが、やがてここがどこなのかを私たちは思い出す。それからぶらぶらと裏庭を横切り、これまで気づいていなかった細部に目を向け、ごく一部の差違を除いて私たちの町の街路とまったく同じ街路を歩き、新しい「止まれ」の標識がもう立ったかどうかを確かめ、不倫の噂について探索しに隣人の家に入っていったり――クロックラジオの上から垂れているネクタイ、コードバンのローファーの上に掛かった青いブラ――複製官が椅子を並べ直しドアを開けカップを流しに置くのを眺めたりするのである。

時に、日々の暮らしのあわただしさゆえ、思うようにもうひとつの町を訪ねていけないことが私たちにはある。そんなとき、落着かぬ思い、不安な気分、一種生理的な不幸の感覚が私たちを襲う。当面の仕事――芝刈り機を操る、車のトランクから食料品を持ち上げる――の手を休めて私たちは耳を澄ます。私たちの町よりずっと静かなはずのもうひとつの町が、ぶーんといううなりを、メロディを発している気がして、懸命に耳を傾けるのだ。そんなとき、もう潮時であることを私たちは知る。内なる命令ににわかに従って、私たちはさっとあたりを見回し、腕時計を確かめ、訪問に出かけていく。

実際、もうひとつの町の引力はかくも強く、町民の中には、そこで可能なかぎり長い時間を過ごせるよう生活を組み立てている者もいる。こうした狂信者は、すべての屋根裏や地下室に入り込み、木を一本一本、茂みを一つ一つ吟味し、食い違いや上出来の模倣を入念に点検する。家に帰ると、彼らはつねに話題をもうひとつの町に持っていこうとする。あるいは一人で、何かを待っているかのように、そわそわ落着かなげに座っている。だから、彼らの真の存在場所はあっちの方、北の森の向こうにあると言うこともできよう。目の前に立ちはだかる私たちの町は、彼らには夢か幻のように見えているにちがいない。

時おり誰かが、もうひとつの町に住みつこうと企てることすらあるが、これは法律で禁じられている。特にティーンエイジャーが午前零時の閉町時間後に隠れたりすることが多いが、つい昨年には、ともに四十代の夫婦が、午前三時、サガモア・ロードにある家のベッドルームにいるところを警備員に発見された。再犯の場合には入町禁止の罰が科されるが、これはたいてい厳しすぎると判断されて地域奉仕活動に減刑されるのが普通である。「ザ・リバー」と名乗るティーンエイジャーの女の子のグループは、もうひとつの森にくり返し隠れたため、とうとう、もうひとつの町への入町を一年間禁じられた。みんな反省した様子で、町であれこれの奉仕活動を務め、たがいの家に静かに集まって、暑い夏の晩には玄関ポーチに座ってラジオを聞き、煙草の灰を宙に落とし、冷たい水の粒をきらきら光らせている冷えたジュース壜を鎖骨に押しつけていた。ある夜、彼女たち七人は、もうひとつの町のローレンゾ家の暗い居間で逮捕された。何と彼女たちは、毎晩毎晩、北の森から禁じられた世界へと通じるトンネルを辛抱強く掘っていたのだった。警備員に発見される何週間も前から、禁じられた世界で秘密の会合を開いていたのである。

狂信者でない私たち、人生をあるがままに受け入れる一般町民たる私たちは、もうひとつの町がつねにそこにあって、私たちの訪問を待っているとわかっているだけで満足だ。実際、私たちにはそれが好ましいのであり、永久に向こう側に行ってしまいたいなどと欲したりはしない。そんなことをして何になる？　私たちの生活はここに、私たちの町にあるのだ。ここで私たちは働き、結婚し、子供を育て、死ぬ。もうひとつの町は、本性からして、ここではない町なのだ。私たちがそこに移り住んだら、その瞬間それはその本性を失うだろう。わざわざ考えにまとめなくとも、私たちは体の奥で理解している。もうひとつの町の魅力は、まさにそれが「あっち」にあることに存する。そして私たちはもうひとつ別のことを、それほどはっきりではないが、理解している。もうひとつの町は、私たちがそこへ入っていくとき、突如私たちの町に「あっち」性、「ここではない」性を投げかけるのであり、それを私たちは、いささか混乱しながらも快く思うのだ。私たちはあたかも、もうひとつの町に行かないことには、私たちの町が森の向こう側にあるのを想像しないことには私たちの町を実感できず、私たちの町について知ることもできないかのようなのだ。ゆえに、もうひとつの町を訪ねるとき私たちは私たちの町から逃れているのではなく、むしろやっと私たちの町に入ってゆくのだと一部の人々が言うのは、結局のところ正しいのかもしれない。

だがこれらは難解な問いであり、私たちとしてはそれらを、そうした事柄について考える才を持った人々に任せておくことで不満はない。私たちとしては、それぞれの町がそこにあって、それぞれ独自のやり方で自らを私たちに与えてくれているとわかっていれば十分だ。なぜなら私たちの町も――時にはもうひとつの町に入ったときにしかそれを意識できないけれども――やはり私たちの注意を惹くのだから。この意味で、私たちの町は、もうひとつの町が私たちの町に依存しているのと同程度に、もうひとつの町を必要としているとも言えよう。あるいは、二つの町が一緒になってもうひとつ別の町、三つめの町を形成しているのかもしれず、この三つめの町においてこそ私たちは真に生きているのかもしれない。

だが私はまたも、森の中で高い木々の陰に迷い込んでしまった人のような気分だ。径《みち》からそれない方がずっといい。私はそう思う。なぜなら、二つの町のあいだの径にあって人は、どちらの方向に出るのも自由なのだから。突然の裏庭に出て、草一本一本、だらんと垂れたタンポポ一輪一輪が炎のように我が身をさらし、明るい青の如雨露《じょうろ》が古い裏手ポーチの下の塗りかけの格子戸の前に置いてあり、格子戸から棘のある枝や日を浴びた葉叢《はむら》が飛び出しているのを目の当たりにするか、――それとも、反対方向、森の私たちの町の側のピクニックエリアに出て、茶色い小川、長い鎖の垂れたブランコ、塗装していない木のテーブル、それらのひとつの上にあざやかに赤い紙コップの横に転がった葉巻ほども長い松ぼっくりを目にするか。どちらの方向にもそれなりのよさがあるが、さらに三つめの方向がある。私はこれが一番好きだ。すなわち、径の真ん中でしばし立ち止まって、首を両方に回してみるのだ。ナラとマツの太い枝ごしにゆらめいて見えるもう一つの町の方に、そして、森によってほとんど隠されているがそれでもまだ少し見え隠れしている私たちの町の方に。そうやってそこに立って両方向を見ている私が、いったいどこにいるのか、誰に言えよう？　だがそれもつかのまのこと、やがて私は先へ行くのだ。

# 塔

多くの世代を経るにつれて塔はますます高くなっていき、ある日とうとう天の床を貫いた。歓喜の叫びが上がり、酒瓶がひっくり返されシンバルが鳴りひびくなか、何人かの思慮深げな声も聞かれた。そう、この出来事はずっと前から予期されていたのであり、種々の困難を伴っていることもあらかじめ認識されていたのである。

たとえば、疑いなくもっとも人目を惹く、もっとも見事な達成たる、塔の驚くべき高さ自体、悩みの種でもあった。下の平地に住む者たちは、短い一生のあいだではとうてい頂まで登れない。都市の住人であれ周りの田園の住人であれ、登りを開始するだけで精一杯であり、終点に近づくことなどおよそ望めない。あとはもう、いまいる所にとどまって、上からの報せが届くのをもどかしい思いで待つしかない。塔に居を構えた者たちにしたところで、天への到達を保証されたわけでは毛頭なかった。もう齢をとりすぎて登れない者も大勢いたし、住んでいる場所が頂から遠すぎる者もいれば、まだ元気で距離的には到達可能でも、当初の熱意を失って、難儀な登りを放棄してしまう者もいた。究極の目的地にたどり着けそうなのは、ごく一握りの、献身的な巡礼の徒のみであることがじき明らかになった。むろんそれに加えて、塔の最終段階を完成させた職人の一団もいる。事実、天の領域へ真っ先に入ったのも彼ら職人たちである。だが職人は奴隷にすぎない。親方から教え込まれて、焼き固めた煉瓦を瀝青《れきせい》の上塗りの上に何段も積み重ねることはできるが、それ以外は何の教育もない、迷信にこりかたまった、当てにならぬ輩どもである。彼らの報告が納得の行くものでなかったのも当然である。何しろその言葉は、職人から職人へと口頭で伝えられたものであり、時には遠くから叫んだり、あるいはなかば酔っ払った召使いが伝達したりで、真っ赤な嘘とさして変わらぬ代物であった。ある種の明るさ、輝き、まばゆい白さといった話を平地に住む人々は聞かされたが、最初の到達者たちが要するに何を見たのかはいっこうにはっきりしなかったし、そもそも何かを見たのかどうかもよくわからなかった。その中に、エメラルドと黄金を敷きつめた街路の存在を伝えた報告があり、これは熱狂と不信の混じった思いで迎えられた。

その長大な建設期間中、塔は万人の生活において共有される唯一の大きな事実であったから、塔を登るという問題も人々はほぼ当初から話しあっていた。何世代か経って、塔がある高さに達した時点で、ここまでですら一生かけても上がれる者はいないということが計算上証明された。そこでいくつかの家族は決断した。一人の息子とその花嫁を選んで、考えられぬほど高いがいまだ完成していない塔をできるだけ高い所まで登り、高さを好む町民たちのために建てられはじめた共同住宅に居を構えるよう命じたのである。この新しい住処《すみか》で息子夫婦は子を儲け、いつの日か子供たちがその上を登りはじめる。こうすれば、ひとつの家系が幾世代にもわたり、入念に統制された段階を重ねて塔を登りつづけることができるのだ。

だがこの登り方は、想定外の第二の問題を生み出した。平地の民が塔を登っていくにつれて、彼らが下の世界と取り結ぶ関係が、次第に明確さを失っていったのである。ある時点以降、自分の存命中に平地に帰るのはもはや不可能であることを登る者たちは悟った。そうした人々は——そして彼らは大勢いた——地にも天にも属さぬ中間領域に位置していたのであり、そういう場にあって人は天地両方の楽しみを失ったと考えてしまいがちである。この問題に対するひとつの解決法は、つねにより高くなりつつある塔の、比較的低い部分に留まるというものだった。平地へ降りていくにはもう高すぎるが、平地をめぐる報せがまずまずの時間内で届くくらい平地に残った人々との距離も近く、一方それよりずっと遠いとはいえ天からの報告もいずれは降りてくるあたり、というわけだ。この解決策の問題点は、登る者が頂から離れれば離れるほど上からの情報の信頼度が落ちることだった。このため、上からの報告に近づこうと精一杯高くまで登る中間領域滞在者も多かったが、これはこれで、高度が増すのに比例して下からの報告が当てにならなくなるという難があった。

塔の頂に達するという問題から予想外の困難や混乱が生じたのに並行して、長い建造作業中、純粋に技術的な問題がいくつも生じた。最初の計画では、螺旋状の傾斜路を塔の外側に巡らせ、焼いた煉瓦や瀝青の入ったバケツを作業員たちが列を成して運んでいくことになっていた。ところが、千フィートという、これまでいかなる塔が達した高さよりも三倍高い所に至ってみると、当初の計算ではこれほど巨大な構造物にどれだけの重量負担がかかるかが十分予想されていなかったことが明らかになった。したがって、基部の大きさを当初案のほぼ四倍に広げる必要が生じ、この作業ゆえに、都市のかなりの部分が破壊されることになった。こうしていわば第二の塔が第一の塔の周りに、千フィートの高さまで作られた。千フィートからはひとつの塔がさらに昇りつづけ、元来外側に一つだけあった運搬路が、いまでは内側の傾斜路となって続いていた。塔には円環の経路が内外二つ出来たわけで、その両方が労働者たちに使われた。塔がさらに高くなっていくにつれて、彼らは外側傾斜路から内側へ、内側傾斜路から外側へと作業を進め、その過程で内側傾斜路に、貯蔵と休憩のための小さな窪みを残していった。

塔がさらに高くなっていくなか、労働者たちは新たな問題に行きあたった。新しい煉瓦を、刻々高くなっていく塔の頂にどうやって運んでいくか？　何しろまだこのごく初期段階から、煉瓦職人の工房の窯《かま》から塔の上の縁まで届けるために、職人二人が、頑丈な車輪の付いた荷車に煉瓦を載せ、ゆるやかな傾斜路を何日もぐるぐる引いていったのである。この問題は、運搬工と呼ばれる特別の職人を、千フィートの間隔で分けた各層に割りあてることで解決された。それぞれの層から運搬工は上の層の運搬工に煉瓦を届け、この運搬工が次の……運搬工は必然的に塔に永住することを余儀なくされるため、彼らは貯蔵・休憩空間を原始的な住居に拡張し、これらがのちに手を加えられて共同住宅に発展し、塔のもっとも顕著な特徴のひとつとなった。

運搬工がひとたび妻子を連れて塔に住みはじめると、永住という発想が次第に定着していった。第二世代の終わりごろ、塔がすでにまばゆい青空の中へ消えていく高さに達し、深い水に突き入れられて震え、ゆらめき、まったく消えてしまう長い棹の先と似たような存在になったころ、信心深さで知られるシナルの王が、雲高くに宮廷を作るよう労働者たちに命じた。王はそこで断食と祈りの余生を過ごす意向であった。空の宮廷の準備が整うと、四十歳の王は宮殿を去り、女王、王子たち、占い師、側室、廷臣、従者、楽師たちを引き連れて塔の内側傾斜路を進む長い登りを開始した。新しい住居にたどり着いたとき王はすでに老人で、女王はとうの昔に他界し、王子たちも厳めしい中年となっていたが、内側傾斜路の両側にのびている大きな広間や豪勢な寝室に王は住みはじめたのだった。

空の宮廷をめぐる報せは急速に広まった。商人の一家、さらには熟練工まで、塔内に住居を手に入れるのが流行になっていった。寺院や宮殿の屋根よりはるか高く、犠牲《いけにえ》の火の煙よりも高く、豊かな青い夏の午後に井戸から水を汲んでくる女たちの夢よりもなお高いと言われる高さ。このようにして、平地の都市は、大いなる塔の中に吸い込まれていった。のちに〈消滅〉と呼ばれた事態が起きたのは、信心深い王が示した範が一因であったが、天を目ざす巨大な塔の下で暮らすのは大きな圧迫感を伴うものだったことも一因である。何しろ塔の投げる影は、男が一か月歩きつづけてもまだ渡りきれぬ長さであったし、また塔は、遠くから見ても依然、いまにも殴打を加えんと持ち上げられた腕のようにそびえていたのである。都市の住居は少しずつ放棄され、街路から人気《ひとけ》がとだえ、庭は荒れはてた。貧しい者らは塔の巨大な基部に寄りかかったグラグラの小屋に集った。しばらくすると、廃墟となった都市には、雑草はびこる街路をさまよう野生の羊と痩せた牛、井戸に棲む蛙、見捨てられた寺院や住居に居ついた蛇や蠍《サソリ》しかいなくなった。

ところが、塔が都市を呑み込むや否や、誰一人予想しようもなかった新しい欲求が湧き起こった。都市が栄えていたころ、塔について真剣に考察していた者たち（僧侶、王室の人々、官僚、主だった律法学者）ですら、この小さな、だが重大な結果をもたらす変化を予測していなかった。すなわち、神秘と魔力のゆるやかな喪失。鷲の飛翔よりもっと高くそびえる輝かしい建造物は、年月が経つにつれて、ほんの少し見慣れたものに堕してしまったのである。結局のところこの塔は、誰もが物心ついたころからずっと存在してきた。たしかに日々ますます高くなってはいるが、その中にいる人間にはつねに同じ大きさであったし、実は周囲の田園にとどまった少数の者にとっても同じことだった。何しろ頂での仕事は、地に縛られた者の目にはとうてい届かない不可視の領域で行なわれていたのだ。と同時に、塔がいつの日か天に届くと信じて疑わぬ人々のあいだでも、初期に抱いたような、あっというまにほとんど奇跡のように到達するものという期待はとうの昔に捨てられていた。したがって、天に向かっての上昇を、ある意味で塔の不変の要素と誰もが見るようになったのも、また無理からぬことであった。完成というのはよその塔の話、夢の塔、おとぎ噺《ばなし》に出てくる塔の話であって、いずれにせよずっと先の話であるから、一握りの狂信者以外は自分に直接関係あることとは考えなかった。こうして、塔居住者たちの心の中に、平地への郷愁が生まれていった。市場での叫び声、庇《ひさし》を突き抜けて杏《アンズ》やイチジクの山に差す陽の光、中庭の日なたと日蔭、水漆喰を塗った寺院、棗《ナツメ》の葉蔭が広がる町外れの菜園を人々は懐かしんだ。やがて塔居住者たちの多くが下降を開始し、塔の蔭で暮らすかつての暮らしに戻って、荒れはてた家を建て直し、都市の壁の外に菜園を作り、市場の露店の周りに日々集った。

かくして、塔が完成した時点では、ほぼすべての層にわたって、原始的な洞窟から赤、黒、瑠璃《るり》色の狩猟場面を描いた豪奢な大広間に至るまでさまざまな住居に相当数の人々が住んでおり、その下ではひところの無人化と荒廃もすでに忘れられて都市が栄えていた。塔が完成したとの報せによって、即座の変化がいくつも生じた。生涯ずっと、自分たちの住む場のただなかにある、いつまでも完成しない塔についてろくに考えたこともなかった都市の住民たちが、にわかに新たな神秘の塔を、未知の塔を、ただ一度の胸ときめく飛躍によって古い塔から現われた別の塔を見上げるようになった。塔フィーバーが人々を包んだ。突然生じた、上へ上へとなびく興奮に促されるまま、人々は頂に着く望みもないのに不可能な登りを開始した。一方、すでに塔に住んでいた人々は報せを聞いて動揺し、ただちに最後の登りに取りかかった者もいれば、ずっと下の方に住む人々はもっと高くへ行かねばとやはり登りはじめたが、健康上・精神上の虚弱さゆえに住居にとどまる人々もいて、彼らはあたかも天井が破裂するのではと怖れるかのように落着かなげに何度も目を上げながら、戻ってくる旅人たちの報告を待った。

そして旅人たちは戻ってきた。旅をしない者たちには、かつ旅をしてきた本人たちにとっても、万事いささか戸惑う話であった。たしかに、塔が上昇を続けていた日々にも、天に恒久的に住むということを語った者は一人もいなかった。とはいえ、上の世界で新しい生活を送るという展望はひとつの約束としてつねに光り輝いていたのであり、特に幾世代かを経て上の方まで登りおおせ、天到達の報せを待ち受けていた家族にとってはなおさらであった。そしていま、道がにわかに拓けたにもかかわらず、定住を希望する者は皆無に近いことが判明した。大勢の人々が天になだれ込んだものの、大半は数日、もしくは数年滞在したのちに帰っていき、例外はその白い、地図も作られていない空間に迷い込んでしまったと思しき一握りの失踪者たちのみだった。帰ると決める数多い理由のうち、特に二つの理由が、上からの報せを首を長くして待っていた人たちの印象に残った。まず第一に、あらゆる経験を考慮し、仔細に検討してみると、結局のところ上の世界は、それまで思わされていたものとは何となく違っていた、という事実。明るい、目がくらむほどまばゆい、といった多くの報告は、それなりに胸躍るものではあれ、要するに物がないということ、見たり触ったりできるものが欠けているということにも思え、それ自体驚異だとしても、いささか疲れる話でもある。天使だのサファイアの門だの金の街路だのを見てきたと称する人々でさえ、あるいはひたすら明るさのみを目にして言いようもない幸福感に満たされた人々までも、じきに、何か言い定めがたい、しかし間違いようのない意味で、天は生きた者たちが永住するには適さぬ場だと感じるようになったのである。

第二の理由は多くの者を驚かせた。猛然と天に飛び込んでいった人々は、ごくぼんやりとではあれ、先祖たちが伝説の平地に置き去りにしてきたはずの生のイメージを、自分がいまだ抱え込んでいるのを思い知ることとなった。つまり、この上なく熱烈な巡礼者の心の中にすら、反対の圧力、下へ引っぱる力がひそんでいて、おぼろげに記憶された場、起源の地へと彼らを引き寄せたのである。

こうして、塔の完成後、塔の中核の周りを回る内側傾斜路に、双方向の動きが生じた。ひとつは、頂に到達したい、あるいは子供たちかその子供たちが頂に到達できるくらい高い層に行きつきたいと希求する人々の上向きの動き。そして、すでに頂に到達し、早く下の平地に降りたいと願う人々、途中まで登っていったものの見慣れた世界を想う気持ちに突如駆られた人々の下向きの動き。

だが、二つあわさって垂直方向の生を構成したこれらの動きは、三つ目の動きにいくぶん打ち消されることとなった。次の世代の登りに備えるために住居を構えていた塔居住者の多くはすでにあまりに老い、疲れ、周囲の生活に気を奪われていて、上向きであれ下向きであれ変化を望まなくなっていた。かくして、内側傾斜路で生じていた上下の移住に加えて、あらゆる層の内側傾斜路の両側に広がる、一方では塔の中核にまで達しもう一方は外縁までのびている多くの住居で、水平的な生活が栄えたのだった。水平派の人々は子供を育て、たがいに訪問しあい、はるか下の都市のそれとさして変わらぬ共同生活を営んだ。金物職人、金《きん》細工師、革職人、機織《はたお》り師、筬《おさ》職人が工房を作り、商売は繁盛した。共同住宅の住人たちは共有の小さな菜園や羊舎《ようしゃ》を作り、はるか遠くの平地から届く穀物や果物の足しにした。あわただしい日常生活の中、ごくたまに誰かが、頭上高くの、ありえない高さの、はるか天までのびている伝説の建造物のことを思い出し、しばし黙り込むのだった。

垂直、水平、二つの生き方は塔内で別々に進められたが、旅人たちが上下に通り過ぎていく、内側傾斜路にじかに接した住居のアーチ型戸口において両者は交わることとなった。そこの住人たちが、腹を空かせた旅人に安価な食事を供するようになり、旅人たちは大鍋に入ったスープや、粘土の窯で焼けている酵母を使わぬパンに惹かれて、上へ下へと向かう足をしばし休めたのである。木の看板に記された割増額を払えば、葦の筵《むしろ》、毛の敷物、藁《わら》蒲団などが敷かれた部屋で、山羊の毛の毛布をかぶって眠ることもできる。時おり、長旅に飽いた旅人が、共同住宅での平穏の誘惑に屈してそこに留まり、水平世界の一員となった。反面、頂を目指したり平地へ降りていったりする旅人たちの間断ない動きに刺激された居住者が、上なり下なりに向かう流れに加わることも時にあった。だが全般には、二つの生き方は大いなる塔の中で同等に対立し、あたかもこの双方向の力が、建造物が崩れず保たれるために不可欠な圧力構造の一部となっているかのように思えた。

塔は極端に高いため、つねに視界から消えつつあり、大半の場合不可視である。したがってその永久性、耐久力に関する噂が生じるのは避けられないことであった。住宅の壁にひびが生じ、外壁の明るい色に艶出しした煉瓦の塊が剝がれて外側傾斜路に落ち、時おりそこを転がって旅人の肝を潰し、上方では強い風が吹くと塔はしばしば横に揺れ、住民たちのあいだに恐慌のさざ波を引き起こし、一方、下の平地に住む者たちは顔を上げ、視界の果てのすぐ先で世界がひとつ丸ごと崩れかけているのを見たように思った。やがて労働者の一団が外側傾斜路にやって来てひびを修復し、壊れた煉瓦を取り替え、レバノンの山から届いた頑丈なスギの梁《はり》を内側傾斜路に施すことで塔を随所補強した。下の平地でも、扶壁《バットレス》の先駆的システム――これはこれで建築上の大偉業である――に支柱がさらに多数加えられ、これらの支柱は街路のはるか上、寺院や宮殿の上、川や市場の上に広がり、都市の要塞壁も越えて遠くの田園にまで達した。

一方、天の報せは依然上の方からじわじわ降りてきて、平地の報せは漂うように上がってきたから、それらは時おり混ざりあい、中身が混乱した。人々は塔の頂まで登って緑の野原や羊の群れの世界に入っていく夢や、目もくらむまぶしさの大地へ降りていく夢を見はじめた。下向きの郷愁と上向きの渇望がかように渦巻くなか、奇妙なセクトが現われた。登る者たちの迷妄を彼らは嘲笑し、天は下にあると唱え、天とは曲がりくねった街路、果物が山と積まれた市場の屋台、中庭に木造の回廊が巡らされた二階家から成る驚異の場だと主張した。だがこれとて、当時多くの人々に共有された勘違いの極端な例にすぎない。実際に行ってきた者たちによる天の報告は、多くの場合説得力を欠いたり、うさん臭く響いたりしたのに対し、塔を一度も出たことのない人々は好き勝手に派手な細部をつけ加え、あまつさえ、自ら行なった旅まで捏造しはじめた。物語を語る者たちにとって――その多くは自分の話を本気で信じるようになっていた——天とはつねに官能的な愉楽の場であり、大いなる門がエメラルドやサファイア、緑柱石《りょくちゅうせき》や緑玉髄《りょくぎょくずい》、トパーズや碧玉《へきぎょく》に覆われた都市であり、中に入れば銀と金の塔がいくつもそびえている場所だった。報告された天は視覚的に思い描きにくいし、塔の下方まで降りてきたころにはどのみちなかば夢と化していたのに対し、空想の天はもっとずっと真に迫っていた。入念な想像、捏造、歪曲、真実が混じりあい、ある者は自分の目で見てみたいという欲望を喚起されたが、また一部の者の胸にはある種の疲れ、精神的な重さを喚び起こし、その結果彼らは垂直生活の辛さを捨て、水平生活の穏やかで実質的な悦びが一番だという思いに達した。

　塔のより深刻な欠陥をめぐる噂が生じたのもこのころであった。ひび、落ちた煉瓦、さらには横揺れですら、すべての建造物に共通するありきたりで表層的な徴候にすぎない。だが噂によれば、塔は何しろすさまじい高さに達しているので、並の建物とは別次元の実体を獲得しており、ゆえに日常世界の建築には未知の圧力や負荷にさらされている。隠れた欠陥として、塔の上から下までずっと一本の線というか亀裂というか、それが内側のどこかに走っているというささやきが広まった。その線自体を指差せる者は一人もいなかったが、じっくり耳を澄ませば、塔のずっと奥の方から、市場の向こうの波止場に停泊している多くの船が立てるような軋みが聞こえてくると言われた。

　平地の住民たちは天に何を期待したのか？　神秘を解明したいと思った者もいれば、死を——あたかも肉体を天に持っていけばもはや死ぬことは求められないとでも思っているかのように——出し抜きたいと望んだ者もいたし、またある人々は大いなる冒険に加わることを願い、土の中に埋められた者との再会を夢見る人、辛く悲しい人生を送った末に幸福というものを味わってみたいと欲する人もいた。これらすべての期待を、天が直接裏切ったわけではない。とはいえ実際の天は、大方の人々がいまだ希望を持っていた時代に待ち望んだものとはどうも違っていた。あの白い輝きは、いったいどう捉えればいいのか？　僧侶たちがえんえん議論したひとつの問題は、旅人たちによって目撃された天はかならずしも真の天ではないのではないかという点だった。一部の僧侶が主張するところ、天は五感によっては把握不可能であって、肉体の邪魔が入らぬ精神によってのみ知りうる。この説によるなら、輝くいくつもの塔を目で見て、地上ではありえぬ調べの合唱を耳にした巡礼者たちも、非地上的にして非物質的な場の体験を歪めてしまう感覚器官にだまされたにすぎない。

そうした議論のさなかに、塔それ自体に疑問が呈されたことも驚くにあたるまい。不穏なささやきが聞こえてきた。大いなる塔が実は存在しないというのは本当か？　結局のところ、どこに立とうとも塔は視界から消えつづけるのであり、その全貌を見た者は一人もいない。目に見える一握りの煉瓦を除けば、全体が噂、渇望、夢、旅人の語る物語の寄せ集めでしかない。そんなものは記憶よりもっと危うい。塔とは途方もない不在、空高くそびえる無、宙に向かって掘られた穴である。あたかも塔の見える部分一つひとつが、見えない部分があらゆる方向から加えてくるすさまじい圧力の下で融解しはじめているかのようだった。

じきに、塔が完成したときに生きていた人々がみな不帰の客となり、完成した塔のない世界を知らない世代があとに残った。もうひとつの塔——上昇を続ける塔、つねに高くなり変化する捉え得ない塔——は風聞の、伝説の領域に退いていった。そしていま、新しい塔こそが日常生活の一部となった。不動の塔、完成に固まった塔、これはこれで壮麗さがないわけではないが、いまだ達成されざる物たちが持つくっきりした神秘がそこには欠けていた。旅人たちは依然、目もくらむほどの輝かしさをめぐる物語を携えて帰ってきたが、天への登りももはやそれほどすごいこととは思えなくなった。大地への下降となると、平凡な旅行程度、塔の住民の多くが時おり行なう引越し程度に成り下がった。

　こうして、塔居住者たちのあいだに無気力が広がっていった。精神の気だるさに、つかのまの興奮が時おりさし挟まれるが、それもまたすぐに鎮まってしまう。昔の方がよかった、塔が完成して天が届くようになる前の方がよかった、と人々は口にしはじめた。あの当時、平地に住む人たちは、明るく青い友好的な空をぐんぐん昇っていく塔を見上げながら、つねに悦ばしい期待、輝かしい希望の中で生きていたのだと彼らは言った。

　だがいまや、その空を覆う影が降り立ったように思えた。あるいはそれは心を覆う影であって、目に見えるものまでそれが暗くしてしまっているのかもしれない。人々は未知のもの、見えないものの快楽を求めてよそに目を向けるようになった。それは予兆の時代であり、恐ろしい預言、何の成果も生まない狂おしい策略の時代だった。熱情が魂の中を走り抜け、病のように魂を荒らしていった。翼のある男が一児の母の耳に何事かをささやき、母は息子を絞め殺した。空を飛ぶ秘技を身につけたと称する青年が外側傾斜路から飛んで死んだ。ある日、平地居住者の一団が、塔はその重い存在でもって我々を潰していると唱えて突然塔から逃げることを決断した。彼らはテントと杖を携え田園を旅して抜け、砂漠へ出ていった。故郷から何か月も離れ、牛に螺旋状にねじれた角《つの》があり石が言葉を喋れる見知らぬ地を、疲れた体で彼らはさまよったが、顔を上げると、依然塔がはるか遠く、けたたましい笑い声のように永久に空へ昇りつづけるのが見えた。

またある者たちは、逃げても無駄だと退け、新しい仕事が必要だ、塔それ自体と同じくらいすべてを使い尽くす任務が必要だと訴えた。こうして、第二の塔という発想が生まれた――逆向きの塔、下向きに地獄を目指す塔。人々は愕然とした。どうしていままで思いつかなかったのか？　帰らざる地、死の住処。考えただけで胸は不思議な、甘美な戦慄に満たされた。誰もがにわかに、闇の領域をさまよいたい、朧《おぼろ》な人影が憑かれた瞳とすれ違う地下世界へ行きたいと焦がれるようになった。高い住宅に住む裕福な女性が「冥界パーティ」を開き、陰気な幽霊や青白い死体に扮した客たちがやって来た。ほの暗い石油ランプが侘しい薄明かりを投げた。一人の、悲しげな目をした美貌の若い女性は、過ぎ去るものすべての象徴として、己の肉体のみを身につけていた。そんななか、一人の建築家とその助手三名が新しい塔の設計図を作成し、委員会に承認され、労働者たちが何組も、古い塔の基部の内側を掘りにかかった。ほぼ二百フィートまで掘り進んだところで関心が揺らぎはじめ、人々の興奮はよそへ向けられ、計画は永久に放棄された。

疲れと落着かなさ、にわかに生まれてはふたたび無気力へと堕していく渇望とが支配するなか、塔自体はしばしば放置された。住宅の壁の煉瓦のあちこちに古いひびがまた現われ、内側傾斜路は窪みだらけになり、外壁の艶出しされた煉瓦は艶を失い雨風によって著しく損なわれた。外側傾斜路にはゴミの山が積もった。塔の維持が仕事の労働者たちは、あたかも大気が濃くなったかのようにのろのろ重たげに動いているように見え、時おり腰を下ろしては頭を壁にもたせて目を閉じた。労働者たちはみんな死んでしまって、螺旋の傾斜路を漂っているのは彼らの悲しい幽霊にすぎないという噂が広まった。一番真ん中の方にある住宅の居住者たちは頻繁に眠気を覚え、井戸に落ちる子供のごとく不意に眠り込んだ。そしてまた唐突に目を覚まし、ギョッとした目であたりを見回す。下の都市で一人の女の子が、自分が壺から水を注いでいる夢を見た。注いでいるうちに水は血に変わった。塔の中、船が軋る音はだんだん大きくなっていった。

ある午後、水漆喰を塗った壁のかたわらの通りで遊んでいた男の子が空を見上げ、動かなくなった。いきなり男の子は駆け出した。都市の別の場所で、井戸から水を汲んでいた女性が目を上げた。把手がくるくる周り、バケツが落ちていった。塔の上の方で、内側傾斜路にいた一人の巡礼者が片手を壁にのばして体を支えた。高い方にある住宅の一室の食卓でイチジクを盛った鉢が横滑りを始めた。地上では扶壁《バットレス》のひとつに一列に並んだ雀たちが羽根をはばたかせ、敷物をばさっと振ったような音を立てて飛び立った。葡萄酒の杯が床を転がって壁にぶつかった。穀物の袋のかたわらに置かれた荷車が宙を舞って落ちていった。遠くの方で羊飼いが群れから目を離して空を見上げ、首をうしろに倒し、手で目の上にひさしを作った。

# 異端の歴史

# ここ歴史協会で

ここ歴史協会で私たちは過去を弛《たゆ》まず追求している。勤務時間は火曜日から土曜日の八時半から五時半までと、日曜日の十二時から五時までだが、私たちの多くが夜も、しばしば深夜までここにいる姿が見受けられ、公式には休日である月曜日についてもむろん同様である。何しろつねに分類しラベルを貼るべき新しい人工物があり、検討すべき事実、作成すべき報告書、推進すべきプロジェクトがあるのだ。勤務時間は長いけれども、誰一人不平を言わないし、そもそもそうした私たちの労働は、決して止むことのない内なる献身が外に表われた、いわば印のようなものにすぎない。自宅で家族に囲まれているときも、何か未完了の案件のことを私たちは考えているし、カエデの木が並ぶ街路を夕食後にそぞろ歩くときも、明日の会議の前に考慮すべき連絡事項を思い起こし、この上なく親密な抱擁の最中にも、ほんの一瞬、私たちが目を通すのを待っている新しい報告書を頭に描き、眠っているさなかにすら、壁が割れる、塔が倒れるといった情景に私たちの脳は侵され、目を覚ますとともにそれが、館内展示品の下にある影深い貯蔵室の、梱包を解かれてもいない木箱の山が悪夢的に変容した幻像であることを認識するのだ。万事考えあわせると、ここ歴史協会で私たちは決して仕事をやめないと言ってよいと思う。

したがって、最近生じたいくつかの変化が、過去に対する私たちの愛情を疑わしくするものではないか、などと誰であれ示唆するのは誤解を招く物言いであるし、こう言ってよければ無責任も甚だしい。過去は私たちの情熱であり人生なのだ。過去こそ私たちの存在理由である。ここ歴史協会で、この組織の創立者たちと同じ建物で仕事をしていることを私たちは誇らしく思う。由緒あるオールド・メインストリートの、芝広場《ザ・グリーン》に建つ町庁舎の真向かいにある、樹齢二百年のスズカケノキが蔭を作ってくれている私たちの白い板張りの建物は、一八六七年に個人邸宅として建てられ、六年後、新設された歴史協会が使用すべく町によって購入された。中央に切り立つ破風《はふ》と、一面の壁の端から端まで広がる蔦に覆われた煙突のある私たちの棲家《すみか》は、元の住居の基本的な形を保持しつつ、二つの大きな改造の恩恵を受けている。すなわち、一八九九年に二部屋が後方に増設され、一九四五年から四六年にかけては美しい南ウィングが建てられて、現在はここに学術図書館と、大規模な文書庫が入っているのである。深刻なスペース難にもかかわらず――着実に増えていく一方の所蔵品を入れる余地はほとんどない――もっと広い、もっと現代的な建物に移りたいという欲求に私たちは抗っている。何しろ表側の窓からは、オールド・メインストリートの向かいに建つ十八世紀築の町庁舎と、独立戦争の戦死者たちを祀った記念碑が見えるのだ。両者が建つ芝広場は十七世紀に遡り、その一隅に置かれた大きな花崗岩には、一六四八年、と町の設立年を記した銅板が嵌《は》め込まれている。二階の陳列室のひとつには、一六四六―四七年にインディアン相手に戦われ、広大な土地（現在の町のノースエンド）

がセトーカス・インディアンから割譲される結果をもたらした戦《いくさ》に使われたマスケット銃がある。このインディアンたちが作った、時には十五世紀まで遡る手彫りの燧石《すいせき》製矢じりや石英製の道具も、隣の部屋に置かれたプレキシグラスのケースの中に陳列されている。

これらの陳列物は、ここ歴史協会では一級の重要性を有している。怪しげな目的を推進するために私たちがそれらを利用しているのでは、などというのは悪意に満ちた馬鹿げた疑義である。来館者の大半は、まさにこういう陳列品に惹かれて訪れるのである。先生に引率された小学校の生徒たち、自分の町の歴史にそこそこ関心を抱いている住民、メインストリートが提供するささやかな愉しみも味わい尽くして一、二時間の暇を抱えた町外からの訪問者、手をつないでビーチパーティか裏庭のバーベキューパーティに歩いていく途中に立ち寄った若いカップル。だからと言って、私たちの貴重な学術図書館の重要性を貶めるつもりはまったくない。図書館は町のあらゆる時代の歴史を扱った蔵書を四千冊以上有し、直線に並べれば一五〇メートル以上に及ぶ資料（証書、法律文書）が収められ、手書き原稿も多く所蔵し、写真、マイクロフィルム、地図、家系図、墓地記録、転入者名簿、軍人年金登録簿などを幅広く収集している。また、徒歩ツアー、子供向けワークショップ、未就学児工作教室、成人向け講演シリーズ等々、私たちと町との関係においてきわめて重要な部分を成すいくつもの活動を軽んずる気も私にはない。だがそうはいっても、私たちが来館者の方々と一番直接繋がれるのは、やはりまずは陳列品を通してである。ある意味で来館者たちは、いかに混乱していて曖昧な思いではあれ、共通の過去という感覚を求めて私たちの導きを仰いでいる。ポルトガル、イタリア、スロヴァキアから来た人々の血を引く、この町におけるルーツとしては十九世紀中葉より前まで遡ることはめったにない住民たちでさえ、しばしば私たちが陳列する十八世紀の磁器製ディナープレートに描かれた絵を覗き込んだり、ピューリタンの衣類の陳列を興味深げに眺めていたりする。所蔵品の中には、長年の人気を誇る陳列物も少なくないが――セトーカスの矢じりと石器、独立戦争の人工物（鋳鉄《ちゅうてつ》の八インチ野砲、大砲三門など）、十七世紀の客間――テーマに従って幅広く入れ替える一時展示品も豊富にあって、これらも見学者の数は多い。「ヴィクトリア・エドワード朝の人形の衣装」、「セトーカスの村」、「十八世紀の農具」、「ピューリタンの校舎」、「一八九五年のメインストリート」、「鉄道の到来」。

展示品は多様で豊富であるとはいえ、展示されている人工物は、一連の地下室に貯蔵された品々のごく一部を占めるにすぎない。一般には公開されない、丹念に目録に記載された、きわめて多彩なコレクションが地下に収められている。およそ二万点に及ぶ事物の中には、電報用のキー、乗馬鞭、立体幻灯機のガラス製スライド、ゼンマイ式ブリキ製玩具、スギ材バター攪拌機、ヴィクトリア朝のドールハウス、チューリップ型のガラスに収まった真鍮製ライター、喇叭銃《らっぱじゅう》、フィルコ社製ラジオ、南北戦争の軍服、カシ材の水汲みバケツ、蠟管付きエジソン社製蓄音機、紡ぎ車、張骨《はりぼね》スカート、ニッケルの縁飾りが付いたマホガニーの折り畳み式カメラなどがある。この膨大な、つねに増加している人工物コレクションの中から展示品を選ぶわけだが、このコレクション自体、私たちの過去から偶然に救出された事物のほんの一部分でしかなく、せいぜい代表としての価値を有するのみとも言えよう。同じことがほかのさまざまなコレクションについても言える。過ぎ去ったものすべてを垣間見ようと、手紙、日記、写真、そしてあらゆる種類の公文書を私たちは蓄積する。私たちの所有する過去の証拠が断片的で不完全であることを承知し、不完全なものがみなそうであるように危険に不正確であることも認識するがゆえ、いっそう多くの資料を収集するよう私たちは駆り立てられるが、その一方で、過去の有する十全性と精緻さにはおよそ近づきようもないことも恐ろしいほど明確に受けとめているのであり、この二重の認識が、私たちの歴史観が徐々に変化してきたこととも相まって、ここ歴史協会での際立った新しい展開へと繋がっていったのである。

変化がじかに見てとれるのは、この二年間に行なわれた一連の新しい展示である。どの展示も激しい批判にさらされてきた。私たちを攻撃する、何でも反対したがる人々も、たまにはしばし難詰《なんきつ》を中断し、自分たちの見解が、歴史のプロセスをめぐる狭い、皮相的な、不十分な把握から生まれているのではないかと自問してみたらどうか。より伝統的な展示品に交じって並べられた新しい展示品としては、たとえば大きなガラスケースに入った棚四つに収められた、入念にラベルを貼った紙屑（棒付き飴のセロファン、キャンディの包み紙の切れ端、アイスキャンディやアーモンドバーの紙切れ、ポテトチップの袋や煙草の箱のかけら、破れたストローの袋）、裏庭を上から撮った映像が八時間流れる映画（庭には芝生、タンポポ、ハコベ、クローバーが生え、左側からガレージの影がじわじわのびてきている）などがあり、町で最大のスーパーマーケットの通路で録音された会話の断片をランダムに聞けるオーディオブースも設けられている。こんな陳列は教育的でないしつまらないし、何より歴史的でない、と一部の人々は悪しざまに言う。この悪意は、歴史そのものをめぐる理解の変化に対して向けられたものだと私たちは考えている。

歴史とは過去の研究である。だが過去とは何か？　現在までに起きたことすべてである。そこでは遠い過去の方が優先されがちである。遠い過去は、時間によってというより、直接の感覚的知識が欠けているせいで私たちから隔てられているからだ。したがって、たとえば十七世紀の品であれば、商人の家庭で使われた鉢のごく小さなかけらであっても、消え去った世界の啓示をその中に含んでいるように感じられる。だがそのかけらは、真に歴史的に考えれば、昨日のティーカップ以上の重要性を持ちはしない。過去の過去性は、すべての人工物を等しく浸している。大聖堂、石斧の刃、シリアルの箱、バビロンの吊り庭――「過ぎたこと」の長い民主主義の中ですべては均《なら》される。遠い過去の一瞬においては、エジプトの櫛もピラミッドに劣らぬ歴史的意味を有しているのと同じに、あらゆる過去性の莫大な広がりにあってピラミッドはコカコーラの壜以上の歴史的意味を持ちはしない。歴史協会に勤務する私たちの仕事は、過去を階層化することではなく、過去を収集し保存することなのだ。

　このような、前千年期最後の数年間に私たちのあいだで受け入れられはじめた過去の見方は、現在に関しても新しい概念を生み出した。現在とは、目に見える形を帯びた過去だというのがここ歴史協会での私たちの見解である。目を閉じて、開けてみてほしい。その一瞬の闇の中で、世界全体が過去へと落ちていったのである。それは別の世界に取って代わられたのであり、その別の世界も、より新しい、より目に見える過去でしかない。視覚の研究によれば、見る行為とは過去をじかに見る営みにほかならない。なぜなら人間が何かを見るのは、まず光子の流れが網膜の光受容体に当たり、電気パルスに変換されて視覚神経上を進んでいき、視覚皮質にたどり着いたあとのことでしかないからだ。現在とはもっとも最近の過去である。それはまたもっとも完全な過去でもある。実際、ここ歴史協会で私たちはもはや「現在《プレゼント》」という語を使わず、代わりに「新過去《ザ・ニュー・パースト》」と言う。

未来でさえも、歴史的に見れば、いまだ明かされざる過去でしかない。それは暗い部屋の中、閉ざされたドアの向こうでひそかに形をなしつつあり、ドアはいまにも突然、ひたすら蓄積の重みに屈して開こうとしている。

私たちの目標は明らかだ。ここ歴史協会で、私たちは初めて、過去を完全に、その圧倒的な多様性すべて、光り輝く精緻な細部すべてを捉えるチャンスを迎えているのだ。十分な訓練を受けた私たちの研究員、副研究員たちが日々出かけていき、すでに歴史的記録の一部である世界を観察し、分類する。私たちの報告は、私たちの町のすべての〈止まれ〉標識、消火栓、電信柱、すべての屋根と煙突、すべての屋根裏のすべての隅にあるすべてのモノポリーの駒とバドミントンラケットとすべての蜘蛛、それらの測定値と形状記述とデジタル写真、そして可能な限り実物サンプルを含んでいる。すべてのスープスプーンとサトウカエデ、すべてのトランプの裏側の模様も私たちは取り込む。仕事を進めていくなか、完全性を求める私たちの欲求はいっそう募り、私たちが定める範疇はますます厳密になっていく。アシスタントがすべてのモミの木の針状葉《しんじょうよう》とすべての屋根板の雲母の小片の数を数え、別のアシスタントは電動芝刈り機の背後に舞い上がっては刈った芝の上に落ちていく葉の柄《がら》を研究する。私たちの町の台所での皿や銀器の音、柵や標識の影の正確な向きを私たちは記録する。陽の縞を帯びた玄関ポーチに転がった朝刊に巻かれた青い輪ゴムの曲がり具合を私たちは調査する。

これだけの規模の企てとなれば、批判は回避することも無視することもできない。一部の人々はさも独善的に、私たちは「本物」の過去から――インディアンの作った斧の刃、ピューリタンの生活道具、独立戦争の砲弾から――離れるべきではない、でなければ誰が歴史協会を訪れたいと思うか、と説く。そういう批判に対して私たちは答える。あなたが探している過去は錯覚ですよ、すべての事物を待つ運命からランダムにもぎ取った一握りの幻像から成る夢にすぎません、と。周りを見回してほしい、私たちの町の街路を。何が見えるだろう？　見えるのは、どこまでも生々しく生きている、十全に把握できる唯一の過去だ。歴史とはなくなった証拠の仔細な記録にほかならない――失われた都市の、割られた彫像の、破壊された図書館の。「いま」だけが私たちの知りうる唯一の過去なのだ。

そして私たちの過去は拡張しつづけている。一九九八年、町の創立三五〇周年を記念して刊行された公史はそれぞれ四六四ページ、四三二ページの二巻本であった。二〇〇〇年からは補遺《ほい》版シリーズの刊行も始まり、これは数年で二十四巻に及び、二〇〇五年に第二期シリーズがオンラインで開始され、紙版に換算すれば五百巻以上に達する情報を収めている。ある歴史的期間の記録として、これ以上詳細なものはどこにもない。私たちの調査員にとって、調査に値せぬほど些細なものは何ひとつない。それどころか、「些細なもの」こそが比類なく豊かな研究対象であることがいまや明らかになっている。ここではすべての引出しの取っ手、ジャーの蓋、鍋蓋のつまみが、すべての髪のウェーブ具合、シャツの織り方が考察される。スニーカーの靴底に広がる線の形も記録するし、タンポポの綿毛が茎から離れて宙を舞うその軌跡も追う。これが〈新過去〉の厳密にして多様なる資料であり、未来の世代の人々はこれらを綿密に研究する一方、〈旧過去〉のガラクタが詰め込まれた一連の箱に苛立たしげな一瞥を与えることだろう。

そしていまも、人工物は続々入ってくる。何たる発見、日常的なものの何たる宝庫！　冷蔵庫マグネット、屋根板、クラッカー箱、〈クルー〉ゲーム盤、マウスパッド、ホッケーのスティック、マフィン焼き器、小型ストーブ、柵用の杭、夜間灯、ZIPディスク、芝生用スプリンクラー、磁器製仔猫、カエデの葉、木製アイスクリームスプーン。私たちはすでに敷地の裏手に別棟を建てた。床から天井まで細長い引出しが何列も並び、深い地下室もあって、一連の地下展示室とコンピュータ化された研究施設の計画も進行中である。

ある新聞コラムニストが、軽快とは言いかねる機知を込めて言うには、私たちが望んでいるのは、私たちの町を丸ごと、店も街角も、屋根裏も裏庭も、送電線もペーパークリップもすべて協会の館内に取り込むことだという。このコラムニストが見逃しているのは、私たちの町が日々消えつつあるということ、シュメールのごとく遠い過去へと飛び去りつつあるということだ。私たちはただ、それが完全に消えてしまう前に、できるだけ目に見えるものにしておきたいだけなのだ。

最近私たちは、過去に対する私たちの愛は生からの逃避だ、人工物の世界への逃避だという批判を浴びている。若者に多いそうした批判者たちが何より激しく非難するのが、〈新過去〉に対する私たちの見方である。生きた、満ちあふれる世界をそれは博物館に変えてしまう、と彼らは言う。それに対して私たちは反論する。たいていの人は世界の中を歩きながらも、一握りの漠然とした印象――木、犬、いい家――を心にとどめるにすぎぬが、私たちの厳密かつ情熱的な調査員たちは世界の細部を増殖させ世界の存在を増加させるのだ、と。「朝日団」と名のるある若者集団は、私たちの調査員の現地調査を妨害し、私たちの建物にも二度侵入して、同時代展示ケースを叩き壊し、おそらくは誤って、セトーカスの首長の持ち物であった陶製パイプに損傷を与えた。彼らが思い至らないのは、オレンジのTシャツ、黄色い記章で飾った黒い上着、鼻刺青、首輪という格好で激しい行動に走り、妙に古風な観念を抱えている彼ら自身、やはり歴史的記録の一部なのだという事実である。

　かくして、ここ歴史協会で私たちは仕事を続ける。セトーカスのカヌーや十九世紀の縄編み場も細心の注意をもって陳列するし、図書室に収めるべく町の創設期の文書、インディアン戦争に関する歴史書、農場や工場の生産記録も購入を継続するけれども、私たちの心は〈新過去〉によって何より深く揺さぶられる——開け放たれ陽がさんさんと注ぎ込むガレージに置かれた缶に垂れた赤いペンキに、白い板張りの家の壁めがけて投げられその壁に青っぽい影が見えもするゴムボールの描く弧に、濡れて光る自動車のボディに向けられたホースの水の中で震えている薄暗い虹に。もうひとつの過去、ぼんやりとぼけた数世紀を突き抜けて世界の黒い始源まで広がっている過去については、私たちは推量しかできない。だが〈新過去〉は希望を与えてくれる。それはほぼまったく褪せていない豊かさで私たちの前に立っている。それは完全なる精緻さを約束して私たちを誘惑する。けれども、私たちがそれを記録するさなか、それに触れようと手をのばすさなかにも、それが私たちの目の前で溶解していくのを、すでにそれの代わりに現われた次の過去をつかのまあらわにするのを私たちは目にする。なぜなら私たちはもはやそこにない世界の中を歩いているのだ、実は昨日でしかない明日に向かって。見よ！　あの四つ角の郵便箱はいにしえのジッグラト（古代メソポタミアのピラミッド形寺院）だ。次の角を曲がればそこはアレクサンドリア。ひとたび〈新過去〉を受け容れれば、この上なく仔細な、敬意を込めた注意を向けるに値せぬものは何ひとつない。己の義務から逸脱してしまっていると私たちを非難する者たちは、いつの午後でもいい、どこの歩道でもいい、自分らが私たちの百分の一でも見ているか、己に問うてみるがいい。私たちにとって、雑草の生えた道端の一角に転がったセロファンの切れ端に当たる陽ざしの方が、ローマの歴史よりも雄弁に語っている。ここ歴史協会で、私たちはそういうふうに物事を見ているのだ。

# 流行の変化

露出の時代の次に隠蔽の時代が訪れた。袖が肱の先を下って流れて手首できつく閉じ、裾は足首まで垂れて、ネックラインは鎖骨の上まで上がった。若い女性たちは当初この新しい流行に抗い、侘しい日曜の午後に見る退屈なアルバムの古い写真みたいだと文句を言ったが、やがてそれに屈し熱狂とともに受け容れた。高校の廊下の床を撫でる、磨き込んだブーツの爪先をなまめかしく垣間見せるワンピースを着るのがいまやお洒落となり、モールを連《つる》んでそぞろ歩く女の子たちは髪をネッカチーフで覆い、ラムスキンとイタリアンレザーの手袋はどんどん長くなっていってやがて肱を越え二の腕の真ん中あたりまで達した。カラーがじわじわ高くなっていく向こうで首は姿を消し、帽子のつばはいっそう広くなって顔を影に包んだ。それはあたかも、半世紀にわたる無謀な露出が続いた末に、疲れた気分が、引っ込みたいという思いが、男の露骨な凝視を誘わないといけないという義務に白けた気持ちが女たちに訪れたかのようだった。あらゆるスカートの襞《ひだ》、すべてのブラウスのボタンに、隠れたいと願う新たな欲求が感じられた。

生地をますますたくさん使うファッションが、売れ線の雑誌のページ上で顔をそむけ目を伏せてポーズをとる新しいモデルたちに端を発し、中流階級の主婦や娘にまで広がっていくなか、東海岸・西海岸の両方で新進デザイナーたちの集団が現われて注目を集めた。みな若く、傲慢で、つい昨日までの過去を蔑む者たちだった。これらクリエイターの中でもっとも大胆かつ秘密めかしていたのは、デザインした服に署名として小さな金文字Hを入れて血のように赤い丸で囲んだデザイナーだった。この人物は写真に撮られることも拒んで、皮肉かハッタリか、ギリシャ神話の神よろしくハイペリオンと名のった。

この時点では、裾長のスタイルとはいっても、まだ女性の体にぴったり貼りついていた。肉体から離れて、高尚なる創意の領域へと果敢な飛躍を遂げたのがこのハイペリオンである。いまや伝説となっているファッションショーで、ヴィクトリア朝のクリノリンの一変型である、弾力性のある鋼《はがね》でフープを作って肩の高さまで上げたファッションをハイペリオンは復活させ、観衆にショックを与えた。これによって女性はいまや、肩から床まで垂れた、鋼に支えられたシルクやビロードの半球《ヘミスフィア》状のさざ波に隠れて街を歩けるようになった。この「ヘミドレス」は一部のファッション評論家から、その不格好さ、醜さ、レトロ＝キッチュ的な冗談ぽさ、世を嘲るような雰囲気などを酷評されたが、逆にそこに肉体の専制からの解放の表現を見てとる評者もいた。このショー以前、女性ファッションの歴史とは、身体のある部分から別の部分へ注目の対象が移動する過程にほかならなかった。ハイペリオンはたったひとつのデザインでもって、女性の体の形への長年の依存からファッションを解き放ったのである。

次に、不評に終わった「幾何学期」がつかのま生じ、ピラミッドドレス、八角形ドレスなどが登場したが、これに続いて、いっさいの対称性を退けた「フリースタイル」が生まれた。いまや女たちは、ふわふわと浮動する、生地にそれ自体の本質を探求させること、その秘密の欲求を満たさせることを何より優先しているように思えるデザインでわが身を飾り立てた。肩と腰から飛び出した部分がビロードとサテンのアラベスク模様を舞い上がらせる、何とも不穏なドレスが現われた。シルクの裏地の裳《も》すそが折り返され首のあたりで止められて、恍惚とゆらめく一種の羽毛を形成する、ほとんど攻撃的に裾の長いドレス。水平ドレス。錯乱の生む夢にも似たドレス。人跡未踏のジャングルの奥で咲き乱れる熱病の花のごときドレス。雷雲、吹雪、燃えさかる炎などに見えるよう特別に開発された合成繊維のドレス。あたかもドレスというものが退屈に襲われ、不可能な欲望に見舞われたかのような有様だった。過去の極端なファッションは、エリザベス期の鯨ひげのペチコート、一八七〇年代の馬毛の腰当て《バスル》など、つねに女性の身体のどこか一部分を強調し、誇張するものであったが、これら新しい形たちは肉体をまったく無視していて、と同時に、何か内なる気分を、忘れられた夢を、埋もれた感情の領域を表現しているように思われた。特にティーンエイジャーの女の子はハイペリオン流フリースタイルに飛びつき、秘密と露出というその二重の快楽を味わった。これからはもう、他人の視線から護ってくれる何層ものコスチュームの奥に深く深く沈み込んでいけるばかりか、くねくねと流れる川のような布地のおかげで、禁断の欲望を解き放つことも可能になったのである。

一方、女性の顔については、初期のハイペリオン・ファッションではドレスの上にためらい気味に浮かんでいたが、次第にこれも、新たなデザインの中に吸収されていった。槍形の布地を組みあわせた花びら襟《ペタルカラー》が髪の生えぎわまで上がってきた。ネックバンドの名で知られるカラフルな襟巻が顎の上まで届くようになった。凝った頭覆いが流れるように胴着《ボディス》まで垂れた。それ以上に目を見張らされるのが、ドレスの表面上での展開だった。布の襞々の中からさまざまな新しい形が飛び出し、大聖堂の隅で水を吐く怪獣像《ガーゴイル》のように、いわば二次生長が独自の生を営んでいる観があった。

ハイペリオン・フリースタイルは女性の身体の露出を拒むことが何より目を惹いたわけだが、評論家たちはすぐに、隠すファッションにも独自のエロティシズムがあることを指摘した。腹部をさらす、ぴっちりのセーターを乳首が押している、といった旧式の直接で単純な挑発に代わって、間接的なやり方、擬装、漠然としたほのめかしが多用された新しいスタイルにあっては想像力が異様なまでに刺激される、と人々は論じた。あり余る生地の渦の下に隠れた肉体が、戯れるごとくに、時として近よりがたく横たわり、発見を誘っている。あるファッションライターはフリースタイルのドレスを、中世の騎士が暗い森を抜け、人食い鬼が見張りに立つ遠い城の塔に囚われた姫の許へ向かうなかで直面する一連の障害になぞらえた。そうした困難の感覚、誘惑的な妨げの暗示をいっそう増幅したのが、新たに生じた空間のおかげで可能となった下着の凝りようだった。巨大なスカートの下で、レースに縁どられたラズベリー色のシフォンと黒いオーガンジーのペチコート、サイドスリットが入った紅のシルクのハーフスリップ、ふち飾りのついたストレッチサテンとドットメッシュのシュミーズが花園のように咲き乱れた。一年前はTバックやVストリングを嬉々として身につけていたティーンエイジャーの女の子たちが、過剰下着のファッションでも先頭に立ち、隠された派手な色の層――日光の黄色、朱色《バーミリオン》、アイスブルー――を誰が一番多く着ているかをめぐって高校の洗面所でコンテストを催した。だがこのように、新たな深みをたたえた隠蔽に注意が喚起されたことで、ベールに包まれた身体そのものにも注意が喚起されるようになったということは措くとしても、そもそも何人かが指摘したとおり、いまや女体《にょたい》が完全に覆われたと言うのは正確ではない。ネックバンドとハイカラーの向こう、顔の一部分はいまだに見えていて、それゆえ体の見えない部分を見る者に想起させ、それらの部分は否応なしに想像力の許へ呼び寄せられたからである。加えて、ハイペリオン・フリースタイルのドレスを着た女たちがあちこち動き回ればドレスは震え、揺れ、時おり隠れた腕や脚が生地の一部分を押すのが見えたりもする。見えないものに刺激され、知らざるものに鞭打たれて、性的な妄想はいっそう烈しい、かつ逸脱したものになっていく。新しい服は本質的に逆説を孕《はら》んでいるのだ。女が視界から隠されているときほど裸であるときはない、などという論が口にされた。

実際、この新しいスタイルのひとつの特徴は、激しい情熱をかき立てたいと思うものの自分の肉体は不適格だと考え、さらには醜いとまで考える女性たちにアピールするという点だった。ハイペリオン・ドレスの下、夢の縁で震えているように思える生地の誘惑に包まれた下の闇にあって、しっかり護られた肉体が自分の望むどんな形にもなれるという確信に女性は浸れるのだった。

ファッションとは退屈の、落着かなさの一表現である。一流のデザイナーはその退屈の烈しさを理解していて、その猛威をしばし鎮める新しい場を提供する。ハイペリオン・フリードレスが国際的な雑誌の見開き写真に登場し、ポスターキャンペーンが大々的にくり広げられるさなかにも、ハイペリオンは次のステップを用意していた。人々が待ちに待った春／夏コレクションにおいて、彼は衣裳の、女体からの最終的解放を宣言した。新しいドレスは、胴着を上に引きのばして、顔も頭もすっぽり覆うものにすることで、隠したいという衝動を完全に満たす。いまやハイペリオン・ドレスは着る者を完全に包み込み、口、鼻、目のためのスリットが巧みに設けられていた。新たなドレスの上部は、またたくまにそれ自身の生を獲得していった。それは頭の存在を断固否定しているように思えた。ドレスという観念を上方に拡張し、着る者の背丈より上の空間まで取り込むことによって、鎖骨と頭皮のあいだの空間を、単なる移行のためのつなぎ部分として扱おうとしているように思えた。一方、目と鼻の開口部はそれまで、隠された顔に注意を喚起し、ドレスを一種の仮面に変えてしまいかねない恐れがあったが、いまやこれも廃されて、代わりに、一方向だけから見える不透明の生地が用いられるようになった。隠された、新しいスタイルの空間に徐々に消えていきつつあった女性は、とうとう不可視になったのである。

この「エンクロージャー・ドレス」を評論家たちは歓迎したが、そのメリットについては意見が分かれた。これは視覚的侵入に対する女性の身体の究極的防御だと論じる者もいれば、身体への屈辱的依存から衣服がついに解放されたという事態を見る者もいた。あるファッションライターは、「消えた女性」と自ら呼ぶものを称賛し、エンクロージャー・ドレスを、十八世紀のブードワール、いわゆる閨房《けいぼう》の発達になぞらえた。女が自分自身になれる場、男性の支配から安全に逃れられる場というわけだ。もう一人、ライバルのジャーナリストは、女とその欲望を無視して、衣服の新美学なるものをもっぱら論じ、人間の姿を追放する大胆さを獲得したあとの風景画と同じ発展の自由を衣服がついに勝ちとったのだと唱えた。

そして事実、ここから過剰の時期、過度の充足の時期が始まった。顔を追放したことで、それまでのコレクションにまだかろうじて残っていた抑制が取り払われたように思えた。ハイペリオンから霊感を受けて、ドレスは朦朧とした渇望に包まれ、突然の啓示と寂寥《せきりょう》に浸り、望みなき冒険に没入していった。落着かず、飽き足らず、ドレスたちはあらゆる方向に広がっていった。いくつかの例では部屋の大きさをも越え、裏庭、公園といった広い野外空間で着用する以外なかった。下半分の巨大な深みゆえに、ドレスはあれこれ下世話な憶測を招いた。それらの覆いの下、裸の女たちが若い恋人と草の上で狂ったように交わるのだなどと噂された。側面に小さな赤い扉がついたあるドレスは、あの扉はベッド、鏡、シェード付きランプのある部屋に通じていると言われた。またあるソフトウェア企業のCEOの妻のためにデザインされたドレスは、建物三階分の高さがあって、屋根付きの連絡通路によって家の裏手に繋がれていた。やたらと歴史的なパラレルを見出したがる著名ファッションジャーナリストは、こうした展開を、十八世紀後半に髪飾りの凝り方が狂気の域に達し、一メートル近い、お城のごとき髪が針金によって支えられていた時期に匹敵すると論じた。新しいドレスは着るのではなく、入るのである――あたかもドレスが、ファッションの構造的側面を、衣類が建築と重なりあう地点まで推し進めようとしているかのように。

こうした過剰さには、どこか自暴自棄なところがある。女性の身体から逃れたことで、衣裳の中にある種の疑念、強い不安が生じたかのように感じられた。ある夏の午後、北コネチカットの邸宅の庭でのパーティの最中、絢爛たるドレスたちに異様なまでの不動性が観察された。女たちは動かぬことを厳かに誓ったのだろうか？　斜面を成して湖まで繋がる芝生の上に並べられた動かぬ衣裳たちは、一種彫刻に似ていた。動かない女たちに退屈したのか興奮したのか、男四人が一人の女の前に立ち、喋りながらさんざん酒を飲んでいた。突然、男のうち二人が前にかがみ込み、重いドレスの縁を摑んで、思いきり持ち上げた。いくつもの声、喝采が上がった。ドレスの下にただひたすら芝そのものが広がっていることを彼らは発見した。

四人の男はほかのドレスにも飛んでいき、ぐいっとまくり上げ、叩いて倒し、指で裂きにかかったが、女たちは消えていた。その日あとになって、隣人の家の台所で、古いバスローブを着てお喋りに興じている彼女たちが発見された。

新しい流行にしばし火が点いた。女たちは巨大なドレスに身を包み、それからそっと、好きなことをやりに立ち去った。こうしてドレスもついに肉体から解放され、はじめからずっと目指していたものに、すなわち芸術作品に、美術館や個人に所蔵されるべき品になった。ドレスたちはしばしば広い居間にピアノやカウチと並んで飾られた。

だが衣類が女性の体から完全に分離したことで、新たな混乱が生じていた。女たちはもはや、どういうふうに服を着たらいいか、何を着たらいいか、わからなくなってしまったのである。高尚なる衣裳の完璧さと、それによって消し去られる運命である肉体の屈辱的不完全さとの耐えがたい隔たりへの自覚を表明するかのように、わざとだらしない服装をする者も多かった。まるで衣服という、より高等な生物が世界に挿入されたかのようだった。緊張が高まりつつあった。女たちが蜂起するという噂があちこちで聞かれた。自分たちを不要な存在に貶めたドレスたちを女たちは転覆させるつもりなのだ、と。そのような噂は、いかに馬鹿げていようと、何か新しいものに焦がれる思い、救済をもたらす飛躍を求める気持ちを表わしている。人々は新たな、ありえない衣服について飢えたように語った。身体の内部で着られるドレス、町まるごと一個分の大きさのドレス。エデンと同じ裸の暮らしを提唱する者たちもいた。新しいシーズンが近づくにつれて、何かが起きるほかないことは明らかだった。

この時点で、ハイペリオンは彼にとって唯一のインタビューを受けたのだった。このインタビューにおいて、己に名声をもたらした一連のファッションを彼は公に放棄し、誤った道に導いてしまったことを女たちに謝罪し、自分の名はベン・ハーシュフェルド、ブルックリン在住だと明かして、次のショーが済んだら引退すると宣言した。インタビューの内容を人々は微に入《い》り細に穿《うが》って分析し、宣伝行為だと非難し、悪ふざけのお芝居だと片付けた。その夜のニュースで、背の低い禿げかけた男が傘の下に立ち、小さな丸眼鏡をかけた目を落着かなげにパチクリさせながら、いかにも自分の名前はベンジャミン・ハーシュフェルドであり、いかにもブルックリンに住んでいるが、ファッションのことは何も知らない、服のことなど何ひとつ、まったく知らない、と答えていた。大衆は疑いの念とともに、辛抱強く、待った。

そしてその瞬間が訪れた。それは誰の予想とも違っていた。キャットウォークの上を、背の高い、クラシックなフィットの服に身を包んだモデルが歩いてきた――すらっと細いウェスト、たっぷりしたプリーツスカート。顔は完全に露出し、もう何年も目にされていなかった物憂げで傲慢な表情を見せていた。新しい、貧しくなったドレスは、ハイペリオンの名が体現していたすべてのものを退けていた。と同時に、解放されたドレスが広まったこの文化にあって、それは逆にラディカルな新しさを帯びていた。女たちはためらった。そこここで、誰かが大胆な挑戦の精神を発揮して新しいスタイルの服装でパーティに現われた。ある日、あたかも秘密の合意がなされたかのように、そのファッションはいたるところに広まっていた。以前の醜悪なドレスは屋根裏に行きつき、捨てられたドールハウスやスケートを探して階段をのぼって来た女の子が、何かが垂木の前にぬっと広がっているのを見て不安な思いでしばし立ちどまったが、やがてまた先へ進んでいくのだった。ディナーパーティや親族の集まりで、人々は泥酔した日のことを思い出すように、愉快げに、楽しい気まずさとともにかつてのスタイルを思い起こした。記憶の中でドレスたちはより生々しく、よりよそよそしくなり、やがては暗い森の空に舞い上がるまばゆい鳥のように、あるいは陽のあたる遠い町のようになっていった。

一方、新しいドレスは少しずつ短くなっては、また少しずつ長くなった。スラックスやブラウスはよりタイトに、よりルースになった。夏も終わり近いある午後、カエデの葉蔭と木漏れ日とに染められた歩道を、幼い娘と歩いていた一人の女性が、何かを思い出しそうな、ドレスについて何かを思い出しそうな気がしたが、結局その気持ちは消えてしまい、早くも紅葉しはじめた頭上の木の葉、青空の切れ端、芝を刈った匂い、陽のあたる屋根にくっきり黒々とのびた煙突の影の中に溶けていった。

# 映画の先駆者

すべての大発明の前には豊かな誤りの歴史がある。間違った道、角の曲がり損じ、行き止まり、枝分かれや逸脱、狂おしい踏み外しや譫妄《せんもう》のごとき彷徨——誤りそれ自体に啓示を期待する歴史家が、どうしてそれらに惹かれずにおられよう？　我々には先駆者の分類学が、あと一歩で成らなかったもののたちの美学が必要なのだ。映画という、一八九〇年代なかばに為されたあの不可避の発明の前、十九世紀は、生気と驚異に満ちた動きの錯覚をもたらす目覚ましい玩具、見世物、娯楽をあまた生み出した。この誘惑的な歴史は二つの系に分けることができる。一般に真なる系とされるものは、連なった描画をすばやく連続的に提示し、残像と呼ばれる視覚現象に基づいて動きの錯覚を生み出す（プラトーのフェナキストスコープ、ホーナーのゾーイトロープ、レノーのプラクシノスコープ）。偽なる系は、別種の視覚的誤謬《ごびゅう》を利用して動きの効果を作り出す（絵を描いた半透明のスクリーンに刻々変化する光を当てるダゲールのジオラマ、映写機を二台使って画像を重ねあわせる高度な幻灯機）。だがところどころで、そのように簡単には説明のつかない動画実験に我々は出会う。曖昧でうさん臭い、時には異端的ですらある道を辿るよう歴史家を誘う不透明な企てが、そこここに見受けられるのだ。この薄明かりの領域においてハーラン・クレーン（一八四四―八八？）の作品はその謎めいた生を生き、やがて忘却の淵に沈み、以後そこから二度と浮かび上がっていない。

ハーラン・クレーンはこれまで、二流の挿絵画家、発明家、天才、ペテン師と呼ばれてきた。すべてその通りとも言えようし、すべて間違っているとも言える。生涯最初の二十九年についてはほとんど何も知られていないため、あたかも三十歳の、背の高い、控え目な、フェルトのソフト帽をかぶり、メアシャムパイプをくわえた男として生まれてきたかのような印象を与える。彼がブルックリンのフルトンフェリー近辺の商業地域で生まれたことを我々は知っているし、後年本人がW・C・カーティスに語ったところによれば、子供のころの寝室の窓からは遠くにマンハッタンの教会の尖塔や波止場の建物が見えて、それがいつの日か自分が入っていくはずの絵の世界に思えたという。父親は紳士用服飾品店を経営し、日曜日は油絵具とイーゼルを持って田舎で過ごすことを好んだ。ハーランが十三か十四のとき一家は川向こうのマンハッタンに転居した。思春期についてはそれ以上何も知られていない。

一九五四年に発見された記録から、クレーンが二十代前半にクーパー・ユニオンと国立デザイン学院でドローイングを学んだことが判明している（一八六六―六八）。一八六九年、『ハーパーズ・ウィークリー』に初めて挿絵が数点採用されている（「焼きトウモロコシ売り」「道路清掃人」「バワリー劇場の消防自動車」「コエンティーズ停泊所《スリップ》での小麦粉積み卸《おろ》し」）。どの版画もおよそ型どおりで、その後に来《きた》るべきものの気配はまったく感じられない。むろん、元となったドローイング（消失）に、当時の粗野な木版では捉えられなかった微妙な線やトーンが含まれていた可能性もあるが、あいにく、急いで作られ雑に印刷された木版画以外は何も残っていない。友人たちの書簡を見ると、この時期クレーンが写真に興味を持ちはじめたことが窺える。一八七〇年か七一年の夏に、階段を何階分も上がったアトリエの壁際に細長いテーブルを据え、ここを一種の研究所として、絵の具の特性に関する実験を行なったことが知られている。またこの時期に、いくつか小さな発明にも手を染めた。機械的に心臓が脈打つ人形。ファンタズマトロープと名づけた、万華鏡を改造した、回転する筒の中に連続する色付きドローイングが入っていてたえまなく反復される動きの錯覚（青いボールを投げ上げてはキャッチする男の子、縄跳びをしている赤いワンピースの女の子）を生む機械。ヴィヴォグラフと呼んだ、十四のつまみとレバーの単純な操作によって、アマチュアでも毎回完璧な静物画が描ける機械。実のところヴィヴォグラフが生み出すドローイングは怒った子供の殴り描きに似ていたし、ファンタズマトロープはいちおう特許を取ったものの動きを見せたり隠したりに必要なシャッター機能に欠陥があったため商品化には至らず、人形の脈打つ心臓はどうしても突然死を遂げてしまった。おおよそこのころ油絵を始め、のちに「迫真派《ヴェリシミリスト》」を結成することになる画家数人と交際するようになった。一八七三年、明らかに写真の研究に影響された絵を描きはじめたことが知られている。この「フォトグラフィック・プリントシリーズ」は何も描かれていないカンバス数点から成り、描かれた情景がそこに徐々に浮かび上がってきたと言われる。三十歳になった時点でのハーラン・クレーンは、勤勉で凡庸な雑誌挿絵画家のキャリアに収まってしまったように見える。余暇には油絵を描き、鶏卵紙《けいらんし》に写真を印刷し、実験台で化学実験を行ないはするが、まずは落着かない、自分の人生をどうしたらいいかわからない人間という印象を与える。

クレーンが初めて注目を集めたのは、一八七四年、イーストリバー沿いの元倉庫で開かれた迫真派展に四点の絵画を出展したときである。リントン・バーギス、トマス・E・エイヴリー、ウォルター・ヘンリー・ハート、W・C・カーティス、オクテイヴィアス・ウォード、アーサー・ロムニー・ロープスらから成る迫真派は、写真の精緻さを讃え、夢じみた暗示的・象徴的効果をすべて退けた若い画家の集団である。この姿勢自体は何ら新しくはないが、彼らがほかの一連の写実派と違うのは、微小な細部に狂信的なまでに執着する点であった。迫真派のカンバスにあっては、刺繍を施したサテンの扇のチェーンステッチ一つひとつが見分けられるし、カポラル煙草の開いた包みに入った丸まった葉や、ひびが入り風雨にさらされた納屋の扉に斜めに打たれた釘から吊したトウモロコシの色あざやかな粒やヒゲも一つひとつ区別できる。そしてその極めつけは、あまりに細かいので拡大鏡なしでは見えない細部にあった。人々はレンズを通して、カーテンのベルベットの襞になかば隠れた小さな白い蜘蛛の脚や、陶製の皿の縁が作る影の中に転がっているパン屑などを発見した。自分の作品は虫眼鏡なしでは味わえないとアーサー・ロムニー・ロープスは主張し、アトリエを訪れる人々に無料でレンズを配った。迫真派は主として静物画を好んだが（燃えたマッチ三本――うち一本は折れている――の隣に転がったパイプと、活字までちゃんと読める折り畳まれた新聞、畳んだ五ドル札の束のかたわらにわずかに不規則に積まれた銀貨――これはとりわけ丹精に描かれている――の山と、トランプの札三枚の上に置かれた老眼鏡）、時おり肖像画や風景画にも挑み、紳士の髭や婦人のマフの毛一本一本、すべてのスズカケと樫の木の葉一枚一枚のすべての葉《よう》と葉脈をこの上なく精密に描いた。何紙かに載った展覧会評は、だまし絵的な効果には瞠目すべきものがあると讃える一方、芸術作品としては写真の悪しき影響によって損なわれてしまっているという意見が共通していた。が、ハーラン・クレーンの（もはや現存しない）四点は、それとは違った新しい形で評者たちの興味を惹き、また彼らを苛立たせもしたように思われる。

半ダースばかりの新聞評、リントン・バーギスが妹に宛てた手紙、数人の日記などから拾える一握りの記述を総合すると、多くの細部はいまだ不明とはいえ、四点がいかなる戸惑いを引き起こしたのか理解できる程度には絵の内容を再現することができる。

『蠅のいる静物画』は果物を盛った皿のある食卓を描いた、一見型どおりの絵だったと思われる。林檎三つ、黄色い梨一つ、赤い葡萄一房が、縁にレプッセー模様が施された青銅の皿に盛られ、その横に、ほっそりした女物の、一本の指先がわずかに丸まっているタンカラーの仔山羊革の手袋の片方があり、切手や消印がくっきり描かれた封筒数枚が転がっている。赤と緑の林檎のひとつの側面に、見事に精緻な蠅が止まっている。緑っぽくほのめく翅《はね》、腿節《たいせつ》・脛節《けいせつ》・跗節《ふせつ》まできっちり描き分けられ棘々しい毛もそれぞれ描き込まれた六本の脚、煉瓦の赤さを帯びた複眼等々の描写に我々はくり返し出会う。絹のように半透明の翅を通して黒飴色の腹部が見える本物そっくりの蠅が、すぐれた芸術的達成であることには見る者たちも合意したが、何人かの鑑賞者を戸惑わせたのは、その蠅が突然絵の具の中から飛び出して、五センチ離れた別の林檎に止まった瞬間であった。その飛翔全体、二分の一秒もかからなかったと言われる。二つの新聞はいっさいの動きを否定しているし、開館中に蠅が元の林檎に戻ったかどうかも不明だが、描かれた蠅が林檎から林檎へ移った動きは、その後の三週間で複数の鑑賞者によって目撃されているし、リントン・バーギスが妹エミリーに宛てた手紙では意味深長に「実に愛らしい飛行の幻影《シミュラクラム》」と記述されている。

『波』も海辺の風景を型どおりに描いた絵だったようで、おそらくは一八三七年秋にロングアイランド南岸へ短期間出かけた際のスケッチに基づいている。物憂い空の下、長い波の線が砂浜に打ち寄せて不揃いに砕けている。見る者たちの目を惹いたのは、ひとつの異様な効果であった。すなわち、波が砕け、浜を上っていって、引っ込む、それがはっきり見えるのだ。侘しい夕暮れの空の下、執拗に砕けつづける波の、不気味に音のない、生きた像。

三枚目の『ピグマリオン』は、ギリシャ人の衣装を着て鑿《のみ》を手にした彫刻家が驚愕の表情であとずさりしながら、美しい大理石像に見入っている姿を描いていた。鑑賞者たちの報告によれば、彫像は首をゆっくり回して、両の手首を動かし、大きく息をしてむき出しの胸を上下させたのち、やがて絵の具の不動性に戻っていったという。

『降霊会』には蠟燭が灯されただけの暗い部屋が描かれ、輪に並べた木の椅子に参加者八人と霊媒一人が座っていた。霊媒は厳めしい、重たい瞼の女性で、縁飾りの付いたショールで肩から肱を覆い、額には黒い毛が巻き鬚《ひげ》のように垂れていた。太い指には指輪がいくつも光っていた。鑑賞者が絵を眺めていると、八つの顔がじわじわ上を向き、室内の闇の中、霊媒の頭の上かうしろに漠とした輪郭が浮かんでいるのが見えた。

限られた形ではあれ、一八九〇年代なかばにエジソンとリュミエール兄弟によって完成される動きの錯覚を先取りしているとも思えるこうした強烈な効果を、我々はどう捉えるべきだろうか。三百点以上に及ぶ迫真派絵画のほかのどの作品にも見られないこのような動きは、いくつもの珍説を誘発することになった。まず、程なく「トリック絵」と呼ばれるようになったこれら四作が、照明を綿密に配置し動かす作業に依存しているという説。ダゲールが発明したかつてのジオラマや、あるいは近年の幻灯機で荷車が風景の中を動く（もっとも車輪が回ったりはしないが）のが見えるのと同じだというのだ。この説で説明できないのは、照明がどこに隠されているのか、なぜ誰も光の変化に言及していないのか、そして具体的にどうやって複雑な動きが作り出されたのかといった点である。また別の説は、絵のうしろにバネや歯車から成る装置が隠してあって、これが絵の一部を動かしているというものであった。こうした推論で、絵の表面に据えた機械仕掛けの蠅をある位置から別の位置に移動させることは説明できるかもしれないが、蠅は触ると滑らかだったという鑑賞者数人の証言が残っているし、いずれにせよ機械仕掛け説では、波が砕けては引いていくという現象や突如現われる幽霊のごとき影などは説明がつかない。たしかにダゲールは、ジオラマの後期バージョンにおいて、銀色のレース片を車輪に付けて回転させることによって水が動く幻影を生み出しはしたが、その効果は暗くした劇場で作られたのだし、しかも座席に座った観客と、絵を描いた幅二十メートル、高さ十五メートルの半透明スクリーンとのあいだには長い距離があった。明るい照明の灯った部屋で、鑑賞者の目から十五センチのところに掛かっていた小さなカンバスと同等に考えるのは無理がある。

映画史家にとってもう少し説得力を持つのは、クレーンがどこかに幻灯機（あるいは彼自身の発明になる何らかの映写機）を隠して操っていたのではないかという説である。連続したドローイングを矢継ぎ早に映し出せるよう改良した機材を用い、一枚のドローイングに一瞬光をあて、次の瞬間には次の一枚に光を移す、といった操作が行なわれたのではないか。あいにくいかなる光線に関する証言もなく、怪しい光がちらつくのを見たと言う者もいなかったし、目撃された動きが毎回まったく同じにくり返されたかどうかも知りようはない。

さらに、展覧会開催中、クレーン本人が新聞記者相手に奇怪な発言を行なったせいで話はいっそうややこしくなっている。すなわち彼は、アニメート・ペイントなる、個々の粒子が小さな運動能力を持つよう化学的に加工した絵の具を発明したと称したのである。未来のショーマンを彷彿とさせるこの主張を受けて、芸術振興協会に雇われた化学者たちがさまざまな実験に携わり、その年の終わりに、三流の絵画が並ぶ展覧会が協会主催で開かれた。来館者が絵から絵を見て回るなか、油絵の具が突如額縁に滴《したた》り落ち、あとには溶けて流れる大通り、グラグラ揺れるバイオリン奏者、液化してゆくプラムなどが残った。醜悪な話はそこで終わらない。一八七五年、ある玩具製造会社が、アニメート・ペイントと題した商品を発売した。平たい木箱には、明るい色の金属チューブのセット、ほっそりした筆半ダース、使用説明書、特殊加工を施した紙二十五枚が入っていた。友人に忠告されてクレーンは会社を訴え、裁判では負けたが、商品は回収された。アニメート・ペイントを購入した両親たちから、クロームイエローや深紅の一筆で描いた湖が突如それ自身の生命を帯び、紙から流れ出て、アイダーダウンの上掛け、英国製の敷物、磨き込んだマホガニーの食卓などにぽたぽた明るい色が垂れたという抗議が寄せられたのである。

四点のクレーン作品をめぐる論争の直接の結果として、まず彼が迫真派から追放されたという事実がある。写真を超える精緻さで世界をあらわにするのが迫真派の目的であって、クレーンの視覚的実験は運動の精神を損なうものだと見なされたのである。この追放が、より現実的な目的を果たしていたかと問うても許されよう――すなわち迫真派の人々は、一人だけ注目を集めすぎているメンバーを排除したかったのではないか。いずれにせよ、クレーンが世に問うた四点の絵画は、迫真派の目的を裏切るどころか、それを極限まで推し進めたものだと言うこともできよう。世界を「あらわにする」企てにおいて写真の上を行くことが派の目標だったとすれば、動きへの飛躍こそ、まさしく重要な前進ではないか？　型どおりの迫真派の波は、動きがないことによって本物の波を歪めている。クレーンの砕ける波こそ、絵の具の偽りの硬直から解放された、真の迫真派的波ではないか。

一八七四年の展覧会以降の、クレーンの人生三年間についてはほとんど何も知られていない。友人でありつづけた唯一の迫真派画家W・C・カーティスの証言から、クレーンが一日中フルトン魚市場の遠い屋根とイーストリバーにひしめくマストが見えるアトリエにこもり、誰にも作品を見せなかったことを我々は知っている。ある晩アトリエに立ち寄ったカーティスは、何も載っていないイーゼルと、壁に向けられた大きなカンバス数点を目にとめた。「私は思い知った」とカーティスは日記に綴っている。「クレーンの苦闘を目撃することを、私は許されていないのだと」。それが具体的にいかなる苦闘だったのか、我々には知る由もない。が、数こそ減ってきたものの、パッとしない木版画が『ハーパーズ・ウィークリー』のみならず『アップルトンズ・ジャーナル』など数誌に載ったこと、そして肖像写真の彩色でささやかな収入を得ていたことは判明している。「アトリエの脇に置いた長いテーブルに」と、あるときカーティスは書きとめている。「湿電池、ビーカーいくつか、絵の具のチューブ数個、粉が一杯入った容器二つが見えた」。どんな実験を行なっていたかは不明だが、こうした化学実験が、異様な特性を備えた絵の具というかつての問題を想起させることは確かである。

一八七五年か七六年、クレーンは「侵犯派《トランスグレッシヴズ》」と名のるゆるやかな集団の主導者格ロバート・アレン・ロウのアトリエに足繁く通うようになる。ロウはクレーンを、迫真派の敬虔ぶりに背いた異端者として歓迎した。グループのたまり場であるビヤホール〈ブラック・ローズ〉でクレーンは夕食をとるようになる。のち侵犯派に加わった静物画家サミュエル・ホープに宛てたロウの手紙によると、クレーンは皿に何が載っているかも気にせぬ様子で早々と食べ終え、ほとんど喋りもせず、大きな火皿の、縁にたっぷり染みの付いた、軸は桜材、黒いゴムの吸い口のメアシャムパイプを吹かしながら、体を危なっかしく椅子の背に倒し、片足をテーブルの脚に引っかけていた。フェルトのソフト帽をあみだにかぶり、もうもうたる煙の向こうから会話にじっと耳を傾けていた。

侵犯派の運動は、迫真派の中の、派の写実主義推進が不十分だと感じた一部の不満分子によって始められた。雉《キジ》の死骸、アスパラガスの束、新聞紙の上に載っていて活字を一気に拡大しているピカピカの虫眼鏡などを描いた、華麗に仔細な絵で知られたロウ率いる侵犯派は、迫真派は額縁への卑屈な服従によって自由を失ってしまっている、額縁などそれが囲い込む描かれた世界のつくりもの性を際立たせるだけだと主張した。いわゆるだまし絵《トロンプ・ルイユ》の流儀で額縁の撤廃を唱える代わりに、額縁を絵画自体と絵画外世界とのあいだの移行部、もしくは「敷居」と捉えるべきだとロウは説いた。こうして、一八七五年の『三つの梨』と題した、窓から差し込む陽光にくっきり照らされた木の食卓に置かれた緑の梨三個を描く緻密な静物画では、梨の細長い影が食卓の端から端まで広がり、さらにその向こう、葡萄の蔓が彫られた額縁にまでのびている。この慎ましい絵画が、ロウをはじめとするメンバーたちによる違反や破壊の炸裂へとつながっていき、彼らの作品は一八七七年のブルーアリー・ショーにも出展された。

精肉加工地域近くの十二番街にあった元ビール醸造所《ブルーアリー》で作品を展示したため俗にブルーアリー・ショーと呼ばれる侵犯派展覧会には、批判的な評が多く寄せられたが、諸作品の新奇さと遊戯性に惹かれた一般大衆には好評を博した。『窓』と題したよく知られた作品には、田舎の屋敷の観音開き窓が実物大で描かれ、額縁からは本物の蔦が生えていた。ロバート・アレン・ロウの『書き物机』はロールトップデスクの一部が拡大されて詳細に描かれ、仕切り棚が二列と、木のノブが付いた小さな半開きの扉があった。仕切り棚の中には、丹念に描かれた封筒数枚、大きな真鍮の鍵一本、畳まれた手紙何通か、鼻眼鏡、糸一巻き（先端がぞんざいに額縁の先まで垂れている）が見えた。もう一方の仕切り棚はよく見ると本物の空間で、ロバート・アレン・ロウ宛ての封筒が一枚入っており、本物の木で出来た小さな扉が絵の表面から飛び出し、開いた扉の向こうには炻器《せっき》のインク壜が見えて、壜から羽ペンが斜めに突き出ていた。糸に触ろうと何人かが手をのばしたが、これは描かれた絵であることが判明した。サミュエル・ホープ作の大カンバス『葡萄』では入念に描いた紫の葡萄の房から本物の葡萄が出ていて、絵の下にあるテーブルに置いた銀の鉢に収まっていた。二日目からは観客がべたべた触って壊してしまわぬよう、いくつかの絵画の前にはロープを張らねばならなかった。

こうした遊戯性、過剰性、だまし絵的機知の雰囲気の中、ハーラン・クレーンの作品は格別人目を惹きはしなかったが、時おり「不穏」「不気味」という発言は聞かれた。クレーンは三点を出品している。『蠅のいる静物画＃2』は皮が部分的に剝かれて長い螺旋を描いているオレンジ一個、スライスされた果肉の平面の上にきらめく種が一個つき出ている桃半分、ギザギザに割れたアーモンドの殻とそのかたわらに転がったアーモンド半分と滓《かす》少々、象牙の把手の果物ナイフが描かれていた。桃の側面には体を垂直に立てた蠅がしがみつき、桃の皮を背景にその翅が描かれ、頭と前脚は露出した果肉の上方につき出ていた。虹色に光る、いまにも垂れて落ちそうな水滴が、蠅のかたわらの桃の皮に貼りついていた。何人かの鑑賞者は、蠅が突然カンバスを離れ、観客たちの頭上を旋回し、額縁の右上隅に止まってから、桃の上、キラキラ光る動かぬ水滴のかたわらに戻っていくのを見たと証言した。何人かは飛んできた蠅を手ではたこうとしたようだが、何の感触もなかったという。

二つ目の作品『若い女』は知られる限りハーラン・クレーン唯一の肖像画である。十八か十九の、白いドレスを着て、クリーム色の鷲鳥の羽根を飾った麦わら帽の娘が、白と赤の薔薇が咲く四阿《あずまや》に立っていて、木漏れ日が彼女の顔に点描を加えている。娘は片手に開きかけた手紙を持ち、破れた封筒が足下に転がっている。彼女は鑑賞者の方を向いて立ち、不安混じりの渇望がその表情には見てとれる。空いている方の手は何かを、あるいは誰かを摑もうとするかのように前にのびていた。迫真派ふうに細部に力が注がれているものの――帽子のわらの混み入った編み目、四目《よつめ》格子に絡まる薔薇の棘一本一本――全体としてはむしろ、迫真派・侵犯派両方に非難されたたぐいの、絵を通して物語を語る因襲に回帰している。が、複数の鑑賞者の記憶に残ったのは、その真に迫った細部をよく見ようと絵画に歩み寄ったときに感じた、誰かの手で頰に触《さわ》られたという確かな感触であった。

三つ目の『脱走』は、薄暗い、壁龕《ニッチ》、凹所《アルコーブ》という感じの小さな空間に一点ぽつんと展示された。石造りの独房の薄暗がりに背を丸めて座り込んだ、痩せこけた男が描かれていた。見えない窓から埃っぽい光が一筋流れ込み、薄闇を斜めに横切っている。薄明かりの灯るニッチで薄暗い画面をじっくり眺めていると、囚人が動き出してあたりを見回した、と鑑賞者たちは報告している。やがて囚人は這って前に行き、取り憑かれたような目を見開いて硬い床をゆっくり進んでいった。あたりの空気がにわかに張りつめた、と複数の鑑賞者が述べている。自分たちの前または横に、幽霊か風のように何かがいるのを見るか感じるかしたという。そして絵画からは男が消えていた。この絵を見に三日続けて通ったジャーナリストは、「脱走」が一日に三、四回、それぞれ違った時間に起きたこと、空っぽになった絵をよく見ているとふたたび絵の具の中に男の姿が――硝酸銀を塗りガラスネガの下に置いて陽光をあてた鶏卵紙から写真の像が現われてくるように――ふたたび浮かび上がってきたと報告している。

クレーンの作品に触れさえしない新聞も数紙あるが、何紙かは一連の動きに関しておなじみの偽説《えせ》明を提示しており、さらに何紙かは競合紙の説に異を唱えている。どう考えるにせよ、我々が相対しているのがもはや芸術作品ではなく、パ、フ、ォ、ー、マ、ン、スとしての芸術であることは明らかである。この意味でブルーアリー・ショーは、発明家兼ショーマンとしてのハーラン・クレーンのキャリアの第一歩を記すものであり、絵画の旧世界と、動く像の新世界とのあいだの怪しげな領域に位置している。ロウの『書き物机』を例外として、侵犯派の作品がだまし絵《トロンプ・ルイユ》ではないことも頭に入れておくべきであろう。トロンプ・ルイユはまず人を欺き、そののち真実を悟らせる。一方、本物の蔦や本物の葡萄は、描かれた表象をいわば断絶的に継続させた現実の物体として、すぐさま目に飛び込んでくる。そしてハーラン・クレーンの動く絵画は、それよりもっと見る者の心を乱す。それらは表象と欺きとのあいだを確信犯的に行き来し、全体として絵画の安定性を根底から揺さぶる力を有しているからだ。描かれた蠅がいまにも突然部屋に出てきかねないとすれば、描かれたナイフがいつ描かれた食卓から出てきて、見る者の手を切ってもおかしくないではないか？

一八七七年にこうしてしばし物議を醸したのち、侵犯派たちは袂《たもと》を分かつ。サミュエル・ホープ、ウィンスロップ・ホワイト、C・W・E・パーマーは伝統的な静物画に戻り、ロバート・アレン・ロウは児童書挿絵の世界に入って売れっ子となり、ジョン・フレデリック・ヒルは残りの年月、きわめて白い裸婦がきわめて赤いソファに横たわっている大きな絵の製作に専念し大きな利益を得た。これらはいずれも、煙に包まれた酒場の、黒光りする酒瓶が何列も並ぶ上の壁に行きついたのである。

ここからクレーンは長い隠遁期に入っていくが、現在からふり返るとそれは、一八八三年に起きるショーマンへの変身に不可欠の準備だったことが見えてくる。これらの年月を、落着かぬ日々、不満と迷いと懐疑と行き詰まり感の日々と捉える方が理に適っている。知人たちの文通や、W・C・カーティスの日記から窺えるわずかなクレーン像もそうした見方を支持する。一八七八年の夏、クレーンがハドソン川でピクニックする人々の写真を何枚も撮り、そこから木炭スケッチを半ダース作ってのちに破棄したことを我々は知っている。その後まもなく、いくつかの小さな発明に着手したがいずれも断念。そのうちのひとつは、「自洗式ブラシ」なる、ブラシの中の空洞に、テレビン油をベースとした溶剤が入った細いゴムのチューブが通っていて、ボタンを押すとこの溶剤が発射されるというものであった。じきに短期間、エリファレット・ヘールと真実の息子たち、と名のる画家集団に加わる。これは芸術につきまとう感傷やまやかしの気高さを退け、意図的に下劣、醜悪な主題を描いた一団で、湯気の立つ馬糞、烏に引き裂かれた鼠の死骸、血まみれのシーツ、細部まで丹念に再現した吐物《とぶつ》の池、腐りかけた野菜、化膿した傷口などを好んで描いた。クレーンはそれらの絵画に惹かれたわけではなく、穏やかな話し方で、神を畏れ、神が造ったすべてのものの美しさを熱烈に信じるヘールの人柄に惹かれたのだった。

この間も写真は撮りつづけ、一八八〇年前半には、コロジオン湿板から新しいゼラチン乾板に切り替え、細部の解像度がいっそう高まった。連続写真にも挑戦し、名は不明のシュミーズ姿の女性の写真を何十枚と撮っている。女性のストラップは肩からずり落ち、それぞれの写真で顔と体の向きが少しずつ違っている。印画紙も多くの種類を試していて、卵白、ヨウ化カリウム、臭化カリウムの配分をさまざまに変えて紙に塗り、これを硝酸銀の溶液に浸けて感光性を与えた。写真の像の「おぞましい固定性」に耐えられない、何とかそれを内側から打ち破りたい、とW・C・カーティスにも述べている。一八八一年か八二年には、原始的な形態の映写機の実験も行なっていて、古い幻灯機に、自らの発明になる、連続した半透明のポジを並べた大きな回転式のガラス板を装着した。ある晩アトリエの壁に、三番街の高架線路に列車がギクシャクと通っていく像を数秒間映し出してカーティスを仰天させている。

だがクレーンはこのやり方で写真に命を与える道は追求せず、これについてはほかの人々が完成させることになる。写真に興味はあったものの、写真は絵画に劣るとクレーンは考えていた。W・C・カーティスと一緒にある写真展を見に行ったあと「絵画は死んだ」と宣言したが、一週間後には牡蠣料理店で写真に「失望」した、物の肌理《きめ》を捉える上では絵の具にとうてい及ばないと断じた。ハーラン・クレーンのキャリアにおいて際立つのは、彼がエジソンとリュミエールの映画へとじかに繋がる発明や実験に一度ならず携わりながら、そのたびにわざわざそこから逸《そ》れていくように見えることである。連続写真や、孔《あな》を空けたセルロイド片に基づく動きの錯覚ではなく、それとはまったく違う原理の、いわば平行した発見の道筋を辿っているようなのだ。

ファントピック・シアター（幻視劇場）は一八八三年十月四日にオープンした。人々は表玄関で切符を買い、壁に掛かった真鍮のガスランプに照らされた玄関広間を抜けて、金のリングから吊した厚い深紅のカーテンでなかば隠されたアーチ型の入口へ向かった。カーテン、アーチ、リングはよく見れば壁に描かれた絵であった。本物の入口は二番目の、説得力において劣る本物のカーテンを抜けたところにあり、天井の高い小さな場内に観客は入っていく。赤いビロードのすり切れた座席が三百ほどあって、天井にはカットグラスのシャンデリア、高くなった舞台には黒いビロードのカーテン。客席と舞台のあいだにピアノがあった。一部の仔細について各紙の報道は異なるが、上演はまず、夜会服を着て黒光りする靴をはいた男が横扉から入ってきて始まったと思われる。男はつかつかとピアノのベンチに歩いていき、裾をさっとうしろに払い、麗々しく腰を下ろして、頭をうしろに倒し、「陽気」「憂いを帯びた」等々さまざまに形容されているワルツを弾きはじめた。シャンデリアでしゅうしゅう鳴っているガスが静かになるとともに、フットライトが明るくなった。黒いカーテンがゆっくり上がる。巨大な油絵が、舞台奥の壁を一杯に覆っているのが見えた。絵の底辺を除く三辺は、葡萄の葉や房を彫った、磨き込まれた黒っぽい木の額縁に収まっていた。

絵には踊る人々のひしめく舞踏室が描かれていた。婦人たちの高く上げた髪には薔薇の花や数珠《じゅず》繋《つな》ぎの真珠が飾られ、たっぷり襞飾りの付いた舞踏用ガウンの裾は床を撫で、コルセットをきつく締めた胸がレースで飾った深い襟ぐりを押していた。あご鬚を生やし片眼鏡をかけた男たちはウェストのきつい燕尾服を着て、背中をぴんとまっすぐのばしていた。火の点いた暖炉が一方の壁に見え、もう一方の壁には群青色のビロードカーテンが掛かった高い窓があった。観客が見守り、ピアニストが陽気で憂いを帯びたワルツを弾くとともに、絵の中の人々が踊り出した。ここから新聞の報道は食い違っている。人々が突然ワルツを始めたと書いている新聞もあれば、まず一組が動き出し、次にもう一組が……と報じている新聞もある。が、絵の人々が本物そっくりに動いていて、ピアノから湧き上がるワルツの音楽によってそれがいっそう真に迫ったものになっていたことは間違いない。ほかの動きもいくつか言及されている。暖炉の炎が跳ね上がっては落ち、片肱で炉棚に寄りかかった男が片眼鏡をかけ直し、髪に黄色とピンクの薔薇を挿した女性が黒い絹の扇で自分を扇いだ。

ワルツを踊る人々の情景に気分も浮き立った観客は、やがて第二の現象に気がつきはじめた。踊る人々の何人かが舞踏会から舞台に出てきて、そこでワルツを踊りつづけるように見えたのである。客席からはピアノと細い通路とで隔てられた舞台は、だんだんと舞踏室の延長のように見えていった。だがこの視覚的効果は見る者を混乱させた。というのも、舞台で踊る人々は舞踏室を背景に立っているように見えたわけだが、その舞踏室自体は平面の、遠近法に則って作られた絵画として――それ自身の法則を持つ描かれた平面として――認識されたのである。一、二分もしないうちに踊る人々は絵画の中に帰っていき、絵の中でも数分間、ワルツの最後の音が消えるまでくるくる回りつづけた。人々は徐々に――あるいは某紙によれば突然――動かなくなった。場内のシャンデリアのガス灯が明るくなった。

舞台下手の扉から、黒い夜会服を着て、ガス灯のぎらつく光を浴びて濡れたようにきらめくシルクハットをかぶったハーラン・クレーンが現われた。舞台前面に歩み出て、拍手喝采に応えて一礼し、帽子をさっと体の前で振ってみせた。体を起こし、叫び声や歓声が終わるのを待つ。やがて観客に向かって片手を上げると、舞台へお上がりになって絵をじっくりご覧くださいと呼びかけ、ただしお手は触れぬよう願いますと言いたした。そして踵を返し、つかつかと立ち去った。

助手が一人、長い赤いビロードのロープを持って舞台に現われた。絵の両端、表面から一メートル近く手前にある二本の木の柱に助手はロープを渡した。

観客たちは両側の横階段から舞台に上がっていき、ビロードのロープの前に集まって巨大なカンバスをしげしげと眺めた。時おり、柄付き眼鏡や片眼鏡を使ってもっとよく見ようとロープの向こう側まで身を乗り出した。ショーのこの第二段階において、劇場はいくつかの要素を放棄して自らを美術館に――ただ一枚の絵を収めた美術館に――変容させたとも言えよう。我々の手許にある証拠から見る限り、事実それは油絵であり、筆あとも目に見えていたようであり、画像を投影したスクリーンなどではなかったと思われる。

上演は毎日三回行なわれた。二時、四時、八時。クレーンは全上演に居合わせて毎日まったく同じ言動をくり返したため、あれはハーラン・クレーンではなく機械仕掛けの人形だ、ケンペレンのチェス指しのような人形にエジソンの喋る機械が備えつけてあるのだと軽口を叩く者もいた。

動きの秘密に関し、当時の人々はあれこれ憶測を並べている。ファントプティック・シアターをかつてのジオラマの発展形と見る者もいれば、特殊な細工を施した幻灯機を使って踊る人々の連続した像を投影しているのだと考える者もいた。だがジオラマの動きはファントプティック・シアターのそれとはまるで違う。ダゲールは光を巧みに操って効果を作り出したのみであり、その動きは、溶岩や雪の塊が山の斜面を流れ落ちるといったごく単純な錯覚に限定されていた。一方、連続像投影説は、その後の映画の発展を先取りしているとはいえ、踊り手たちが舞台に出てくることの説明にはならない。そして舞台上の踊り手たちについても、本物の役者がカーテンのうしろから現われるのだとか、「目に見えない」スクリーンに像が投影されるのだとか、「隠れたレンズ」が生む錯覚だとか（こう推測した人物はレンズがいかなるものかについては何も言っていない）種々の説が述べられた。実際、この『舞踏室』の幻像の謎はいまだ解明されていないのである。映画研究者の目を惹くのは、運動の幻像の歴史に対しクレーンとそのシアターが占めている位置である。というのも、ある意味でファントプティック・シアターは、十九世紀後半に数多く見られる、動く像の科学に魅了された更なる一例と見ることもできるが、また別の意味では、描かれた像に生の息吹が吹き込まれて魔法の幻影となった、はるか昔の原始の世界に回帰しているとも言えるからだ。絵画を捨てて連続写真という新しいテクノロジーに鞍替えはせず、新しい技術では説明できない動きの幻を作ろうと固執したことによって、クレーンは映画前史において二次的な、一風変わった、苛立たしい、最終的には困惑させられる存在となっている。全面的に彼自身のものである、謎の運動世界を創造したがゆえに、クレーンは我々の関心を捉えて離さない。

しばらくのあいだファントプティック・シアターのショーは、新聞雑誌の興味がよそへ移っていったあとも連日熱狂的な観衆を引き寄せていたが、年末になるとさすがに客足が遠のきはじめる。年が明けて一月なかばになると、入場者が数十人を超えることはめったになくなった。とはいえその数十人は、期待に目を輝かせて最前列に押し寄せた。

この時期のクレーンの姿は随所に見つかる。W・C・カーティスの日記には、クレーンがシアターのために新しい絵画に熱心に取り組んでいるがそれについて何ひとつ明かそうとせず、時おり「厄介事」だらけだと愚痴るばかりだという記述が見つかる。十二月のある晩、アトリエにやや若い女性がいるのを見てカーティスは驚く。鳶《とび》色の髪の、「地味で知的」な顔立ちのその人物が、あのシュミーズの女性であることをカーティスは認識する。クレーンは彼女をまずアニーと紹介し、次にミス・メローと言い直す。彼女は目を伏せ、アトリエの一隅に立っている折畳み式つい立てのうしろにそそくさと姿を消した。この後カーティスは、晩に訪ねていくと時おりこの女性を見かけるようになるが、そのたびに彼女はつい立てのうしろに引っ込んでしまう。クレーンは決して彼女のことを話題にしなかった。カーティスは友の「秘密癖」に触れて、おそらく愛人なのだろうと推測し、それっきり何も語らない。

ある晩ビアホールで、クレーンは突然、トマス・エジソンへの賛嘆の念を語り出す。新聞を開いて、発見における「偶然」の大切さを発明家が説いているインタビューを指さした。そして何段落か声に出して読み上げてから、新聞を畳み、顔を上げてカーティスを見た。「偶然の力を信じる規則正しい人間。それって何に聞こえるかね、カーティス?」。カーティスはしばし考えてから「博奕打《ばくち》ち」と答えた。クレーンはハッと驚いた顔を浮かべたが、やがて上機嫌に笑い、首を横に振った。「それは考えなかったな。なるほど、博奕打ちか」「で、君は何だと考え――」「いや、べつに何も――君マッチ持ってるかねカーティス、僕はどうしても――だが偶然の力を信じる規則正しい人間――なあカーティス、それ以上に相応しい、芸術家の定義を聞いたことがあるかい？」

一八八四年三月、ようやく新作の完成が宣言された。ある晩の八時に初演が行なわれた。黒いビロードのカーテンが上がって、『ハドソン川のピクニック』が現われた。ピクニックにやって来た何組かの人々が、高い木々に挟まれた、陽が格子柄を作る緑の木蔭に座っている情景を描いた巨大な絵だった。突如差してきた陽の光が、芝生に広げた白い布の隅を照らし、銀の皿に載った赤い葡萄の房、ラベンダー色のドレスの袖、背景の青緑の川を照らし、川を走る二本煙突の蒸気船の陽があたった部分が木々のあいだから見えていた。ピアニストがアメリカらしい曲のメドレーを奏でるなか（「オーラ・リー」「素敵なジュヌヴィーヴ」「連れて帰って、なつかしのヴァージニーに」「君を連れて帰るよ、キャスリーン」）、『ハドソン川のピクニック』が生命の徴候を見せはじめた。樫の幹の蔭から蒸気船の二本目の煙突が全貌をあらわし、一匹のリスが枝の上を動き、ピクニックに来た人の手がピカピカ光るクリスタルグラスを差し出し、そこにワインボトルの口からルビー色の液体が注がれる。ブーツに膝丈ズボンをはいて羽根飾りの付いた帽子をかぶった小さな男の子が、片手に赤いゴム毬《まり》を持ってのんびり視界に入ってくる。紫と金色の菫《スミレ》を縁に飾った麦わらのポークボンネットをかぶった若い女性がゆっくり微笑んだ。ハドソン川ほとりの夏の午後、芝生の上に座った何グループかの男女は、木の下の暖かい木蔭ですっかりくつろいでいるように見えた。のちに何人かの観客が、絵を見て胸の内に深い安らぎの感覚が湧いたと述べている。

やがて、川辺でくつろぐ人々の一人で、さっきまで川の方を見ていた、山高帽をかぶった若い口髭の男が、気だるげに客席の方に首を回し、いきなりピタッと止まった。麦わらのボンネットをかぶったさっきの女性が彼の視線を辿り、首を回し、目を丸くする。そしていまや、絵の中の人々全員の顔が観客の方を向いていた。のちに観客の多くが、その瞬間に何かの欲求、渇望を胸に感じたと述べている。客席の誰かが立ち上がり、舞台への階段をゆっくりのぼっていき、じきにほかの人々もあとに続いた。彼らはひとたび舞台に上がると、絵の前を行き来し、その迫真派ふうの細部の精緻さに見入った。ある女性の白い仔山羊革の手袋の甲の側に見える茶色い絹の縫い目、蒸気船の手すりに止まった小さな鷗《カモメ》の水かき付きの足や重なりあった羽の先端、芝の上に置いた折り畳んだ新聞の破れた隅に見える極小の繊維。当時の報告は次に何があったかについては詳《つまび》らかにしないが、どうやら一人の男が、カンバスに触ろうと手をのばし、溶けるような感覚を指先に味わい、やがて絵の中へ入っていったと思われる。絵の中に入った人々はのちに、「夢のような感じ」「大きな幸福感」を語っているが、あいにく絵に入るという物理的行為についてはあまりはっきり言っていない。大半は何かバリアがあったけれどそれがたちまち消滅したという旨を述べたが、硬いカンバスと絵の具を感じた者も何人かいた。アミーリア・ハートマン夫人なる女性は、大海に身を沈める感触を思い起こしたがこの大海には水がなかったと証言している。絵の中で、絵の人々は彼らを見たが何も言わなかった。混じりあいが続いたのはおよそ十分から三十分のあいだだったようで、やがて訪問者たちは、一人が「暗転」と呼びもう一人が「深い影に踏み込む一歩」と形容した感触を味わった。深い影はまもなく、ガス灯を薄暗く灯した廊下であることが判明し、そこから講堂の側面に向かって開く扉に通じていた。

観客全員が席に戻ると、ピアニストは音楽をクレッシェンドに高め、首をのけぞらせ髪をふり乱し三つの和音を轟かせて演奏を終えた。絵の中の人々は元のポーズに戻った。カーテンがゆっくりと降りた。ハーラン・クレーンがそそくさと張出し舞台に歩み出て、一礼し、足早に立ち去った。ショーは終わりだった。

クレーンが生み出したさまざまな新しい効果について、新聞評はこれまでの上を行く珍説を並べ立てた。『ニューヨーク・ニューズ』は絵の背後に空洞があって、そこに役者たちがいて舞台装置があるのではと推測した。絵は精妙なトリックであり、役者たちを舞台から隔てる透明なスクリーンにすぎないというのである。この解釈は、観客の多くが証言しているカンバスの硬さを無視しているし、そもそもなぜ誰一人「透明なスクリーン」らしきものを見つけられなかったのか、その謎のスクリーンは観客が入れるようにどうやって消えたのか、といった疑問は解消できない。その他の説明も等しく不十分である。あるコラムニストは、「バリア」は人工的に作った「靄《もや》」もしくは「蒸気」だと考え、そこに幻灯機のスライドが投影されたのだと論じ、また別の記者は、舞台に上がった観客たちはあたりに散布された阿片を吸い込み、同じ幻覚を共有したのだと唱えた。

これらの説明は、クレーンの芸術の秘密を明かすどころか、ひらひらはためく半透明の言語的ベールのうしろにそれを隠してしまうばかりだった。言葉自体が人々をたぶらかし、好奇心と欲求を掻き立てる一方だったのである。

毎晩八時、『ハドソン川のピクニック』は満員の観客に向けて公開されたが、『舞踏室』も入りこそ減っていたものの毎日昼に上演が続けられていた。初夏に至り、晩の入場者数が減少の傾向を見せてくるとともに、クレーンがすでに新作に着手している、今度の作品はまさに驚異の時代の幕開きとなる一作だ、といった噂が飛び交うようになった。シアターの中でじっくり耳を澄ましていれば、この芸術家兼ショーマンが地下室を動き回り、いろんな物をどかし、金槌をふるい、準備に勤しむのが聞こえると言われた。

この時期の逸話がひとつだけ残っている。川向こうにブルックリンの渡し場が見える波止場のレストランで、クレーンはW・C・カーティスに、小さいころは渡し船の船長になるつもりだったと語った。「川が好きなんだ」とクレーンは言った。「あちこち旅するつもりだったんだ」。これを聞いて、二十代でヨーロッパに三年暮らすなど方々を旅していたカーティスは、一緒に外国へ行こう、パリとミュンヘンとヴェネチアに、とクレーンを誘った。クレーンはその誘いについて本気で考えているようだったが、やがて「近すぎる」と言った。カーティスは中国にも半年滞在したことがあったので、ただちに東方礼賛をやり出した。するとクレーンは「妙な笑い声」を上げて、片方の肩をすくめ、「まだ近すぎる」と言った。そしてパイプに火を点け、ブルーポイント産の牡蠣をもう一皿注文した。

ただ一度（一八八五年二月六日）上演されたのみの『未知の国《テラ・インコグニタ》』については、ほとんど何も知られていない。ファントプティック・シアターの玄関広間から案内された来場者たちは、階段を降り、天井からいくつか吊したガラスのランタンに入ったガス灯が低く燃えている暗い部屋に入っていった。だんだん目が慣れてくると、四方から一枚の絵画がそびえ立っていることに観客は気がつきはじめた。高さ四メートルの連続したカンバスが、壁四面にわたり平たくのびていて、壁と壁が交わるたびに折れ曲がっているのだ。

部屋を包む巨大な絵画は、はじめは真っ黒に塗られているだけに見えたが、少しずつほかの色も見えてきて、濃い茶、黒っぽい赤といった色の、ぼんやり曖昧な形が現われはじめた。ここからの証言は混乱している。絵には石ころや岩棚のある暗い洞窟が描かれていたと述べる者もいれば、暗い海のことを語る者もいた。人影がいくつか見えてきて、それらが絵画の底から表面に浮上してくるように思えたという点では目撃者全員意見が一致している。女性が一人悲鳴を上げ――どの時点でだったかは不明である――静かに、ととがめられた。やがていくつかの人影が、絵の表面から混みあった暗い館内に移ってくるように思えた。その後具体的に何があったかはいまだに謎である。のちに一人の女性が、うなじに冷たい感触があったと述べ、二の腕に軽い圧力を感じたと語った女性もいる。何人かは、これは男も女もいるが、「猫か何かにすり寄ってこられた感じ」がしたとか、顔、胸、脚に触《さわ》られたような感じがしたなどと述べている。中には穏やかでない報告もある。あちこちで帽子がはたき落とされ、ショールが引き剝がされ、手や肱が摑まれた。ある人物は「強い風が体を吹き抜けていったみたいな気がして、心地よさと暗澹《あんたん》たる気持ちの両方を感じました」と証言している。ふたたび誰かが悲鳴を上げた。三度目の悲鳴のあと、事態は急速に進んだ。一人の女性がわっと泣き出し、皆が階段に殺到して、叫び声、泣き声が響き、人々は乱暴に押しあった。あご鬚を生やした男がカンバスに倒れ込んだ。深紅の薔薇を飾った青いフェルト帽の若い女性が床にくずおれた。

一階のシアター場内を掃除していて騒ぎを聞きつけた雑用係が、何事かと降りていき、すぐさま警官を呼びに表へ飛び出した。ランタンと警棒を手にやって来た警官は、階段の上から危険なパニックの場面を目撃した。人々はすすり泣き、前に出ようと他人を押し、たがいの体を引っかきあい、くずおれた女性を踏みつけていた。警官が降りていこうにも進みようがない。ピーッと笛を鳴らすと、さらに三人、ランタンを持った警官が現われ、怯えきった群衆に四人で手を貸して狭い階段をのぼらせた。すべてが終わると、病院に収容された観客は七名を数えた。床に倒れた女性は顔と頭に損傷を被り、のち死亡した。絵画もあちこち損なわれ、ある箇所には握り拳大の穴がギザギザに開いていた。床には壊れた扇、潰れたシルクハット、破れた駝鳥の羽根、深紅の薔薇の花びら、藤色の手袋片方、巻きがほどけリボンも外れたヘアピース、黒い絹の紐が付いた割れた片眼鏡などが転がっていた。

残念ながら新聞記事はどれも、絵画よりもパニックに焦点をあてている。絵の中の人の動きの源を隠された幻灯機に求めるおなじみの企ては見られるが、観客の誰一人、ガス灯の灯る薄暗い部屋で一筋の光すら見たとは発言していない。絵の中の人々が部屋に出てきたことについては、隠れていた役者たちによる演技か、闇の中に閉じ込められた群衆の高まった不安が生んだ幻覚と片付けられている。実のところ、今日まで伝わっているわずかな証拠では、報告されているような効果はおよそ説明できない。ファントプティック・シアターで生み出された動きを、これまで誰一人再現できていないことは真剣に受け止めるに値する。厳密に客観的な観点から見るなら、『未知の国』の中の人々が、彼らが行なったように見えたことを本当に行なった可能性を我々は否定できない。すなわち、彼らは本当に——おそらくはもはや復元不可能な何らかの化学的発見の結果として——絵の具から部屋に出てきたのかもしれないのである。

市長命令によって、クレーンのシアターは閉鎖された。三週間後、彼が第二のシアターを開こうとすると、当局が介入してきた。一方、踏み殺された女性の両親は暴動を煽動した廉《かど》でクレーンを訴えた。無罪とはなったが、裁判長は彼に厳しい警告を与えた。クレーンは二度と人前に出る生活に戻らなかった。

狭いアトリエとその近所の肉料理店で、以後数年、我々は彼の姿を何度か見かける。唇の薄い、物静かな、綺麗に髭を剃った、憂いを帯びた目の男。口にはかならず、大きな火皿、桜材の軸、歯型のついたゴムの吸い口のメアシャムパイプ。W・C・カーティスはクレーンの憂鬱について、長い沈黙について語る。シアターを閉鎖されたことを、つかのま悪名は得たものの永続する名声には至らなかったことを、クレーンは恨みがましく思っていただろうか？　一度だけ彼はカーティス相手に愚痴をこぼし、自分の「発明」がついぞ世に認められなかったのは残念だ、と述べている。当時、たまに新聞などでクレーンが言及されるとき、それは画家もしくは発明家としてでは決してなく、つねにファントプティック・シアターの元経営者としてであった。

このころ、クレーンはしばしば疲れた様子を見せている。晩に訪ねていってもいつも一人であることをカーティスは記している。もはやアニー・メローをめぐる言及はなく、彼女は記録から姿を消す。少しのあいだ、以前発明したファンタズマトロープにクレーンは戻り、シャッター問題の解決を試みるが、また急に興味を失う。もはや写真も撮らない。アトリエで過ごす時間もどんどん短くなり、代わりにコーヒーショップや安食堂でゆっくり新聞を読みながらパイプを吹かす時間が増えてくる。美術展にはいっさい行こうとしない。イーストリバーの埠頭や停泊所の前をそぞろ歩き、サウストリートの縫帆店《ほうはんてん》のウィンドウの前でしばし立ちどまる。時おり、家賃を捻出しようと百貨店玩具売場の店員、開店した軽食堂のサンドイッチマンなどの職に就くが、いつも二、三週間で辞めてしまう。ある日、カメラを一ドルで売り払う。遠くの界隈へ長い散歩に出かけ、水辺でベンチに腰かける。揺らぐ煙の筋のかたわらにいる、痩せこけた男。街頭で買った林檎と焼き栗、ビアホールと牡蠣食堂の安定食で生きのびているように見える。イーストリバーを行きかう船を彼は好んで眺める。三本マストの帆船、旧式の外輪型押し船、新型のプロペラ式タグボート、煙突もマストも揃った蒸気船。

突然——という言葉を使うのはW・C・カーティスである——クレーンはアトリエに戻り、連日そこにこもって過ごす。作品については何も語らない。ビアホールやナイトカフェで食事をつつき、落着かなげにあたりを見回し、テーブルの上でパイプを叩いて灰を落とし、指先でゆっくりとんとんと新しい葉を詰める。煙の雲で、カーティスにはその姿がほとんど見えない。「昔のようだ」とカーティスは日記に書くが、悲しげに「ただし喜びはない」と書き添えている。

ある晩クレーンは、黒ビールのグラスを口へ持っていこうとする最中、あたかも何か思いついたかのように中空で手を止め、カーティスに向かって、つい何時間か前にチェンバーズストリートの古いビルに部屋を借りた、市庁舎公園から角二つ三つ行ったあたりだ、と告げる。カーティスはひとつ質問しかけるが思いとどまる。翌日、街じゅうの板囲いや街灯柱に、一八八八年十一月一日の展覧会オープンを手書きの字で告げた黄色い紙が現われる。

埃の筋が付いた窓二つと、ロールトップデスクが一つある小さな部屋に、ただ一枚の絵画が展示されていた。訪れたのはW・C・カーティスとその友人四人のみだった。クレーンは二つの窓にはさまれた反対側の壁に寄りかかって立ち、盛んにパイプを吹かしていた。カーティスはその絵を、大きさおよそ一・二×一・五メートル、ニスを塗った無地の額縁、と記している。かたわらの壁に小さな白い紙が貼ってあって、白鳥の歌と書かれていた。

絵はクレーンのアトリエを、迫真派ふうの忠実さで描いていた。クレーン本人がイーゼルの前に立っている。長い脚の、ボタンを全部留めたすり切れた上着の彼が、パレットと筆何本かを片手に握り、先の細い長い筆を持ったもう一方の手を前に突き出し、首はうしろに引いて、「獰猛な表情」でカンバスを睨んでいる。アトリエの壁には、クレーンが描いた油絵や鉛筆とチョークの素描がびっしり並び、額縁に入っているのも入っていないのもあるそれらの作品の多くを、クレーンの迫真派時代、侵犯派時代のものとカーティスは認識した。カーティスが見たこともない作品もいくつかあって、これらについて彼は無言で通り過ぎるか、残念な簡潔さ（「パイプとマグの静物画もう一点」「田舎の情景」）で言及するかにとどめている。床には額縁に入っていないカンバスが山と積まれ、壁に至るまで六列に並んでいた。隅に近いところにあった、そうした絵のひとつのなかの腕は、表面からつき出て椅子の脚を摑んでいた。イーゼルに置かれた未完の絵は、『ハドソン川のピクニック』のための習作のように見えた。座っている数人の姿がざっとスケッチされていたが絵の具は塗られておらず、別の部分では違ったアングルから描かれた女性の右腕が、手のない幽霊腕のように絵の具からつき出ていた。絵の中のアトリエにはまた、亜鉛の洗面台、鋳鉄のストーブの角の部分、分厚いテーブルの一部があって、このテーブルにかつて使っていた幻灯機のひとつと、シュミーズを着た若い女の写った黄ばみかけて丸まった写真が何枚か載っていた。片方のストラップが肩からずり落ち、女の頭はそれぞれ違う方向を向いていた。

我々が知る限りにおいて、『白鳥の歌』は一八七四年の迫真派展に入っていても不思議はなかったであろう。カーティスは日記に、積み重なった二枚のカンバスのあいだからかすかに覗く鼠の尻尾や、窓枠のあちこちに散ったパイプ煙草の灰のことを書きとめている。彼が友人たちとともにその絵画の前に立ち、いったいこのどこが新しいのか、何が違うのかを思案していると、背後から「皆さん」という一言が聞こえた。実際、彼らはクレーンのことをほとんど忘れていたのだった。彼らが向き直ると、二つの窓にはさまれた壁を背に、パイプを手にしたクレーンが立っていた。煙が周りに漂っていた。友の骨ばった憂い顔にカーティスはハッとさせられた。クレーンの両側にある埃っぽい窓を通して弱い光が差し込んでいたが、クレーン本人は部屋中で一番暗い場所にいるように見えた。「今晩はどうも――」と彼は静かに言って、そっと片腕を上げた。その優雅なしぐさは、絵画を、訪問者たちを、この場全体を取り込むように見えた。挨拶を最後まで言い終えることなく、クレーンはパイプを口に戻し、漂う青っぽい煙の向こうで目をすぼめた。

次に何が起きたのか、はっきりしたことはわからない。誰かが叫び声を上げたと思われる。絵画の方に向き直ったカーティスは、カンバスに動きが、「波紋」が生じていることに気がついた。絵からおよそ三十センチの位置に立つ彼の眼前で、アトリエの中のさまざまな絵が消えはじめた。壁に掛かった絵、床に山積みされた絵の色がだんだん薄くなっていき、イーゼルに置かれた絵やテーブルの上の写真が褪せていって、パレットと筆を持ったクレーン本人も幽霊と化していくように思えた。

じきに絵画の中には、額縁に入ったものもあれば入っていないものもある白いカンバスが散在するアトリエしかなくなった。何も描いていないカンバスが山と積まれ、壁に至るまで六列並んでいた。何もなくなったカンバスの白さを背景に、鼠の尻尾がはっきり見えたとカーティスは書いている。

こにいなかった。
「あっ！」と誰かが叫んだ。カーティスはふり向いた。現実の部屋の中、クレーンその人ももうそ

部屋のドアがわずかに開いていることをカーティスは見てとった。友人二人とともに会場を飛び出し、辻馬車でクレーンのアトリエに向かった。行ってみると、ドアには鍵がかかっていなかった。中はすべてが絵画のとおりだった。何も描いていないカンバスが置かれたイーゼル、壁に並ぶ空っぽの長方形、白い印画紙が散らばったテーブル、そこら中に積まれた白いカンバス、さらには窓枠の灰まで。もっとよく見ていると、鼠の尻尾がたったいまさっとカンバスの陰に隠れたような落着かぬ感触をカーティスは覚えた。自分が一枚の絵の中に入り込んだような気がした。クレーンがずっと、まさにこの瞬間を練り上げていたことをカーティスは悟った。長年の友に帽子を傾けて敬意を表したいような、奇妙な衝動にカーティスは駆られた。十一月の弱々しい光のせいか、あるいはそのとき胸に湧いてきた「恐怖の予感」のせいか、カーティスは突然、自分から肉体性が抜かれたような感覚に襲われた。いまにも自分が消えてなくなってしまいそうな気がした。追われる人間のように、うしろをちらっと見て、何もないアトリエからカーティスは逃げ出した。

その後は誰一人クレーンの姿を見かけなかった。一枚の絵画、スケッチも残っていない。我々としては、ぞんざいな新聞記事や、W・C・カーティスのところどころ詳細な日記を頼りに、何とかそれらをぎこちなく生き返らせるしかない。ほかの作品についても、当時の雑誌のあちこちに、およそ八十点ばかりの版画が残っているのみである。どれも凡庸な木版画の複製で、当時そこら中で見られたぞんざいなやっつけ仕事と何ら変わらない。これらの作品だけ、目に見える作品群だけでは、ハーラ

ン・クレーンは十九世紀後半アメリカの雑誌挿画史における一個の脚注にしか値しない。我々が目を向けるべきは、彼の消えた作品群なのである。

Aでもなく Bでもない男、クレーンは私たちをじらす。絵画の歴史から逸《そ》れて映画の方向に向かいながらも、名も与えられていない失われたメディアを作るに至った男。ここで彼を先駆者と呼ぶのは、彼もまた、十九世紀最後の四半世紀に広がっていた、絵を動かしたいという衝動、最新のテクノロジーを使い大衆に向けて古代からの神秘を実演したいという欲求を体現しているからにほかならない。この意味において彼を、いわば両方を向いていた存在と捉えたい誘惑に我々は駆られる。一方では未来を、エジソンとリュミエール兄弟の発明がもうじき生まれる時代を向いていたとともに、もう一方では遠い過去を、魔法と夢から成るなかば忘れられた世界にあって絵というものが曖昧に命を帯びていた時代を向いてもいた存在として。だが究極的には、そんなふうに消え去った世界といまだ在らざる世界とのはざまの暗い場に彼を置き去りにするのは正しくあるまい。彼の功績はむしろ、ひとつの曲がり道、断層、大胆な失敗であり、ありえたもののなぜか生まれなかった未来へ入っていこうとする冒険であった。歴史はハーラン・クレーンを通して、ひとつの気まぐれな、禁じられた思考を試したのだと言ってもよい。そしてもし、その生まれざる未来が、いつの日か突如現われたら？　そうしたら、ハーラン・クレーンはより正確な意味合いにおいて先駆者となるだろう。今日すでに、映画の使い古された幻影に人々が飽きあきしている徴候、新たな驚異に焦がれている兆しはいたるところに見られる。国中の大学の研究施設で、ニューヨークやカリフォルニアの映画スタジオで、マルチディメンションの映像技術が根本的進化を遂げつつあることを我々は耳にする。モバイルのヴィヴィグラムの話、旧式のスクリーンを排して観客が高度にリアルな幻影と自由に交われる最新の映画の話を我々は耳にする。洞窟の壁と額縁とスクリーンに縛られてきた、古《いにしえ》の束縛から映像が解放され、新たな種族がこの世を闊歩する日は近いのかもしれない。そのとき映画の歴史は書き換えられ、ハーラン・クレーンは預言者としてしかるべき地位を得るだろう。だが目下我々にとっての彼は、同時代人たちにとってそうであったのと同じく黄昏の人であり、一個の謎であるほかない。我々がこうして、完璧な自己消去から彼をわざわざ招喚したのも、彼の仕事が我々の目を、未知の蠱惑《こわく》的な領域、歴史が一瞬迷って立ちどまりひとつの選択肢を検討して結局先へ進んでいった場に向けさせてくれるからにほかならない。

一八九八年に出版されたW・C・カーティスの日記には、もう一度だけハーラン・クレーンへの言及が見られる。一八九六年の夏、ウィーンに旅したカーティスは、かの地の美術史美術館を訪れ、一枚の静物画（A・ムンツ作）を見てかつての友を思い出した。「パイプがあまりに似ていて」とカーティスは書く。「遠い日々の私たちの交友がよみがえってきた」。だがカーティスは、昔の友好を書き綴ることはせず、その絵画自体を詳しく描写する。メアシャムパイプの汚れた火皿、桜材の軸、黒いゴムの吸い口、そして我々には初耳の、火皿のてっぺんに巻かれた変色した真鍮の輪まで。パイプは横向けに置かれ、その隣には、錫鉛合金《ピューター》の蓋が付いた、狩猟犬の姿が浮彫りになったビールジョッキがある。火皿から落ちた灰が、無地の木のテーブルの上に散らばっている。火皿の中で、小さな燃えさしが光を放っている。その縁から細い煙が一筋のぼっている。

# ウェストオレンジの魔術師

一八八九年十月十四日　それにしても魔術師は燃えている！　魔術師は猛《たけ》っている！　二時間眠って十二時間仕事し、三時間眠って十九時間仕事する。図書室に簡易ベッド、12号室に簡易ベッド。髪は額に垂れ、チョッキは開けっ放し、ネクタイは曲がっている。階段を駆け上がり、部屋から部屋へきびきび歩き、実験技師たちに声をかけ、質問し、ジョークを飛ばす。少年っぽい笑顔、鋭い目。なぜそうやる？　こうじゃ駄目か？　開いたノート、すさまじい勢いでスケッチ。もうひとつスケッチ。次の部屋へ！　二十ばかりのプロジェクトに取り組み、ひとつに狂信的な熱意で没頭し、じき放り出して次のプロジェクトに飛び込む。完成した蓄音機《フォノグラフ》の、録音針の自動調整メカニズム。喋る人形。根本的な問題を即座に把握し、決然たる案を提示する。真鍮のワイヤーを引き出す機構の改良。聴力向上のためのオーロフォン。パリ旅行で英気を養ってきた。中庭へ！――電気ラボ、化学ラボ。高圧交流電流の危険――安全試験。伝導体絶縁の改良。冶金ラボへ、選別機と粉砕機の点検、ベルトコンベヤーと鉱石サンプルの吟味。磁力式選鉱機。「諸君、死ぬほど働け！」。〈写真館《フォトグラフィック・ビルディング》〉は秘密の雰囲気。新しいイーストマンのフィルムで盛り上がっている——細長い帯に、視覚上の動きの秘密が。魔術師は言う、キネトスコープの目に対する効果はフォノグラフの耳に対する効果に等しい。だがまだだ、まだだ！　議論は続く。ほかには？　次は？　石炭から直接発電する方法？　雪を凝縮させて街路から取り除く機械？　人造の絹？　自宅では一週間眠っていない。地下の実験室〈箱《ザ・ボックス》〉に降りていくという話。いつも鍵がかかっている。噂が飛びかう。フォノグラフに匹敵する大発明？　白熱電球をしのぐ？　魔術師は早朝、図書室で資料を読む。奥まった小部屋にある私の机から、彼がせわしなくページをめくるのが見える。時おり私に、注文すべき本のリストを突きつける。ウォーバートンの『動物生理学』、グリーンとウィルソン、そして『皮膚感覚』。メモを取り、本をパタンと閉じ、きびきびと立ち去る。昨夜は〈箱〉に三時間こもっていたとアーンショーは言う。

十月十六日　今日、本が一冊届く。カーナー著、『肌の考古学』。すぐ図書室を出て実験室エリアに上がっていく。12号室は開いていて、簡易ベッドは空、魔術師はいない。テーブルの上には開いたノート、ガラス電池。フォノグラフを分解した部品が、箱に入ったモーターの周りに散らばっている——蠟管三本、振動板に取りつけた録音針、拡声ラッパ、使用済みの蠟管を削るための刃。ノートに大まかなスケッチ。すぐわかった——録音装置の、針が正しい深さで管に触れるように保つ自動調整システムの構想。魔術師は断固ベルのグラフォフォンを潰す気でいる。窓から中庭と、化学ラボの一部が見える。

廊下に戻る。実験助手のコーベットに出くわす。魔術師はついさっきまでいたという。備品室へ行ったんだと思いますよと誰かが声を上げる。階段を降りて戻る。図書室を通り抜け、両開きドアを押して開け、廊下を横切って備品室に。

アーンショーの領分に入るのはいつも気持ちがいい。高い壁に、床から天井までのびた引出しがずらりと並ぶ。動物の皮、骨、植物の根、布地、歯。無数の整理棚に、樹脂、蠟、撚《よ》り糸がぎっしり。図書室と同じに、備品室も整然として豊饒なる宇宙だろうか――いくつもの世界から成る世界なのか――全を希求する有限？　見かけていません、地下にいらっしゃると思いますとアーンショー。私がカーナーをかざして用件を告げると、しばしためらう。すぐ届けるよう魔術師から言われたんだと伝える。鍵束を取り出しながらもまだためらっている。魔術師に忠実だが私にはもっと忠実。地下の物置に通じる扉を開けて、私を従え迷路に入っていく。

鳥の羽根、板金《いたがね》、松脂《やに》、石墨《せきぼく》、コルク等々の入った箱がいくつも。〈箱〉の鍵のかかったドアを前にしてアーンショーはふたたびためらった。立ち入り禁止――魔術師の厳命。だが魔術師は私に厳命したのだ、すぐに本を届けよと。たがいに相容れない、曖昧さの余地なき命令二つ。引き裂かれるアーンショー。善人で真面目だが強くはない。日々仕事を進める中で私にはこまごま世話になってきたので、義理を感じずにいられない。しかも十歳年下。私の前では本能的に恭しい態度を取る。ドアを軽くノック。返事なし。「開けてくれ」と、冷たくはない口調で私は言う。私が中に入ってもアーンショーは外に立っている。

動機の自己分析。本を届けたいという欲求（善）。部屋を見たいという欲求（悪）。卑しい欲求に屈した。だが自問してみよ――卑しいだけか？　私は魔術師を崇め、彼の繁栄を望んでいる。彼は何かを探している、何か重大な情報を。私が実験を見れば、探している情報を見つけてやれるかもしれぬではないか。分析はあとだ。

白熱電球に明るく照らされた小さな部屋。真ん中のテーブルと、壁際の肱掛け椅子二脚以外、備品はなし。テーブルの上に閉じたノート一冊、酸化銅電池、そして目を惹く物二つ。ひとつは長い、こわばった、黒っぽい手袋片方。肱あたりまであって、高さ二十センチくらいのY字型の台二つの上に水平に載っている。何か硬い、黒っぽい素材――加硫処理したゴムか。これを、いくつもの真鍮のキャップから出ている電線の輪が覆っている。もうひとつは、木枠に支えられて水平に置かれた円筒。筒の上側の表面が、横木から吊した短い金属片の行列に触れている。円筒の隣に小さな電気モーター。電線が二束、手袋から電池に繋がり、電池はモーターを介して円筒のメカニズムに繋がっている。よく見ると、手袋の内側には黒い、絹のような素材が貼られ、ピンの頭みたいなごく小さい銀の円板がちりばめてある。「あのう！」アーンショーがささやく。

電灯のスイッチを切って部屋から出る。頭上で足音。アーンショーのあとについて階段をのぼり備品室に戻ると、銅線をもらいに来た実験助手がアーンショーを待っている。図書室に帰る。机につこうと思った矢先に魔術師がもうひとつのドアから入ってくる。灰色のギャバジンの実験用ガウンを脚の周りにはためかせ、ネクタイは曲がり、髪はくしゃくしゃ。「本はもう――？」大声で言う。左耳は聞こえない。「いまお届けするところでした」こっちも叫ぶ。カーナーを差し出す。乱暴に摑んで肱掛け椅子にどさっと座り、パッと開いたページを怒ったようなしかめ面で眺める。

十月十七日　図書室での静かな一日。雨、飛ぶように流れる雲。三階の回廊の本を整理し、ガラス扉付きの棚に入った鉱石見本の埃を払う。落着かない。

十月十八日　あの電線を繋いだ手袋。婦人用マフに代わる自動暖房装置？　パリでは寒い冬の夜に、物売りがオペラハウスの前に立って、ご婦人がマフに入れて暖めるよう熱いジャガイモを売っていると聞く。だがピンの頭は？　円筒は？　それに、だとすればなぜあんなに隠す？　魔術師はまたも二時間、鍵のかかった部屋にキステンマッハーと。

十月二十日　けさ中庭でちょっとした話を小耳にはさむ。すぐさまアーンショーを探しに備品室へ。奴の情熱は——弱味は、と言ってもいい——動く写真という発想に向けられている。〈写真館〉と5号室で行なわれている秘密実験の情報が奴は欲しくてたまらない。小耳にはさんだのは二人の機械技師の会話。〈写真館〉でやっている新しいイーストマン・フィルムを使った実験について、実験助手が化学ラボに勤務する誰それと話しているのをこの技師二人が聞いたとのこと。話題は、帯の両端に沿って、昔の電報テープの要領で空いている小さな孔。フィルムの孔がスプロケットに掛かり、外れることで前に進んでいく。もちろんこれはごく遠回しの噂でしかない。とはいえ、小さな孔を使ってフィルムを制御するという話が出たのはこれが初めてではない。一説には魔術師がパリで見たともいう——ムッシュー・マレーのスタジオ。アーンショーにはその手の噂が生き甲斐。
　いたのは備品室ではなく地下の物置。扉が半開きだったのですぐわかった。聞いた話をすぐ伝える。

目に見えて興奮。その瞬間、突然、漏れ聞いた話をこうしてこいつに伝えようという衝動の下にひそむ、より暗い私の動機を自覚。口をつぐむ。あたりを見回す。ちょっとのあいだ――ちょっとでいいから――〈箱〉に入れてくれと頼んだ。

不安の色が顔に広がる。だがそこはアーンショー、秘密裡に行なわれる実験への深い好奇心は自分にも覚えがある。それに――たったいま私の報告を貪るように聞いてしまったのだ、何か借りが出来たみたいな気でいて、借りは返したいと思っている。ドアの外に陣取る。内なる聖所の守護者。私はすばやく中に入った。

手袋、電池、円筒。ひとつ違いが目に止まる――ノートが開いている。急いで描いた手袋の絵、その周りにもっと小さい、電磁石と思しきもののスケッチ数点。どれもコアに電線が巻かれている。手袋の下に一語、触覚機《ハプトグラフ》と。

迷わず手袋に手と腕を入れた。絹の裏地に引っかかって多少つっかえた。この裏地はきっと、内側の機械部分に肌が直接触れないようにするためだろう。腕が肱まで入ると、円筒のメカニズムの基底の電線に繋がったスイッチを入れる。

こうして書いていても興奮がよみがえってくる。どう説明したものか？　電流が流れてモーターが回り、それによってシャフトに挿した円筒が回転し、円筒の上に吊された金属の棹が動き、この動きによって、手袋の裏地に点在する銀の点が動いて私の手に触れる。はじめは、小さな、穏やかな、いくつもの点の圧力を感じた。ところが――何と！――単なる機械的な感触はじきに別の感触に取って代わられた。はっきりと、誰かの手が私の手とがっちり握手したように感じられたのである。外から見た手袋は、硬直し動かぬまま。電流を切って、大きく息を吸った。実験をくり返す。ふたたびモーターが円筒を回す。間違いようのない感触。自分の手が握手され、指が軽く握られるのを感じる。その瞬間、不思議な高揚を覚えた――桟橋に立って、待ち望んだ船旅にいま乗り出さんとしながら、水が杭にぴちゃぴちゃ当たるのに耳を澄ましているような。電流を切って、手を引き出す。一瞬立ちつくしたのち、急いで部屋を出る。

十月二十一日　図書館の貸出簿に記された、十月七日―十四日にキステンマッハーが借り出した本。『神経系と精神』『触覚領域』『神経系生理学講義』（仏語）『実験生理学講義』（伊語）『感覚と痛み』。手袋、円筒、錯覚握手。魔術師がいまや触覚に関心を向けているのは明らかだ――明らかか？　いったい何の目的で？　が、そう問いながらも、ハプトグラフの原理が私にも摑めてきたように思う。「キネトスコープの目に対する効果は、フォノグラフの耳に対する効果に等しい」。五感を一つずつ孤立させて扱っているのでは？　それぞれ、ひとつの感覚のみを記録し再生する機械を作っているのでは？　肉体から分離された声、物質抜きの動く像、実体を伴わぬ触覚。フォノグラフ、キネトスコープ、ハプトグラフ。蠟管に保存された声、硝酸セルロースの帯の中で動く身体、ピンの頭と電線の中の触覚。幽霊たちの回廊だ。回転する円筒が電気パルスを送り出し、それが銀の点を動かすにちがいない。幽霊？　だが考えてみよ、肌は接触を受けている。がっちりした握手。こんにちは。私の名前は。です。あなたは？　十月の夜に何を考えているやら。

十月二十四日　けさ魔術師が郵便を見終え、実験階に上がっていったあとキステンマッハーが図書室に入ってきた。まっすぐ私のところにやって来る。私にはいつもそれなりに丁寧だが、どうもこの男、前々から気に喰わない。歩き方の攻撃的なまっすぐさも、腕をやたら大きく振るので空気の塊を摑んで宙に上がろうとしているみたいな様子も嫌だ。小綺麗な黒い毛が横向きに隣の指まで生えている大きな手、こっちを向いて情報だけ取り込み何も見ていない張りつめた目付き、暴力的に横向きに押えつけて梳《と》かした感じの硬い黒髪、測鉛線みたいにまっすぐなネクタイ、何もかも気に喰わない。電気実験技師の中では一番尊敬されている部類。私のロールトップデスクにまっすぐやって来て、机に遮られたみたいにすぐそばで——そばすぎる——止まる。

「所在不明の本を報告しに来た」とキステンマッハーは言った。

この言葉の深い裏の意味。たまに図書館の本が、一時的に間違った場所に置かれてしまうことがある。存在の隠れたバネから原因を引っぱり出すのは難しくない。実験技師、あるいはその助手、さらにはスタッフの誰でもみな、三層に配架された本はすべて閲覧を許されているし、持ち出して建物内のどこで読んでもよいことになっている。返す際は私に渡すよう指示されていて、私がしかるべき位置に戻すのだが、時おり自分で勝手に棚に戻す輩《やから》がいる。悪気はないのだが間違いが生じやすいので迷惑である。特にアーンショーは、こういう見当違いの親切に走りがち。とはいえこちらも一日に数回棚を見て回り、返された本を戻すときや新着図書・学術誌を棚に収めるとき以外にも本が正しく並んでいることを確認している。したがって、間違った場所に置かれた本を私が見逃すことはごく稀である。ゆえにキステンマッハーの発言も、単なる事実の陳述に見えて、非難が込められている——君、は義務を怠っている。

「きっとすぐ見つかると思います」と私は言った。即座に立ち上がる。「時おり新しい助手が――」

「ギージンガー、『筋肉・皮膚感覚』」

首がわずかに熱くなる。赤みが見えているだろうか。

「それなら、謎は解決しました」私はニッコリ笑った。机からオットー・ギージンガー著『筋肉・皮膚感覚』を持ち上げてキステンマッハーに渡す。相手は背表紙をチラッと見て間違いないことを確かめてから、興味深げに私を見た。

「これは相当専門的な本だが」と彼は言った。

「はい、私には少し専門的すぎます」

「でもテーマに興味があるのかね?」

ちょっと迷う。「できるだけフォローしようと努めていまして――いろんな進歩を」

「結構」と彼は言って、突然ニッコリ笑った――ハッとするほど魅力的な、面喰らわされる笑顔。

「今後いろいろ相談させてもらうよ」。大きな片手でぎゅっと掴んだ本をかざし、軽く振って、立ち去った。

いろんな可能性が詰まった出来事。図書室における私の任務は、科学的・技術的文献の動向を追い、不可欠と判断した書物を注文することである。仕事上読むものは、大半は科学雑誌、技術関係の定期刊行物、機関の会報などに限られるが、ヒステリー心理学から定電流発電機の構造まで、多岐にわたるテーマの書籍にも目を通す。私の関心は広いのだ。とはいえ、キステンマッハーが〈箱〉で行なっているリサーチに直接関係した研究書を私が棚から持ち出したということは印象づけてしまったにちがいない。自分がやっている秘密の実験のことを誰もが知っていて、多くの噂が立っていることにキステンマッハーは完璧に気づいている。そういう噂を楽しみ、わざわざ自分から謎めいたヒントを口にして煽ってもいるという話。あるとき奴はアーンショーに、じきに機械で再現できない人間の感覚はひとつもなくなるだろうと言った（とアーンショーから聞いた）。時おり私も、匂いを生産する機械、味覚の機械などを想像してみる。スタッフが借り出した本の記録を私が取っていて、誰がどの本を借りたか把握していることも奴はむろん知っている。そしていま、私がギージンガーを読んで筋肉・皮膚感覚を学んでいたことも知ったわけだ。

ほかに何を知っているのか？　アーンショーが何か言っただろうか？

十月二十六日　暇な一日。資料を読む。小部屋にある私の机から、本や書類が散らばった魔術師のロールトップデスクが見え、二階、三階の手すりが巡らされた回廊が見え、ずっと上の鉱石標本を入れたガラス扉付きキャビネットに陽がキラッとあたるのが見える。松の板張りの天井。魔術師の机の向こう、パリ万博から持ち帰った白い大理石の彫像。ガス灯の街灯柱の残骸に座った翼ある若者が、白熱電球を片手で高く掲げている。光の創生。備品室の先の機械室での発電機の轟きが、こちらの足下まで伝わってくる。

十月二十八日　中庭で、写真館8号室〈箱〉で行なわれている秘密の実験をめぐる噂話。海草から栄養素を抽出する機械？　喋る写真？　隠された作業室、秘密の助手の噂。ある夜中庭で目撃された、円筒を両脇に抱え地下室の方に向かう実験助手の姿。

**十月二十九日**　魔術師はつねに現実的な計算も怠らない。白熱灯、電気ペン、磁力選鉱機。四重送信電報。活動写真の起源たる、動物の動きの研究——マイブリッジの馬、マレーの鳥。フォノグラフでさえ、娯楽器具という二義的価値も認めるが、まずはビジネス用に口述筆記の道具としての価値を強調している。ではハプトグラフは？　病院で活用可能？　若い母親が亡くなる。母を失った子を、模倣した抱擁で慰める。一人暮らしの、他人に触れられる機会のない高齢者。友好的な手が握手してくれる。いいかもしれない。

**十一月三日**　途方もない一日。いまだにありえないように思える。とはいえ、落着いて見れば、ほかと変わらぬ一日——部屋で実験に携わる技師たち、中庭を歩く訪問者たち、先生に引率された小学生のグループ、廊下や階段を行き来する助手たち、外で作業している労働者たち。朝の長い仕事が一段落したので、時おりやる中庭の散歩に今日も出ようと決めた。やや暖かい、日蔭では秋の寒気がほんのり感じられる日。中庭を端から端まで、電気ラボから化学ラボまで歩き、何人かずつで立ち話をしている連中に会釈する。庭の端から、フォノグラフ区画になっている一連の建物をじっくり眺める。戻りはじめる。本棟まで半分近く来たところで、うしろに鋭い足音。そんなに遠くない。近づいてくる。ふり向くとキステンマッハー。

「散歩にもってこいの日だな」と彼は言った。私と並んで歩き出す。

この一見他愛ない挨拶の隠れた意味。空中に——宇宙に——向けられた声だがそこには私が気づくのを意図した密かなさざ波が流れている。即座に気を張る。むろん中庭で実験技師や機械技師に出くわすこと自体はごく普通。何といっても中庭はスタッフが非公式に顔を合わせ、自由に交流する場なのだから。腕を大きく振って大股で歩くキステンマッハーにもこれまで何度も会ってきた。だが今回は、ひとつの否定しがたい事実が際立つ。いつものようにさっと会釈してすれ違う代わりに、いかにも意志堅固な様子で私にぴったり貼りついてきたのだ。何か言いたいことがあるのは明らかであり、きっとさっきから私の動きを窓から見はっていたにちがいない。

「まったく同感です」と私は答えた。

「よかったら一緒に8号室へ来てもらえるかね」

驚かせることを意図した誘い。驚いたことは認めよう。二階の、図書館から階段をのぼってすぐの実験室エリアに私が好奇心を抱いていることをキステンマッハーは知っている。5号室を例外として——そこでは新しい写真館と同じでいまも秘密の写真実験が行なわれている——これらの部屋はいつも開放されているが、実験技師とその助手の（そしてむろん魔術師その人の）領分だというのが一般的了解。魔術師は毎日それぞれの部屋を訪れて、すべての実験の進行状況を見ていく。したがってキステンマッハーの誘いは相当に異例だ。と同時に、そこにはわざとらしく謎めいた雰囲気があって、それをキステンマッハーは、ひどく大股の精力的な歩みを進め、その馬鹿げた腕を大きく振って体を前に押し出しながら明らかに楽しんでいる。

8号室——二階にあるキステンマッハーの部屋。テーブルの上には、蓄電器の部品と、ニッケル水化物と思しきもののサンプル。ハプトグラフは見あたらない。実験技師はいくつものプロジェクトに携わるのが常なのでこれ自体は怪しむに足りず。私が見守る前で彼はドアを閉め、私の方を向いた。

「我々の興味は重なっている」いつもの率直かつ陰険な口調。

私は何も言わなかった。

「君にある実験に参加してほしい」が次の一言。押さえつけた活力が伝わってくる。私が興奮しているかと、こっちの顔をじっと見ている模様。

懇願であり命令でもあるその誘いに、私はショックを受け、ぞくぞくした。それと、人の胸の内にいとも簡単に動揺を引き起こすこの男の力に苛立ちも。

「どんな実験です?」棘々しく、ほとんど無礼に訊いた。

声を上げて笑う——まさかこの男が笑うとは思っていなかった。少年っぽい、相手を武装解除する笑い。左の頰にえくぼが見えて驚いた。まっすぐな白い歯が見えるが、左上の前歯が一本抜けている。

「それはまだ言えない。明日の夜九時でどうだね? 私が図書室に行く」

体は礼儀正しく動かぬままだが、筋肉は立ち去る準備を始めて力を入れているのが見てとれる。私が引き受けることを、もはや少しも疑っていない。

図書室に戻ると、魔術師が自分の机に染みだらけの実験用ガウン姿で座り、両手で勢いよくジェスチャーを交えて『ニューヨーク・ワールド』の記者と喋っていた。

十一月五日　十一月四日の晩に参加した、途方もない出来事を、極力客観的に記述しようと思う。

キステンマッハーは時間ぴったりに図書室に現われた。いくら興奮している私でも、さすがにやや馬鹿げてるんじゃないかと思うくらいの几帳面さ。暖炉の上の大時計の針はちょうど九時を指し、一瞬、これは絵に描いた時計の偽の針では、というグロテスクな思いが湧く。奴は私を連れて備品室に入った。アーンショーはすでに夜番の若者ベンソンと交代し、ベンソンが目下、梯子にのぼってどれかの引出しの中身を調べている。肩ごしに我々二人をしげしげと見る。首は曲がり手は梯子の手すりをぎゅっと摑み、何だか我々がひどく小さくひどく遠くにいるみたいだ。キステンマッハーがポケットから輪になった鍵束を取り出す。束をかざして目的をベンソンに伝える。地下に通じるドアを開ける。彼のあとについて、木箱が高く積まれた薄暗い部屋をいくつも抜けた末、〈箱〉のドアにたどり着く。キステンマッハーが鍵を差し入れ、中に入って電気スイッチを入れた。それから向き直って、私を招き入れようと片手をさっと振りごくわずか頭を下げたが、その間も目は私から離さなかった。

部屋は変わっていた。手袋はなし――テーブルのかたわらには仕立屋のトルソを、もしくは兜もしかるべく付いた鎧《よろい》の上半分を思わせる物体。テーブルの縁に締め金で留めたスタンドに載っている。その黒っぽい、人形《ひとがた》半分という感じの物体に小さな真鍮のキャップがたくさん付いていて、キャップ同士を繫ぐ電線の輪が表面を覆っている。そのかたわらに、例の円筒形の機械と、酸化銅電池。さらに半ダースくらいの円筒が、機械と並べてテーブルの上に立ててある。一方の隅に、シーツの掛かった物体がひとつ。

「ハプトグラフにようこそ」とキステンマッハー。「では実演させていただくよ」

人形の前に行き、ケーブルを一本外して、頭と胴を繋いでいた留め金を外す。両手で頭を持ち上げる。頭をそっとテーブルに置く。次に胴のホックだか蝶番だかを外すと、背中が翼のようにぱっくり左右に開く。空洞になった内部には、手袋で見たのと同じに、黒っぽい絹のような生地が裏地として貼られ、ギラギラ光る銀の点がいくつも見える。

それから私に上着、チョッキ、ネクタイ、シャツを脱ぐよう求めた。私はためらった。キステンマッハーは無情な顔を向けた。「恥ずかしがるのは女学生のすることだ」。向こうを向く。「私は背を向けている。帰りたければ帰ってもいい」

上半身の服を一枚ずつ脱いで、椅子の背に掛けた。キステンマッハーが向き直る。「さて！　まだいたかね？」。間《ま》を置かず、翼のように広がった胴の内部を指し示すので、私は両腕を差し入れた。肌に絹の裏地が当たるのが感じられる。彼は翼を閉じ、ホックを留めた。ヘルメットを私の頭に被せ、締め金とケーブルをふたたび留める。口のところが開いていて、息はできる。目の高さに金網が貼ってある。腕は硬いが、手首と肩は一応動く。テーブルのかたわらに立って指示を待った。

「どんな感じがするかね。初めは目を閉じるといい」

キステンマッハーが機械の底の方にあるスイッチを入れた。円筒が回り出した。

最初は頭皮に、ごくわずか、針に刺されたようなチクチクした感覚がいくつも続けて生じた。そのうちだんだん、個々のチクチクする感じが薄れ、もっと覚えのある感覚を私は意識した。

「これ、まさに――ええ――妙ですが――まさに帽子を頭にかぶったような感じです」

「よろしい。ではこれは？」。目をしばらく開けて、キステンマッハーがシャフトから円筒を外して新しい円筒に付け替えるのを眺めた。

今回は右肩にチクチク刺される感じが続けて何度か生じた。それもすぐに、ひとつのはっきりした感覚にまとまった——肩に手が置かれ、肩を軽く握られた感触。

「ではこれは?」。円筒を外して別のを付ける。「左手を出したまえ。手のひらを上にして」鎧を着けた手だが、手首は回る。手のひらに突然の感覚が訪れた。丸っこい、滑らかな物体——ボール? 卵?——がそこに置いてあるように感じられた。

このように、円筒一本ずつ使って、さらに三つの感覚をキステンマッハーは試した。右腕の手首近くを歩く、蠅か何かの小さな虫。左腕の二頭筋を締めつける輪か縄。突然湧いてくる抑えようのない笑い——ハプトグラフによって、誰かの指が私の肋骨をくすぐる感覚が再現されたのだ。

「もうひとつ。こいつは特に集中してくれたまえよ。何を感じたか、正確に報告してくれ」。新しい円筒をシャフトに挿し、電流のスイッチを入れる。

初めのチクチク感のあと、ぐっと圧力が加わる感触が、まず腰で始まり、胸や顔にのぼっていった。はっきりとした触覚——なかなか快いが、これまで経験した覚えはない。説明に努める私の言葉をキステンマッハーはじっくり聴いている。上向きに流れるさざ波のようなものが、腰から頭皮のてっぺんまで一気にのぼっていき、ハプトグラフに包まれた体全体に広がる。柔らかい、すっぽりくるむような鳥の羽根にくり返し撫でられている感じ。いや、それよりも、いわば濡れていない水のような、何か新しい、心和む物質の中にくり返し浸される感じ。円筒が回転するとともに、同じ感触——同じ圧力の連なり——が何度も生じた。キステンマッハーの詳細な質問が続き、やがて彼は電流を切って、実験の終わりを宣言した。

そしてすぐに頭部の器具を外し、テーブルの上に置いた。胴の背の留め金を外して向こうを向くと、私は腕を抜きとって急いでシャツを着た。

「これはまだごく初期段階だ」ネクタイを襟に巻いている私に背を向けたままキステンマッハーは言った。「皮膚の触覚上の諸特性については、目の視覚上の諸特性よりもずっとわかっていることが少ない。とはいえ、五感の中で」——ここで片手が上がり、人差し指がのびる——「触覚はもっとも重要だと言っていいかもしれない。バークリー司教は『視覚論』で、視覚は触覚の前触れの役を果たすと述べている。ほかの感覚についても同じことが言えるはずだ。これを見たまえ」

私がまだチョッキのボタンを留めているのを無視して向き直る。ポケットからひとつの物体を出して、私によく見えるようかざす。ありきたりの万年筆が見えたので驚いてしまった。

「もし私がこの万年筆を君の手に当てたら——さあ、手を出して！——君は何を感じるね？」

手のひらを上に差し出す。彼は万年筆の先を、私の手のひらの皮膚に軽く押しつけた。

「圧力を感じます——万年筆の圧力を。ひとつの物体の圧力」

「結構。そして君も認めるだろう、皮膚というのは物をこうやって感じるようにできていることを——触覚によって物を特定するようにできていることを。だがこの万年筆は相当大きな、粗野な物体だ。もっと繊細な物体を考えてみたまえ——たとえば、これを」

別のポケットから、一本の黒っぽい剛毛。ペンキ塗り用刷毛《はけ》から取ったか。

「手を出してくれ。集中してくれたまえ。ここを押す——感じるか？——ここ——感じる？——ここ——感じない？　ノー？　そうとも。そしてこれはいささか粗い剛毛だ。もっとずっと細いのを使えば、皮膚の表面で触覚を感じるのは一定の限られた場所のみだということがさらにはっきりするはずだ。これら触点の位置を我々はすでに割り出し、いくつかの組合わせをある程度再現できるようになっている」

並ぶ円筒の方に手をのばして、ひとつを取り上げ、それを見ながら話を続けた。「時間のかかる、困難な作業だ。まだ始まったばかりだ」。手に持った円筒をゆっくり回す。「要《かなめ》はここに、中が空洞になったこのブナ材の管にある——ハプトグラムだ。見えるか？　管の表面に硬い蠟が塗ってある。ほら。膨らみと凹みが見えるだろう。これが電気の流れを制御する。ハプトグラムが回転するにつれて、蠟がこの、ニッケルの棹の列を押す——これだ。いいか？　わかるかね？　押された棹はそれぞれ、小さな可変抵抗器を動かす——これだ——これが電流を制御する。わかるか？　電流が手袋の中のそれぞれのコイルに作用して、ピンを皮膚の方に動かす。こっちへ来たまえ」

円筒を下ろして、胴の方へ行く。背中を開ける。裏地を一部分、慎重に剝がした。

「真鍮のキャップの下の、このちょっとした仕掛け——見えるかね？　一つひとつがミニチュアの電磁石だ。よく見たまえ。電線を巻いたコイルが見えるか？　そこだ。コイルの中に、ごく小さな鉄の円筒が——コアだ——入っていて、セルロイドの筒で絶縁してある。電流がコイルを流れるとコアが動く。それぞれのコアの端に細い棹が付いていて、この棹が留め具で裏地に留めてある——留め具が見えるだろう、ここと、ここと、裏地に沿ってずっと。いやぁ、この棹がねえ！」

首を横に振る。「頭痛の種だよ。すごく軽くないといけないんだが、かつ硬くなくちゃいけない。

豚毛も試した——失敗！——亜鉛は柔らかすぎるし、鋼は重すぎる。鯨の骨も、象牙も試した。これは竹だ」

ため息。「実に精巧なんだ——そして実に不十分。現状のハプトグラムは六秒のシークエンスしか作れない。あとはパターンをくり返すだけ。そうして何もかもがすごく——すごく不細工だ。必要なのは蠟管に対する違ったアプローチであり、全体の設計をめぐる問題のもっと気の利いた発想だ」

間《ま》——シーツを掛けた物体をチラッと見る。物思いにふける様子。「仕事はどっさりある」。ポケットにゆっくり手を入れ、鍵束を取り出す。考え深げに鍵の連なりを見る。「我々は何も知らない。まったく何も知らない」。親指をゆっくり、一本の鍵に這わせる。私の手のひらに鍵の先を押しつけるのだと思ったが——接触を予期して皮膚が疼いた——キステンマッハーはドアの方に向かい、セッションが終わったことを私は理解した。

**十一月七日**　昨夜魔術師は12号室にこもった。七時から午前三時まで。フォノグラフの蠟管の自動調整メカニズムに依然取り組んでいるとの噂。何としてでもグラフォフォンを負かす気。あちらは音の明瞭度は落ちるが、毎回演奏後に蠟管を削って調整する必要がないのが大きな強み。魔術師は簡易ベッドに倒れ込み二時間だけ眠る。昼間は二階の各部屋をきびきびと回り、敏捷、快活、抜け目ない目つき、若干ぶっきら棒、いきなり嘲りの刃が飛び出す。大学を出てセメントの混ぜ方も知らんのか？何を教わったんだ？　手早いスケッチ——揺るがぬ眼差し、わずかに傾いた頭。これを試してみろ。これはどうだ？　指に酸の染み。フォノグラフ区域、電気ラボ、写真館。化学ラボの裏の部屋で一人で過ごし、〈箱〉をしばし訪れ、5号室に上がり、12号室に。改良された蓄音機《フォノグラフ》、動く写真《フォトグラフ》、触覚機《ハプトグラフ》。喋る人形のための超小型フォノグラフ。盲人用インク、人造象牙。牛乳から直接バターを抽出する機械。5号館の冶金ラボで岩石破壊機を点検し、電磁選鉱器の改善を提案。中庭でのジョーク――魔術師は自分の代わりに眠ってくれる機械を開発中。

私はハプトグラフのことしか考えない。

十一月十二日　一言もなし。何もなし。

十一月十四日　ハプトグラフの皮膚に対する効果は、フォノグラフの耳に対する効果、キネトスコープの目に対する効果と同じ。それはわかる。だがこの並置、正確か？　フォノグラフと同じく、ハプトグラフは現実世界での感覚を真似ることができる。だが模倣機械フォノグラフと違って、ハプトグラフは新しい、いままで経験したことのない感覚を創ることができる。上向きに流れるさざ波。触点のいかなる組合せも可能。それを想うと、なぜ私の頭は興奮で溢れるのか？

十一月十七日　いまだ何もなし。私は忘れられたのか？

十一月二十日　今日の二時少し過ぎにアーンショーが図書室に入ってきた。一瞬ためらい、さっとあたりを見回すのが見えたが――魔術師はずっと帰ってこないし、ここには二階の化学ラボのグレイディしかいない――それから私の机にやって来た。何週間か前に借り出した本を私に渡す――写真板を作る際の乾ゼラチン製法の研究書。写真に関する技術上の詳細を求めるアーンショーの貪欲ぶりは底なし。なのにカメラを所有したこともなければ、ここにいるたいていの人間とは違って写真を撮りたいという欲求もないように見える。明らかにどこまでも知的次元に属すこの情熱を、何度かからかってみた。あるとき答えて曰《いわ》く、カメラだったらいつも二つ持ち歩いてるからね――この目を。

一本取られた。

「この分野、ずいぶん盛り上がっているね」私は言った。片手をさっと振って、漠然と写真館の方を指す。「一秒十六コマで、滑らかな動きが出せるそうだね」

声を上げて笑うアーンショー――やや気まずそうに、と思えた。「十六？　ありえませんね。四十以下でやったことは一度もありませんよ。第一、その反対のことを聞きましたよ。動きがぎくしゃくしてるって。相変わらず同じ問題です――スプロケットがピッタリ嚙まない。これをあなたに」上着のポケットに手を入れて、腕をさっと私に向けて振る。唐突で、ややぎこちない。手にはちゃんと封をした白い封筒。

彼の顔をよく見ながら封筒を受けとる。「君から？」

「いいえ」――ここで声を低くした――「キステンマッハーから」。肩をすくめる。「届けてくれって頼まれて」

「中身は知ってるのかい？」

「私は人の手紙を読んだりしません！」

「もちろん。それでも知ってるってことはあるだろう」

「いったいどう——知ってますよ、あなたがあそこに行ったことは」

「見たのか?」

「あの人から聞いたんです」

「聞いた?」

「あなたも行ったって」

「私も?」

私の顔を見る。「あなた一人だけだと思うんですか?」

「どうやら我らが友は、秘密を好むようだね」。私は真鍮のペーパーナイフに手をのばした。フラップの下に刃を差し入れる。

「もう行きます」アーンショーは言い、きっぱりうなずいて踵を返した。ドアまで半分行ったところで私はビリッと音を立てて封を切った。

「あ、ここにいたんですか、アーンショー」。ドアのところで誰かの声。

文面は——「明日夜八時。Kマッハー」

実験助手の若造ピーターズが亜鉛を探していただけ。

**十一月二十日　その後**　考えるべきことはたくさんある。キステンマッハーがアーンショーに、伝言を届けてくれと頼む。なぜ?　自分で届けるくらい訳なかろうし、直接私と話したっていいはず。つまりこうやることで、私が実験を手伝っていることをアーンショーに知らせたいのだ。結構。だが――私が部屋にいたことはすでにアーンショーに話したではないか。ということはつまり？　キステンマッハーの狙いは、アーンショーにではなく私に向けられているのだ。アーンショーに私のことを話したということを、私に知らせたいにちがいない。でもなぜ？　秘密を絆にして、私たちを一緒に縛ろうというのか？　もしかしたらもっと深い意図が――アーンショーも部屋にいたことがあること、アーンショーも実験を手伝っていることを私に知ってほしいのか。

**十一月二十一日　三時**　待っている。中庭を散歩。晴れているが寒い。息が白い。誰かが近づいてくる。帽子はなし、コートもなし、毛皮の手袋――指を守ろうとしている実験技師。

**十一月二十一日　五時**　すべての触覚体験は皮膚の中に残っているという可能性。それら埋もれた触覚記憶を、機械的刺激を通して目覚めさせることができるのでは。忘れられた抱擁――母親、恋人。四十年前の、浜辺の貝殻の手触り。記憶円筒――触覚体験の歴史。ありえるじゃないか？

**十一月二十一日　午後十時六分**　八時二分前、アーンショーが図書室に入ってくる。私は何も言わず立ち上がり、あとについて備品室に入る。階段を降りて、地下に。実験室のドアの鍵を開け、一度も私を見ずに立ち去る。彼の〈箱〉嫌悪は明らか。でもいったい何を嫌悪しているのか？

「やあ！」警戒怠らぬ、期待顔のキステンマッハー。

テーブルを背に立っている。電線や小さな真鍮キャップに覆われた人形《ひとがた》の影深い姿。テーブルの上には、孔を空けた紙を——幅はおそらく一メートル——水平に巻いたらしきロールが木枠で押さえてある。紙は一部ロールから外れ、二つ目のリールに掛かっている。どちらのリールもチェーン駆動のモーターに繋がっている。

ひとつの壁の近くに、つい立て。

「十年後、二十年後には」キステンマッハーが言う。「脳のしかるべき中枢を刺激することで、触覚上の感覚を創れるようになるかもしれない。それまでは、皮膚をじかに征服するしかない」

つい立ての方をあごで指す。「君の慎みは尊重する。つい立てのうしろで服を脱いで布を体に巻いてくれ」

つい立てのうしろに高い丸椅子があって、畳んだ布地が載っている。急いで服を脱いで布を開くと、それは一種の腰巻きで、紐が付いている。ためらわず身に着ける。つい立てのうしろから出ると、自分が病院にいる患者で、逞しい医師の前に出たような気がしてならない。

キステンマッハーが人形《ひとがた》の裏側、一連のパネルの蝶番を順々に外していく——頭、胴、脚。絹の裏地を貼った空洞の物体。銀の点にくっついたミニチュアの電磁石がえくぼのよう。人形がテーブルに固定されていることに目がとまる。これで人間が中に入れる。

じきにハプトグラフの中に閉じ込められた。目の穴を覆う金網ごしに、キステンマッハーが機械の方に歩いてくるのを見守る。さっと体を回して私と向きあう。片手を木枠に載せ、えへんと咳払いし、じっと動かず立ち、突然紙のロールを指さす。

「わかるだろう？　設計上の改善だよ。要《かなめ》はロールに空けた一連の孔だ。モーターがリールを――こっちのだ――動かすとリールがニッケル鋼のローラーの上を通る――ここだ。ローラーは一列に並んだ小さな金属ブラシと接している、以前の棹と同じように。ブラシは孔を通してのみニッケル鉱のローラーと接触する。わかるね？　電流がハプトグラフの中のコイルに伝わる。ピンそれぞれが、孔の空いたロールの一本の溝に――回転する部分に――対応している。何を感じるか、正確に話してくれたまえ」。スイッチを入れる。

まぎれもなく、左足に靴下をはかされ、ふくらはぎなかばまで引き上げられている感覚。紙がロールから外れていくとともに、同様の、だがそこまで精緻ではない、チクチク感の交じった感覚が右足とふくらはぎに。キステンマッハーが電流を切り、第一リールを手で数回転させ、孔の空いた紙ロールを巻き戻す。電流を入れる。靴下をはく感触を再現し、何か微調整を行ない、右足とふくらはぎの精緻さが若干改善される。

次に、三つの新たな触覚体験のテスト。ロープ、ベルトのようなものが腰に巻かれる。手。指を開いた手が私の背中を押している。何か柔らかい物体、刷毛か布地か、が二の腕の上を動いていく。電流を切り、考え深げな顔に。次からのテストは目を閉じてよくよく集中してほしい、と私に。どのテストも、ありきたりの感覚の真似事よりずっと先まで行くから。

目を閉じると、まず両肱のあちこちにチクチク感。それから腋の下――腰――あご。それがだんだん、あちこちの感覚が合わさった、じわじわ上に押し上げられていくような感じ。何かの力に摑まれて、地面から持ち上げられようとしているみたいだ。つかのま、宙に浮いていると感じる――一メートルくらい。目を開けると、少しも動いていないとわかる。上に引っぱられる感覚はまだ残っているが、宙に浮いた錯覚はすっかり弱まり、目を開けているあいだはもはや取り戻せない。

もう一度目を閉じて集中してくれ、とキステンマッハー。すぐさま、何かに肩と頭皮を押されているはっきりした感覚。胸郭を横から押されている感覚も。容器の中に閉じ込められた気分。だんだん不快になって、圧迫感が募ってくる。いまにも叫び声を上げようかというところでふっと解放された感覚が訪れ、何かが体じゅうに降り注ぐ感触が伴う——陶器が割れてバラバラ落ちてくるような。

「結構」キステンマッハーが言う。「もうひとついいかね？」

ふたたびチクチク感、今回はそれが体じゅういっせいに起きる。だんだんとそれがまとまっていって——なかなか快い——何か大きくて柔らかいものに軽く押される感触に。巨大な手にぎゅっと握られるみたいな——あたかも友好的な握手が皮膚全領域に対して為されているような。その優しい圧力、柔らかな抱擁に包まれて、気持ちは和み、和む以上に高揚を感じ、奇妙で説明しようのない悦びを覚えた——満ち足りた悦び——流れる至福——それが溢れんばかりに私を満たし、悦びの涙で目が熱くなる。

感覚が止まると、もう一度やってくれと頼んだが、キステンマッハーはもう知りたいことはすべて知ってしまっていた。

断固とした足どりで寄ってくる。機械の背後に消える。パネルの留め金を外し、バラバラにする。

私はうしろ向きに、腰巻き姿で出てくる。両腕をそっと胴から抜く。部屋の向こうでキステンマッハーがこっちに背を向けて立っているのが見える。スーツの黒い上着のうしろで、黄色っぽい大きな両手を組んでいる。

つい立ての陰で着替えをはじめる。キステンマッハーが咳払い。

「視覚は一箇所に集中している——まあ二箇所と言ってもいい。目の構造について我々は多くを知っている。対照的に、触覚は体全体に広がっている。皮膚はずば抜けて一番大きな感覚器官だ。なのに我々はそれについてほとんど何も知らない」

つい立ての陰から歩み出る。キステンマッハーがまだこっちに背を向けて、両手をうしろで組んで立っているのを見て驚いてしまう。

「おやすみ」動かぬまま言う。突然片手を肩の高さに上げる。手首を軸にして前後に動かす。

「おやすみなさい」。ドアまで歩いていく——ふり向く。そして私も手を上げ、まず彼に向かって、次にハプトグラフに向かって、馬鹿みたいに手を振る。

十一月二十二日　模倣と発明。ハプトグラフの壮大さ。ありきたりの触覚を複製するだけでなく、新しい組合せを試す力もある——いままで経験したことのない圧力、触《さわ》られ方。触ることの冒険。どんな新しい感覚が、いかなる未知の欲望が目覚めさせられることか？　蝕知可能なものたちの、未探索の領域。触覚の最前線。

十一月二十三日　アーンショーと会話するも、相手はこちらの興奮を共有せず。ハプトグラフに対する露骨な嫌悪。苛立たしげに肩をすくめる。「ほどほどでやめておく方がいい」——魔術師が体現するすべてを、巧みな正確さで否定する一言。とはいえこの男にも、動く写真を少しでも進歩させたいという情熱はある。視覚志向の人間が、触覚から本能的に尻込みするということか？　視覚の持つ、安全な距離。我に触るなかれ《ノリ・メ・タンゲレ》。触ることの親密さ、侵入性。

**十一月二十四日**　〈箱〉でふたたびセッション。まずありきたりの感覚から始める。きわめて正確。手のひらに載ったボール、靴下、握手、ベルト。ある新しい感覚はいまひとつ——右腕の手首付近を鳥の羽根で撫でられる感触。はじめは砂粒が腕に撒《ま》かれている感じ。次に刷毛のような感じ、最後は滑らかな木切れのような。明らかに、限られた場所内の触点をピンが刺激することで精緻な感触を喚起する方が、ある長さに沿って順々に刺激していくよりずっと容易。キステンマッハーがメモを取り、金属ブラシをいじくり、ネジを一本調整した。じきに普通でない、あるいは未知の感覚に移っていった。さざ波、はためき、曖昧な押し、突きの雑多な組合せ。キステンマッハーにあれこれ訊かれる。説明に苦労。皮膚の中から外に押してくるような奇怪な圧迫感、まるで体が破裂してしまいそうな。時おり、自分が皮膚から分離したような感覚——夜に脱ぐ服みたいに皮膚が体から剝がれていくかのように。一度など、締めつけと緩みのパターンが変わって、いままでの体から自分が去りつつある気分、生まれ直している気分が伴った。その直後、ほんの数秒だけ、空を飛んでいる感覚。

**十一月二十六日**　中庭を歩く。晴れて寒い。突然、肩にのしかかるコート、足を包む靴革、頭を覆う帽子を意識。一日中、触覚をますます強く実感——指に触れるページの縁、手のひらに収まったドアの把手。図書室に一人でいると、頭皮から生えた頭髪一本一本、指先それぞれに収まった爪が妙にはっきり感じられる。生々しい感触だが長くは続かない。

十一月二十七日　魔術師は選鉱機と、喋る人形のためのミニチュア装置にますます没頭している。ブリキの胴に隠した小型フォノグラフにトラブル続出——小さな蠟管が割れ、針が振動板から剝がれたり溝から外れたり。〈箱〉にもあわただしく足を運び、金属ブラシを調整し、巻き取りリールを点検し、裏側パネルの蝶番を外し、猛スピードでスケッチ。いきなり立ち去る。ネクタイがチョッキの上に引っかかっている。キステンマッハーが言うには、ハプトグラフのデザインが気に入らず別のモデルを提唱したという。松材のキャビネットの中に頭以外の全身が入り、頭には別の覆いを被せるという案。ハプトグラフ・パーラーを魔術師は予言する——五セント貨を入れて動くキャビネット・ハプトグラフが並ぶ部屋。パネルにボタンが並んでいて、客が自分で押して操作する。

十一月二十八日　またアーンショーに出くわす。よそよそしい。機械の話はなし。なので天気談義に終始。今日は寒いね。うむ。でも寒すぎもしないね。ああ。どっちを気まずく思っているのか——自分が実験に加わっているのを私に知られていることか、私が加わっているのを自分が知ってしまったことか。一秒間のコマ数の話はした。気のない様子。私が立ち去るのを見てホッとしていた。

十一月二十九日　〈箱〉での第四セッション。いつにも増して細心かつ真剣なキステンマッハー。まずはおなじみの感覚を一通り。機械を止め、ロールを外し、新しいロールを装着。振動の理論を一席ぶつ——新しいロールにはピンが高速で振動するよう孔が空けられていて、この振動が運動感覚に影響を及ぼすはず。はじめはたくさんの虫が皮膚に襲ってきたような不快感。それから、左腕が体から遊離する感覚。頭が浮かぶ。体が落ちる。一度、前回と同じように空を飛んでいる感覚、だが今度の方がずっと鮮明だし長続きする。体全体がピリピリする。最初のロールに戻る。皮膚がこすられて新しくなった気分。感受力も高まった。古い皮膚からは隠されていた微小の触覚も感じとっている様子。素晴らしい。

**十一月二十九日　その後**　興奮で眠れない。混乱した思考、突然の明晰さ。新しい世界が、もう少しで届くところに感じられる。古い体が邪魔している。石が石でなく、木が木でないとしたら？　火が火でなく？　顔が顔でなく？　そうしたら？　新しい形、新しい触覚——隠れた丸ごとひとつの世界。ハプトグラフが道を指し示している。ああ、何言ってるんだ？　黙れ。寝ろ。

**十一月三十日**　キステンマッハーが言うには、アーンショーが実験から外してほしいと願い出た。魔術師は拒否。つねに無条件の忠誠を求める。一人残らず。みんな仲間。「一致団結！」

中庭でアーンショーを見かける。私を避けている。

**十二月一日**　けさ魔術師は特許権保護願いを申請。ハプトグラフの構造を説明し、基本的特徴を列挙した書類を提出。いつもの戦略。これによって、発明がまだ未完成であることを認めつつ発明自体は保護される。午後は図書室で『ヘラルド』『サン』『ニューアーク・ニューズ』相手のインタビュー。「ハプトグラフはまだ世に出せるところまで来ていない。あと半年で実用化できると思う」。例によって前宣伝を怠らず、大衆の欲求を掻き立てる。いずれ複製されるべき感覚を語る――ジェットコースターに乗る、橇で丘を下る。暖かさ、寒さの感覚。「娯楽ハプトグラフ」――スリリングな冒険も機械の中で完璧に安全。キャビネット・ハプトグラフ、ハプトグラフ・パーラー。話題は喋る人形、童謡を入れた小さな蠟管に移る。将来は、子供が触《さわ》れば反応する人形。魔術師の両手が宙に舞い、眼は青い炎。

新聞記者たちは必死にメモを取る。

人手をあと三人回せて、いまの十倍の資金をリサーチに注げれば、ハプトグラフは三年で実用化できる、とキステンマッハー。

**十二月二日**　触覚を記録する機械ハプトグラフをめぐって、中庭で盛り上がる。正確にはどういうものので、何をするのかについては混乱している。フォノグラフと同じ構造と思い込んでいる者が一人――記録用機材を押しあてていろんな触覚を記録し、その機材を摑んで触覚を再生するのだ、と。誰かが下品なジョークを飛ばす――そんな機械があったら、女なんか要るか？　みんな笑うが、不安混じりの笑いも。魔術師は何だって作れる。女だって作れるのでは？

十二月二日　いつもより早く出勤。図書室から複数の声が聞こえた。入ってみると、魔術師が机の前に立ってアーンショーと向きあっている。両のこぶしで机を押し、身を乗り出している。鼻孔が開いている。頬骨が煉瓦のように赤い。アーンショーは青ざめた顔で、ぴんと背が伸びている――ドアの物音にハッとふり向く。
　私は帽子を手に「皆さん、おはようございます！」。

十二月五日　〈箱〉の第五セッション。チェーン駆動メカニズムの改良とリール回転の円滑化に昼夜取り組むキステンマッハー。改造により、奇跡のごとき高度な模倣が可能に――手のひらに持ったボール、握手、靴下、帽子。ハプトグラフはいまや、重いローブが肩に載せられ、腕を一本ずつ袖に通し、腰でベルトを締めるといった複雑な感覚を完璧に模倣できる。魔術師の予言がいつの日か実現するかも。
　だがキステンマッハーは今回も未知の領域を探索したがった。紙ロールを交換する――新しい振動。「では頼む。しっかり集中してくれたまえ」。私はふたたび触覚の世界のエキゾチックな、言葉がぶざまで粗雑になってしまう領域に入っていく。自分の体がとてつもない長さに広がった感覚――驚異。壁にぶつかって向こう側につき抜ける、空間を疾走する、皮膚で叫んでいる。あるときなど、どう言ったらいいだろう、天使の翼に撫でられたような。ぎこちない大まかな言葉では、しどろもどろの口ごもりでは、とうていあの高揚感は伝わらない。障壁を打ち破り、可能なるものの境界を超え、人間が滅びたあとの場で、何かまったく新しいものの誕生を経験しているように感じたのだ。

**十二月六日**　あれは幻覚、ハプトグラフの作ったトリックだろうか？　それとも、事実そこにある世界があらわにされたのか、肉体の限界ゆえに私たちがこれまで締め出されてきた世界が？

**十二月六日　その後**　慣れない考え。例。私たち人間が、しじゅう私たちにぶつかっているものの私たちの皮膚の触点を押しはしない非物質的な存在に囲まれているという可能性はあるか？　視覚は顕微鏡によって高められる。触覚の顕微鏡としてのハプトグラフ。

**十二月七日**　インタビュー以来、魔術師は一度も〈箱〉に来ていない。ほかのことに没頭している——低品位磁鉄鉱の採掘計画、フォノグラフ区域での喋る人形の製作、安全な交流電流の試験。ウェスティングハウス社との競争。写真館での秘密の実験。

**十二月八日**　待つことで消耗する日々。ハプトグラフについて誰かと話したくてたまらない。その気分で、備品室を訪ねていく。アーンショーは気づまりで落着かぬ様子。もう十日も私と口を利いていない。こちらは写真をめぐる噂話をあれこれ伝える。向こうは目を合わせようとしない。ここは単刀直入に行くことに。で、実験はどうかね？　怖い顔でさっと私の方を向く。「あそこの部屋は不愉快だ！」。目は険しく、容赦ない。両方の瞳孔の真ん中に、恐怖を物語る明るい点。

十二月九日　盲人が視覚の回復を経験した例を綴った文書はいくつも存在する。見えるものに圧倒される――葉を照らす陽の光、青い空。同じように、四十五年間ずっと綿に包まれていた男を想像してみよう。ある日、綿が外される。男は突然、まったく知らない感覚に襲われる。世界が皮膚の中に注ぎ込んでくる。いろんな物の指が彼を摑み、揺さぶる。石が触れてくる、葉が押してくる。いろんな物がナイフのように突いてくる。世界とは何なのか？　どこにあるのか？　どこに？　我々は綿に包まれて、隠された世界の中を歩いている。盲目の皮膚。我に視力を！

十二月十日　今日の午後、中庭で顔を上げると鷹が飛んでいるのが見えた。はるか頭上、翼は広げられ、胴がゆっくり下がってくる。その粛々《しゅくしゅく》たる力強さ。前兆。でも何の？　鷹性というものを想像してみた。上手く行かない。

十二月十一日　長い午前、もっと長い午後。六冊の本を並べ、それぞれ二ページずつ読んだ。窓の外を四百回見た。先日のアーンショーの顔。先祖の痕跡――青白い聖職者たち、頰は滑らか、あごは尖り、白い皮膚には熱情の赤み。罪人たちに永劫の業火を宣言している。

十二月十二日　恐怖と驚異の一夜。どこで終わるのか？
　キステンマッハーはピリピリして、ぶっきら棒で、熱っぽい疲労に包まれている。いつもの几帳面な手付きで、おなじみの擬態を一通り。それぞれ何回かずつくり返し、ノートに結果を書き込む。どこかおざなりな態度。気のせいだろうか？　いや、違う——ロールを替えるときの興奮は明らか。「では頼む。正確に話してくれたまえ」。どう言い表わしたらいい？　ハプトグラフに繊細に叩かれた私の皮膚が、埋もれていた力を生み出したのだ。ふたたびあの、自分が広がっていく至福感——古い体を投げ捨てて新しい体を身に帯びる感覚。私は自分を超え、自分以上だった、非‐私だった。古い体では、片手をのばせば鉛筆を、文鎮を摑めた。新しい体では、片手をのばせば部屋中を、その家具もすべて摑めた。町を丸ごと、その煙突や塩入れや街路や樫の木もすべて摑めた。それればかりじゃない——それればかりじゃない。新しい皮膚の私は体のあらゆる点において、じかに触れることができたのだ、頭に浮かぶどんな物体にも——小さいころ持っていたぬいぐるみの熊、飛んでいる鷹の翼、記憶の中の野原に生えた草。脳内に記憶が詰まっているように、あたかも私の皮膚に触覚がぎっしり詰まっているみたいで、それがみんな飛び出す機会を待っている。

目を開けると、キステンマッハーがテーブルのかたわらに立っていた。ロールから外れていく紙をすごい形相で睨んでいる。チェーン駆動のモーターのブーン、カチカチという音、金属ブラシがこすれるかすかな音。目を閉じて……

……たちまちもっと広範な地帯に入っていった。ここでは皮膚はこの上なく薄く、清くなるので、空気が——光が——夢が触れるのが感じられる。ここでは皮膚がピンの頭ほどもなくなるまでどんどん縮み、宇宙の外枠にぴんとのばして張れるほどぐんぐん広がる。あるものすべてが、こっちへ流れてくる。皮膚にぶつかってくる。私は身震いし、体が鐘のように鳴った。私はとことん新しかった、新しい生物だった、キラキラ光って、鱗《うろこ》みたいな古いものから出てきて。私の冴えない、ぶざまな皮膚がバラバラになって、うち震える生命感みなぎる個々の点に分散するように思えた。こうして自分が甘美にパックリ割れて開くなか、こうして輝かしく解体していくなか、体が溶けるのを、神経が破裂するのを私は感じ、涙が頰を流れ、恐怖と恍惚に包まれて叫び声を上げた。

ドアをノックする音——カッカッと二度鋭く叩く。機械が止まった。キステンマッハーがドアの方に行く。

「叫び声が聞こえたもので」とアーンショーが言った。「それでちょっと——」

「大丈夫」キステンマッハーが言った。「何も問題ない」

**十二月十三日**　静かな日。寒い。雪が降るという。空は青白く、色というより色の不在——青の不在、灰色の不在——水道水。高いアーチ窓を通して、メインストリートの軽い往来の音。荷馬車の軋み、ひづめの響き。図書室の暖炉でヒッコリーの丸太がシューシュー、パチパチ鳴る。上の階で誰かが歩き、止まり、本を棚から出す。通りで荷馬車馬が鼻を鳴らす。

**十二月十四日**　私の中に強い、不安混じりの期待感。期待はわかるがなぜ不安が？　皮膚が覚醒し張りつめている、嵐の前のように。

**十二月十五日**　新しい人生が手招きしている。影のように迫りくる気分、いわば寸前感。人間の五感は固定され、硬直し、意外性を欠く。殻を破らねば。破ってどこへ？　新しい場へ。そこへ。我々は外れに、隅っこに生きている、線路脇に住む貧者のように。ここが中心のはずはない、こんながんじがらめの感覚しかないところが。出口としてのハプトグラフ。あそこへ。どこへ？

楽園。

十二月十七日　大惨事。

十六日の晩、キステンマッハーが八時に迎えに来た。〈箱〉には二日行っておらず――フォノグラフの自動調整に土間場で問題が生じて全力を注がざるをえなかった――早く実験を再開したいという。あとについて階段を降り地下へ。〈箱〉の施錠されたドアの前でキステンマッハーが鍵束を取り出す。間違った鍵を差す。苛立ちと戸惑いの表情で鍵を見る。正しい鍵を差す。ドアを開け、手探りでがさごそ。電灯のスイッチを入れる。ここでキステンマッハーが奇妙な音を立てた――ため息のような、おぞましい音。

ハプトグラフが床に転がっていた。電線がボルトから剝ぎとられ、くしゃくしゃの髪みたいに飛び出している。裏のパネルが剝がされ、ピンが散乱している。床一面に――叩き割られたリール、モーターのチェーン、壊れた枠。内臓のような電線。裂けた紙、くしゃくしゃの塊。隅っこに暗い頭部が見えた。

動いていなかったキステンマッハーが、いきなりすごい剣幕で歩み出る。立ちどまる。すさまじい形相であたりを見回す。右手をげんこつにして肩の高さに上げる。不意にハプトグラフ本体の上にしゃがみ込んで、ひどく優しい手付きで電線に触れた。

最悪の夜。朝早く図書室に出勤。アーンショーはすでに解雇された。こういう話——十二月十六日の夜七時ごろ、精密機械室の技師が備品室に真鍮の管をもらいに来て、アーンショーが地下から出てくるところを見た。気もそぞろで、そわそわ落着かず、いつもとは全然違う様子。破壊の発覚後、技師が魔術師に報告。魔術師がアーンショーを呼び出す。きっと背を伸ばし、硬直し、挑むような顔で突如激情をほとばしらせて退職を宣言、「下でやってること」に賛成できない、と。「出ていけ！」と魔術師。嵐のように去るアーンショー。終わり。

ハプトグラフを修理して新しいロールに孔を空けるのに三週間から五週間かかる、とキステンマッハーは言う。ところが魔術師からは、喋る人形に専念するよう命じられている。魔術師はピリピリ怒りっぽく、異を唱えるのもはばかられる。人形はよく売れるが返品の量もすごい。苦情はいつも同じ——喋らなくなった、胸に隠された小型フォノグラフが動かなくなった。

十二月十八日　キステンマッハーは何も言ってこない。8号室にこもって喋る人形にかかりきり。

十二月十九日　魔術師が部屋から部屋を飛び回る。少年っぽい笑顔、ジョーク、笑い声。みんな、頑張れよ！　キステンマッハーの姿が一目見えた——罰を受け、しょげた大柄の生徒。魔術師は失望をそんなにあっさり追い払えるのか？

十二月二十日　アーンショーの破壊的憤怒。どう理解すべきか？　悪魔の業《わざ》としてのハプトグラフ。

秘密の部屋、裸の肌――触ることの罪。正義の先祖たち。燃えろ、魔女！

十二月二十日　その後　キステンマッハーが中庭を歩いているのを見た。惨めな様子。私のことが目に入らなかった。

十二月二十日　その後　それとも入ったのか？

十二月二十日　さらにその後　ハプトグラフの未来が心配だ。もう少しだと思ったのに。もう少しで、何なのか？　途方もない変化。感覚における革命、それが新たに――新たに何をもたらす？　何を？　言ってしまえ。よし。新しい宇宙を。そうとも！　隠されていた世界があらわになる。冒険としての、発見の旅としてのハプトグラフ。これに較べればフォノグラフなぞ、歌だの声だの、気の利いた玩具にすぎぬ。

ハプトグラフ、天啓の器。

まだ連絡なし。

十二月二十一日　魔術師が机に向かい、鼻歌を歌っている。突然の疑問――あそこにいるのは、失意の人なのか？　ハプトグラフは壊され、キステンマッハーは傷心を抱え、魔術師は鼻歌を歌っている。鼻歌を歌う、幸福な男。どうして失意の人だと考えたのか？　もちろんただの物理的、一時的破壊にすぎぬ。修理するのは訳ない。だが何の作業も命じていない。キステンマッハーも仕事から外した。沈黙が支配。なぜ何もしないのか。なぜ？

こういうことだろうか。ハプトグラフが完成に程遠いことを魔術師は承知している。特許申請で保護はされている。そして見れば、キステンマッハーがどんどんのめり込んでいる。ここはどうにか、一番腕利きの電気実験技師を、利益の上がらぬ作業から引き離し、その活力をもっと有用な方向に向け直す必要。そこで——実験棚上げの口実に機械を壊す。なるほど。結構。だがそれだけではなかろう？　安堵しているのでは？　とてつもない重荷が降りて？　捉えがたい機械、裏切る機械——実用から遊離して、異端の快楽に誘う。魔性の女としてのハプトグラフ。魔術師をたぶらかし、連れ去る。こんなものなくしてしまいたいという密かな欲求。もういい！　見ろ、あの突然の陽気さ、鼻歌を。つまり。

ではアーンショーは？　実験に対する奴の敵意が、より大きな目的に役立ったということか。魔術師の製作物に怒りを込めて打ちかかることが、図らずも魔術師の密かな意志に叶うことになる。壊してしまえ、叩きつぶせ。主人の抱えた闇の噴出としてのアーンショー、主人のもっとも深奥の欲求の使者。燃えろ！　死ね！　ハプトグラフをなくしたいという魔術師の願いが、ハプトグラフを邪悪な機械と見るアーンショーの憎しみの中に流れ込む。一見対立する二つの意志が、一つになってはたらく。死ね！　不可避の結論——魔術師の仕事を破壊すべく怒りを込めて持ち上げられた腕は魔術師の腕である。

本当にそうか？

不可能ではない。

喋る人形に埋没しているキステンマッハー。魔術師は部屋から部屋を飛び回り、数々のプロジェクトに大忙しで、ハプトグラフを顧みない。

〈箱〉には誰も入らない。

十二月三十日　何もなし。

一八九〇年二月十六日　今日中庭で、新米の一人がハプトグラフのことを話すのが聞こえた。問いただすと、困惑した様子。実物大の女の形をしてるって聞きましたけど。喋れるってほんとですか？　すでに伝説の領域に入っている。もう私も気持ちを殺さねば。実験は放棄されたのだ。

街路には雪。高い窓を通って、馬具の鈴の澄んだ鋭い響き。

もしかしたらすべて、私が見た夢だったのか？

新しい備品室係のワトキンズと仲良くなった。精力的な、引き締まった体の元電報技師で、きびきびとして仕事は有能、ユーモアのセンスもある。黒っぽい金髪の頰ひげ。電気関係に情熱を燃やす。電話の所有者が一定料金を払えば、生演奏の音楽を聴けるようにしてはどうか――単に配線の問題じゃありませんか。電気ブーツ、電気帽子、電気ペーパーナイフ。金の卵ですよ。ある日一緒に倉庫まで降りていき、新しい蓄電池の実験をしている電気ラボ助手に頼まれたコバルトとマグネシウムをワトキンズが探しはじめた。見慣れたドアが近くにあるのを見て、私は一種悲しい興奮に見舞われた。

「あそこには何が？」――黙っていられなかったのだ。「ああ、あそこね」ワトキンズが言う。鍵束を取り出す。中は――木箱の山が、天井まで。「動物の角です」とワトキンズは言った。「ほら、レイヨウ、ノロジカ、ガゼル。アカシカ。セイウチの牙、サイの角」。あははと笑う。「あんまり需要ないですよね。でもまあ、この先何が起きるかわかりませんからね」

夢だ、夢！

いや――夢じゃない。というか、夢だ、たしかに夢だ、夢でしかない、でもそれを言えば発明とはすべて夢だ。心の部屋に取り憑く生々しい、手に取れない存在、それが時おり外に出て、重さを帯び影を投げるのだ。魔術師の研究所は、古《いにしえ》の魔法使いが取り仕切る夢の庭。なぜ彼はハプトグラフを捨てたのか？　採算が取れぬと確信したからか？　完璧に出来たフォノグラフや、キネトスコープの優雅な可能性に遠く及ばなかったから？　それともハプトグラフが恐ろしい妖婦に、彼をたぶらかし実用的なプロジェクトから引き離す禁じられた悦楽になったから？　それとも――もしかして――世界はまだこのハプトグラフを受け容れる準備ができていないと判断したのか、慣れ親しんだ感覚にとどまることを拒み人間の可能性を新しい、恐ろしい存在領域へと拡張することを約束する危険な機械の時機はまだ熟していないと判断したのか？

昨日魔術師は冶金ラボで十時間過ごした。選鉱機の調整。「こいつはすごいぞ！」。産業を革命的に変えると考えている。利益もたっぷり上がる。

ハプトグラフは時機を待つ。一年で、十年で、一世紀で戻ってくるだろう。そのとき誰もが、私が知ったことを知るはずだ――世界は我々から隠されていることを、大地の富を届けてくれると思える我々の肉体こそ実は我々が世界に届くのを妨げているということを。私たちの皮膚の目は閉じられている。明るさが私たちに注ぎ込んできても、私たちには見えない。物が流れてきて私たちに当たっても、私たちには感じられない。だが光は来るだろう。ハプトグラフは戻ってくる。おそらくはじめは、ゲームセンターの無害な玩具として、食欲計《ガストグラフ》や臭気鏡《オドロスコープ》のライバルとして。五セントを入れれば手のひらにボールを、頭に帽子を感じられる。そうした感覚がだんだん複雑に――だんだん捉えがたく――だんだん大胆になっていくだろう。古い体が剥がれ落ちて、新しい体が現われるのを人は感じるだろう。そうしたら人間の存在は大きく開いて、人は流れ込んでくる世界を殴打のように、突風のように受け止めるだろう。隠された宇宙が炎のように己を顕《あらわ》すだろう。人は永久に自分自身を去るだろう。人は神のごとくなるだろう。

もうこの日記には戻るまい。

街路には雪。明るい青空、ペンキのように白い雲。機械工房からの発電機の響き。ヒッコリーの丸太が弾ける音、中庭からの叫び声。何の変哲もない一日。

# 訳者あとがき

二〇一五年、現時点での最新短篇集 *Voices in the Night* を刊行した時期に、雑誌 *The Week* のウェブサイトで、スティーヴン・ミルハウザーは彼が愛する短篇集を六冊挙げている。このラインナップが、なかなか興味深いので紹介すると——

小川洋子『寡黙な死骸　みだらな弔い』
イタロ・カルヴィーノ『マルコヴァルドさんの四季』
谷崎潤一郎短篇集（Vintage 版、「春琴抄」「恐怖」「夢の浮橋」「刺青」「私」「青い花」「盲目物語」）
ヘミングウェイ『われらの時代』
キャサリン・マンスフィールド短篇集
エリザベス・ボウエン短篇集

日本の作家が二人入っているのがまずは嬉しいが、それは措くとして、典型的な幻想・怪奇小説よりも、日常が幻想や怪奇と交叉する作品、日常のなかにひそむ幻想・怪奇を描いた作品が好みであるように思える点が目を惹く。たとえば『寡黙な死骸　みだらな弔い』については、「これら不吉な物語は静かに始まるが、やがて奇怪な方向に逸れてゆく。『心臓の仮縫い』では、ある日一人の男の許に女性が訪ねてきて、ブラウスを脱ぎ、裸の心臓をさらす――心臓が体の外で脈打っているのだ」という紹介を添えている。リアリズムから非リアリズムへどう斬新に移行するか、それがこの人の大きな関心事のようだ。

実際、ミルハウザー本人の作品自体、幻想的な時空、驚異の世界を描く際にも、曖昧なイメージに訴えたりはせず、出発点となる舞台にしても、驚異への移行のプロセスにしても、つねに細部まで緻密に思い描かれ、描写されている。どれだけ幻想的な事物が描かれても、そこにはこの人独自のリアリズムが貫かれている。

昨年刊行した『木に登る王』の「訳者あとがき」で、スティーヴン・ミルハウザーはまずは短篇小説の書き手として認識されているが中篇小説のすぐれた書き手としても重要である、という趣旨のことを書いたので、今回、スティーヴン・ミルハウザーは何と言っても短篇小説の書き手として重要である、と書くのは何だか二枚舌のように思えていささか気が引けるのだが、どちらの陳述も訳者にとっては少しも嘘偽ない真実なので、どうかご勘弁願いたい。この『十三の物語』はその意味で、ほかの誰とも似ていないこの作家の一番本領の部分がいつにも増して明確に現われている一冊である。

七十代なかばに達したいまも、ミルハウザーは新しい短篇が文芸誌にコンスタントに掲載されている。最近では文芸誌 *Tin House* 七十五号に「ハーメルンの笛吹き男」の現代版 "Guided Tour" が載り、顧客サービスの録音メッセージがえんえん続く "Thank You for Your Patience" が *McSweeney's* 五十号に載った。これらはいまアメリカでもっとも充実した内容の文芸誌であり、活きのいい若手、中堅作家の作品を数多く載せていて、ベテラン作家は概してむしろ敬して遠ざけている。そのなかで、ミルハウザーだけは上の世代の書き手のなかでほぼ唯一定期的に登場している（ちなみにアメリカでは作家が雑誌に依頼されて短篇を書くことはあまりなく、作家は掲載先を考えずに作品を書き、エージェントがそれを各誌に売り込むというのが一般的である）。ほとんど十九世紀小説を思わせる律儀さ、端正さに貫かれた作風が、一回り回って、若い読者層には新鮮に見える、そういう悦ばしい文脈が出来上がっているように思える。

今回の短篇集にも、ミルハウザーのそうした職人的律儀さが遺憾なく発揮されている。たとえば冒頭の「猫と鼠」。有名なアニメーション『トムとジェリー』をより知的に、より思索的にしたかのような架空の漫画を思い描き、それを丹念に言葉に移し替えた作品である。それを読む楽しさは、そこで思い描かれた内容をたどる楽しさであると同時に、内容が緻密に言語化されていく過程に立ち会う、いくぶんの緊張感をはらんだ楽しさでもある。そしてこれはほかの十二篇にもすべてあてはまる。

また今回は、「オープニング漫画」「消滅芸」「ありえない建築」「異端の歴史」という四部に分かれていて、それぞれのセクション内で——時にはセクションを超えて——作品と作品が微妙に呼応しあっているところが素晴らしい。ミルハウザーはこれまで六冊の短篇集を刊行していて、本書は四作目にあたるが、構成の妙ということでは特に見事な一冊だと思う。原題を訳せば『危険な笑い　十三の短篇』だが、作品が粒ぞろいであることを強調したくて、著者の了解も得て、邦題は原書の副題を採って『十三の物語』とした。

簡単な注釈は本文中に割注で記したが、もう少し長めの注を以下に記す。

十一ページ二～三行目　「マーティン・チェダーウィット」、ゴーダの「ファウスト」、「アントニー・

エダム回想録」、「メディチーズ一族史」、シェークスポーのソネット　それぞれチャールズ・ディケンズの小説「マーティン・チェズウィット」、ゲーテの「ファウスト」、「アントニー・イーデン（イギリスの著名な政治家）回想録」、「メディチ一族史」、シェークスピアのソネットのもじり（「ポー」［paw］は猫や鼠の前足の意）。

五十ページ六行目　『カスタブリッジの町長』　当時（一九五九年）アメリカの高校では十九世紀のイギリス小説をいくつも読まされたが、トマス・ハーディ著、一八八六年刊のこの小説もそのひとつ。語り手の少年はおそらくこの本にひどく退屈している。

五十六ページうしろから六行目　ウィリアム・プレスコット・ピアソン、A・E・ジェイコブズ、ジョン・シャープ　いずれも作者の創作。

五十六ページ最終行～五十七ページ一行目　『サイラス・マーナー』や『ディザスタブリッジの町長』ジョージ・エリオット著、一八六一年刊『サイラス・マーナー』も当時の高校でしばしば読まされたイギリス小説。『ディザスタブリッジ（文字どおりには「災害橋」）……』は五十ページに出てきた『カスタブリッジ』のもじり。

六十九ページ七行目　〈幽霊〉ゲーム　それぞれが一文字ずつを足していき、何らかの単語を完成させてしまった者が負けになるゲーム。

二二〇ページうしろから四行目　**『ハーパーズ・ウィークリー』のみならず『アップルトンズ・ジャーナル』など……**　いずれも当時の主要雑誌。

二二二ページ一行目　**一八七七年のブルーアリー・ショー**　架空の展覧会だが、一九一三年に兵器庫（アーモリー）で開かれ、ヨーロッパの当時の最先端芸術をアメリカに広めることになった「アーモリー・ショー」を想起させるネーミング。

二二九ページうしろから三〜二行目　**ケンペレンのチェス指しのような人形**　ハンガリーの発明家ヴォルフガング・フォン・ケンペレン（一七三四—一八〇四）はチェスを指す人形を「発明」し「トルコ人」と名付けて有名になったが（一七七〇）、一八二〇年代、中に人間が入っている悪戯と判明。

二四五ページ　**ウェストオレンジの魔術師**　ニュージャージー州メンローパークに研究所があったトマス・エジソンが「メンローパークの魔術師」と呼ばれたことを踏まえている。ウェストオレンジはニュージャージーの別の町で、エジソンはここにも研究所を持っていた。以下この作品では、エジソンに関する史実と作者ミルハウザーによる虚構が混在している。

二四六ページうしろから三行目　**断固ベルのグラフォフォンを潰す気**　「グラフォフォン」はエジソンが開発中だった「グラモフォン」に対抗してグレアム・ベルの研究所で開発された蓄音機。グラモフォンでは錫箔を使っていたレコード部に蠟を塗った厚紙を使ったところが大きな特徴。エジソンはこのライバル登場に危機感を覚え、中断していた蓄音機開発を再開し、グラフォフォン同様に蠟を使った新型を開発してこの競争に勝利する。

二五〇ページ十行目　**触覚機《ハプトグラフ》**　原綴りは haptograph。hapt-または hapto-は「接触」を意味する接頭辞。

二五五ページ五行目　**マイブリッジの馬、マレーの鳥**　エドワード・マイブリッジは走る馬の連続写真で、エティエンヌ＝ジュール・マレーは飛翔する鳥の連続写真で、それぞれ映画の発明に貢献した（二人とも一八三〇―一九〇四）。マレーは「ムッシュー・マレー」として二四九ページうしろから二行目でも言及されている。

二七二ページ三行目　**我に触るなかれ《ノリ・メ・タンゲレ》**　復活したイエス・キリストがマグダラのマリアに言ったとされる言葉（のラテン語）で、接触を禁じる警告、あるいは触れてはならぬものを指す言葉として一般的に用いられる。

二八三ページ一行目　**燃えろ、魔女！**　アーンショーの性格から、魔女狩りに携わった独善的な先祖を語り手は想像している。

以下に、ミルハウザーのこれまでの著書を記す。

*Edwin Mullhouse: The Life and Death of an American Writer, 1943-1954, by Jeffrey Cartwright*（1972）長篇『エドウィン・マルハウス』岸本佐知子訳、河出文庫

*Portrait of a Romantic*（1977）長篇『ある夢想者の肖像』白水社

*In the Penny Arcade*（1986）短篇集『イン・ザ・ペニー・アーケード』白水Uブックス

*From the Realm of Morpheus*（1986）長篇

*The Barnum Museum*（1990）短篇集『バーナム博物館』白水Uブックス

*Little Kingdoms*（1993）中篇集『三つの小さな王国』白水Uブックス

*Martin Dressler: The Tale of an American Dreamer*（1996）長篇『マーティン・ドレスラーの夢』白水Uブックス

*The Knife Thrower and Other Stories*（1998）短篇集『ナイフ投げ師』白水Uブックス

*Enchanted Night*（1999）中篇『魔法の夜』白水社

*The King in the Tree: Three Novellas*（2002）中篇集『木に登る王』白水社

*Dangerous Laughter: Thirteen Stories*（2008）本書

*We Others: New and Selected Stories*（2011）短篇集

*Voices in the Night*（2015）短篇集

雑誌掲載された邦訳で、単行本未収録の作品としては以下のものがある（いずれも柴田訳）。

「大気圏外空間からの侵入」『Paper Sky』三十八号

「私たちの町の幽霊」『モンキービジネス』十二号

「息子たちと母たち」『モンキー』二号
「幽霊屋敷物語」『モンキー』十五号

本書に収められた短篇のうち、「猫と鼠」は『飛ぶ教室』八号と柴田元幸編『昨日のように遠い日 少女少年小説選』(文藝春秋、二〇〇九)に、「イレーン・コールマンの失踪」は『モンキービジネス』二号に、「もうひとつの町」は『Paper Sky』二十九号に、「流行の変化」は同四十八号に、『ハラド四世の治世に』は若島正編『ベスト・ストーリーズⅢ　カボチャ頭』(早川書房、二〇一六)にそれぞれ掲載された。各媒体の担当者の皆さんにお礼を申し上げる。また表紙の絵を描いてくださった磯良一さん、装幀をしてくださった奥定泰之さんにもお礼を申し上げる。

企画・編集については今回も白水社編集部の藤波健さんに一貫してお世話になった。ミルハウザーはうちで全部出します、と藤波さんからは言っていただいており、心強い限りである。短篇集あと二冊、早く追いつければと思っているが、まずはこの、ミルハウザー文学の魅力が存分に味わえる本書を多くの方に堪能していただけますように。

二〇一八年五月

柴田元幸

訳者略歴
柴田元幸（しばた・もとゆき）
一九五四年生まれ。米文学者・東京大学名誉教授・翻訳家。ポール・オースター、スティーヴン・ミルハウザー、スチュアート・ダイベック、スティーヴ・エリクソン、レベッカ・ブラウン、バリー・ユアグロー、トマス・ピンチョン、マーク・トウェイン、ジャック・ロンドンなど翻訳多数。『生半可な學者』で講談社エッセイ賞、『アメリカン・ナルシス』でサントリー学芸賞、『メイスン＆ディクスン』で日本翻訳文化賞受賞。

# 十三の物語


二〇一八年 六 月一〇日 印刷
二〇一八年 六 月三〇日 発行

著 者 スティーヴン・ミルハウザー
訳 者© 柴 田 元 幸
発行者 及 川 直 志
印刷所 株式会社 三 陽 社
発行所 株式会社 白 水 社

東京都千代田区神田小川町三の二四
電話 営業部〇三（三二九一）七八一一
編集部〇三（三二九一）七八二一
振替 〇〇一九〇－五－三三二二八
郵便番号 一〇一－〇〇五二
www.hakusuisha.co.jp
乱丁・落丁本は、送料小社負担にてお取り替えいたします。

株式会社松岳社

ISBN978-4-560-09634-5

Printed in Japan